烈马上山（下）

李亮 著

重庆出版集团
重庆出版社

目 录

第四卷 老马记

番外 满江红

老马记

第四卷

第一回

传金牌飞马上路　劫密旨义侠重逢

词曰：

怒发冲冠，凭阑处、潇潇雨歇。抬望眼、仰天长啸，壮怀激烈。三十功名尘与土，八千里路云和月。莫等闲、白了少年头，空悲切。　　靖康耻，犹未雪。臣子恨，何时灭。驾长车，踏破贺兰山缺。壮志饥餐胡虏肉，笑谈渴饮匈奴血。待从头、收拾旧山河，朝天阙。

话说自靖康之变，二圣蒙难，河山破碎，社稷倾圮。虽有康王南渡，保得宋室血脉，却只得偏安一隅，错把杭州当了汴州。虽有岳飞、宗泽、韩世忠等忠臣良将，抛头洒血，一心光复神州，却终因朝廷昏聩，只徒劳无功。

老将宗泽，至死犹呼“渡河、渡河”；韩世忠一世英雄，也只得寄情释、老，忧愤而死；至于岳飞，更是因“莫须有”而蒙冤入狱，惨死狱中，只留下这一首《满江红》，空留余响。我们《老马记》的故事，讲的便是那岳武穆衔冤前后的一段碧血悲歌。

话说绍兴十年，岳飞北伐，岳家军势如破竹，五月收复了颍昌、陈州、郑州、洛阳；六月联结河朔，包围东京；七月郾城大捷，尽破金军之铁浮屠、拐子马；七月十三日，杨再兴血战小商桥，以三百骑兵杀死金兵二千余人、军官一百多名，英勇战死；十四日，颍昌再战，斩金军五千余人，俘士卒二千余人、将官七十八人，获马三千余匹；十八日，朱仙镇大捷，五百背嵬铁骑，击破金兀术十万大军，岳飞豪言："直抵黄龙府，与诸君痛饮耳！"

单说七月二十日这一天的午后，距离朱仙镇向南三十里，官道上有一匹黄毛老马，正在路边吃草。这马瘦骨伶仃，没有拴着，四根长脚间或向前迈出，筋骨嶙峋，直令人担心随时会折断一般。一身黄里泛青的毛皮，毛尖发灰，几无光泽，长长的鬃毛从它头上垂下，遮住了它半边长脸，令它虽是个畜生，但却居然有了些懒洋洋的、不以为然的气质。

马儿虽瘦，吃草却极为挑剔，在草丛中翻来捡去，只掐尖儿摘叶，挑些嫩的来啃。远处草丛一分，它的主人走了出来，是个约莫三十多岁的男子。身形瘦小，穿着一身洗得发白的军衣，头戴一顶破旧的毡笠，背插两面小小的传令青旗，肋下斜挎一只扁形竹箱，乃是一名专司走马通信的传令兵。这时他脸色灰败，虚弱得腰也直不起来，黄毛老马抬起头来，看见他的样子，"噗噜噜"打个响鼻，像在笑他。

这传令兵连日腹泻，虽拿着八百里加急的急件，一路上却也不知停下来了多少回。这时走了几步，便已两腿发软。好不容易来到老马身旁，一脚认镫，两手扳着马鞍，运了几回劲，却硬是没有力气翻上马背。

便在这时，远处忽然传来一阵急促的马蹄声，一骑白马疾驰而来，马上一人，远远地已是长身高呼，叫道："前面的军爷慢走！"

那一句话，声似龙吟，虽然语气平缓，但却传出老远，清清楚楚地送到了传令兵的耳中。那传令兵一愣，听声音耳熟，抬头看时，那白马已载着来者，到了他和老马近前。

那白马上的骑者是一个约莫四十来岁的汉子，以一块蓝色长巾扎头，穿一身灰衣灰裤、足蹬布鞋。乍眼瞧来，平凡得像是田间走出一个农夫，可是仔细再看，却觉他面容刚毅，双目如电，骑在马上，端的是气宇轩昂。大笑道："终于赶上了！"

有分教：

男儿生来志气高，不爱名剑爱钢刀。

等闲若为家国故，浮名虚情皆可抛。

原来这人不是别人，正是大宋豪侠“豹刀”阮飞，昔日为赴国难，弃剑从刀，投入名相李纲门下，奔走黄河两岸，先后力斩完颜赤海、刺杀妖道郭京，联络义军、营救二圣，闯下了赫赫威名。到后来李纲失官，告老还乡，他仍留在临安城里，四处奔走，为抗金复国，赴汤蹈火，到如今已是鬓染微霜，心尤未悔。

这时阮飞勒住白马，一面慢慢向那驿兵走去，一面笑道：“军爷的脚程好快，险些……”可是才说半句，忽然看清了眼前的一人一马，不由大吃一惊，脱口叫道：“是你？”

那传令兵脸色苍白，站在老马身后。

见阮飞认出他来，便也将一只脚从镫上慢慢拿下，冷笑道：“正是我了。”

那传令兵和老马，正是我们这部书的主人公，大宋飞马——罗马和铜板。

这一人一马，起于草野，相依为命，二十年来奔走四方，令传必达。可是生逢乱世，他们那蝼蚁之躯，奔驰得再快，又有何用？不过是一次次为人利用，身不由己：起先他们扬威关外赛马会，结果却坚定了金国的南侵之志；之后他们夜渡康王，随即却眼睁睁地看着那刚勇热血的青年，变成了一个阴鸷残忍的皇帝；再然后，他们亲眼目睹自己的好友金蟾，从一个傻小子，成了一个疯狂暴躁的怪物；到最后，还曾眼睁睁地看着罗马的爱人秦双，惨死在金人的炮火之下……

命运弄人，一至于斯。十年前黄狗坡冰河一战，溺杀金人的骑兵风字号之后，罗马便带着铜板回到南宋境内，隐姓埋名，又干起了驿兵的行当。他这一生大起大落，早已心如死灰，虽在驿站中听差，也只是随便混混日子，平时里得过且过，将铜板的实力藏起了七八分，不出什么纰漏，却也没立过什么功劳。

一晃便是十年过去，直到此次岳家军北伐，路过他所在的驿站，他才被临时调入，成了岳飞帐前的一名传令兵，负责前线与朝廷之间的军情传递。

白驹过隙，物是人非，罗马已不再年轻，而铜板更已经是匹老马。岳飞矢志收复中原，岳家军上下同心，数月来战无不胜，朝廷里也是一派欢欣鼓舞。半年多来，罗马往返于阵前与临安，一封封捷报送过去，换回一道道嘉奖，一颗本已冷掉的心，不由也渐渐温热起来。和铜板奔走之际，不知不觉越来越是认真。

可是却没想到，有一天阮飞会再次出现在他们的面前。

他与阮飞相识近二十载，恩怨纠葛，一言难尽。那抗金大侠在别人看来，自是侠肝义胆，气贯长虹，可是在罗马看来，却是无血无泪，铁石心肠，为了救亡图存，放弃了一切常人的喜怒哀乐。罗马一次次被他推向绝境，又被他随便放弃，在阮飞“为国为民”的感召下，罗马和秦双一生聚少离多，最后以致阴阳永隔……直到这时见面，说是仇人相逢，也不为过。

可是阮飞看见罗马，却是笑逐颜开，道：“想不到在这里又遇见了罗兄！十年不见，罗兄别来无恙！”

他们上一次见面的时候，阮飞在山东策划了营救二圣的行动，却在那一战中，白白牺牲了几十条好汉的性命，又害得秦双误中金人陷阱，给炸得尸骨无存。罗马对他恨之入骨，听他说话，仍是毫无愧疚之意，心中不禁一阵气苦，冷笑道：“用不着……阮大侠操心。”

他语气生分，阮飞却不以为意，笑道：“既然这最后一个人是罗兄，那就再好不过了。时间不多，就请罗兄交出来吧！”罗马一愣，道：“交什么？”阮飞见他装傻，笑容登时转冷，自怀中一掏，“哗啦”一声，掏出一串金灿灿的木牌，掷于地下，道：“你说呢？”

罗马定睛一看，已是大吃一惊，道：“你敢？！”

阮飞掷出的木牌，乃是大宋驿传之中，最急、最快、最不容有失的密件“金牌”，由两片木壳合并而成，内藏书信，又以火漆封口，外面刷以朱漆金字，光明炫目，与众不同。可是现在这些金牌，全都分成了两片，内里信件，显然已被阮飞夺走。罗马怒道：“私拆金牌，你这是死罪！”

阮飞大笑道：“国家兴亡，我阮飞岂惧一人之生死！罗马，你的金牌也交出来吧！”

罗马大骇，叫道：“我这是给岳元帅的！”

原来先前时，临安城中兵部确以金牌向岳飞发出了一道密令，交由罗马送出。罗马身怀这一道金牌，自临安出发，疾行七日，可惜却还是被腹泻拖累，在距离朱仙镇岳家军不过三十余里的地方，被阮飞截住了。

阮飞冷笑道：“可惜却是要岳元帅命的东西！你身上的金牌，并不是唯一一枚。之前一夜之间，临安城宫中、兵部、枢密院，连发十二道金牌，内容全部一样，只是那奸贼秦桧让岳元帅班师回朝，好能让两国停战，我大宋割地赔款，议和称臣。”

他所说之事如晴天霹雳，罗马不由大吃一惊。待要不信，可这些年来朝纲不振、忠不见用的种种情形，却又浮上心头。他挣扎道：“可是……可是，岳元帅正要收复中原……不是朝廷的好事么？”阮飞冷笑道：“岳元帅连战连捷，已为这奸佞小人所嫉。我们临安城的志士得知此讯，立刻分头截击，现在已经截下了十一道金牌，只有你，依仗马快，逃到了这里。”

罗马心中烦乱，叫道：“我……我不是在逃！”

阮飞正色道：“我不管你是逃是跑，总之，此事关乎抗金大计，不容有失。你把金牌交出来，岳元帅收复了中原，自会感谢你，天下人都会感谢你！”他不说“天下人”还好，一说起来，又显得大义凛然。罗马抬头向他望去，只见那大侠身骑白马，背光而立，虽然看不清面目，但一个乌沉沉的身影，竟是遮住了半个天空，登时又是一阵厌恶，道：“你又不是‘天下人’……又不是‘岳元帅’！……说什么大话？”

话都说到了这个份上，他竟还不肯把金牌交出。阮飞渐渐压抑不住怒火，喝道："我念在秦姑娘的面上，才和你好言商量。你若执迷不悟，便别怪我不客气！"

他竟还敢提起秦双，罗马只觉热血上涌，叫道："可是我不信你！"

两人之间稍一沉默，人影一闪，阮飞忽地已离鞍跃起，一掠数丈，自铜板的背上跃过，同时刀光一闪，已向罗马的肩上划下。他行事极为坚决，一旦翻脸，便是至亲之人，也毫不留情，罗马虽然早知他的脾气，却也闪避不及。

"咯"的一声轻响，罗马肩上的竹箱背带蓦然断裂。竹箱坠下，阮飞单手接住，旋身一转，已退开两步。

可就在这时，他的眼前黄影晃动，已有劲风劈面撞到。

阮飞大吃一惊，匆忙间将竹箱横身一挡，"啪"的一声，那扁扁的竹箱，受巨力撞击，蓦地碎成百片，四散崩开。那一道黄影继续穿入，铁锤一般撞在阮飞的左臂上，阮飞运力一挡，如遭电殛，整个人向后倒飞而出。

而在这一瞬间，他终于看见，铜板尥起的后蹄正在他眼前落下。

这大宋第一快马天性通灵，反应如神，阮飞抢夺放置金牌的竹箱，罗马猝不及防，它却已毫不犹豫地踏前一步，拉开了发力的距离。待阮飞落地，立时扬起后蹄，猛蹬他一记。它是冠绝天下的神驹，脚力何其惊人，昔日一蹄便将金国的神力王踢成了傻子，这一回阮飞虽先用竹箱挡了一下，却也被蹬得向后滑去，两脚在地上犁出两道深沟。

铜板向前一跳，罗马受它拉扯，身上蓦然间涌出力气，一跃上马，大喝道："铜板，跑！"

铜板长嘶一声，已如离弦之箭，疾驰而去。阮飞后退数步，终于止住身形，一条左臂疼痛欲裂，半边身子麻痹难当，可是却也顾不得许多，连忙俯身寻找，在地上竹箱的碎片里翻了一气，却一无所获。

再抬头，看见罗马落荒而逃，登时反应过来——竹箱只是幌子，那驿兵八成是把金牌藏在了身上！

罗马伏在铜板背上，激动之下，早忘了自己虚弱，叫道：“铜板，慢点！”

他一手拢着铜板的缰绳，一手在胸前一按，金牌尚在，心中不由稍安，许多念头纷至沓来：当今的朝廷，秦桧固然嫉贤妒能、卖国求荣，而皇帝赵构反复无常、忘恩负义，他却也曾深深地领教过。与他们相比，阮飞虽然刚愎自用，但赤胆忠心，毋庸置疑。与那昏君佞臣相比，罗马虽然口上说着“不信”，但其实还是会信任他多一些。金牌事关重大，若不是刚才那“大侠”紧紧相逼，也许罗马早就将金牌真的交给了他。

他一时激愤地落荒而逃，稍稍冷静，已觉犹豫，正想着要不要停下再议，忽然只听身后马蹄声大作，回头一看，只见阮飞已骑着白马，直追过来，叫道：“罗马，你助纣为虐，别怪我手下不留情！”

铜板方才一冲之后，因罗马犹豫，早放慢了速度，阮飞的白马全力追来，一转眼，便已不过五丈之遥。罗马回头时，只见阮飞杀气腾腾的一张脸迅速逼近，心中一慌，叫道：“铜板，跑！”

铜板得令，急忙加速，可是快马相争，所差不过瞬息。这稍稍一慢，已给白马追到了两丈之内。

阮飞大喝道：“你一错再错，我今日留你不得！”

两马一前一后，呼吸相闻，起落之际，几乎毫无差别。罗马肝胆俱裂，心知阮飞说到做到，此次只怕已是凶多吉少。但是一刹那之后，铜板的加速终于完成，脚力全部放开，两马过分整齐的蹄声渐渐错开，铜板和白马的距离，又一尺一尺地拉开了。

罗马心头一松，恼羞成怒，连先前的犹豫也没有了，终于把心一横，叫道：“我是岳家军传令兵，岳元帅让我送信，我就只负责送信！金牌是给岳元帅的，是吉是凶，是战是和，由他自己决定！”

他回头说话，忽觉眼前一花，原来是阮飞又一次离鞍跃起，单足在白马头顶上一点，已从白马的头上扑出，直奔铜板而来。白马的速度，本就只比铜板稍慢而已，他这般跃起，加上自己的力气，登时来到了罗马的头顶上方。

罗马肝胆俱裂，大叫道：“铜板！”

这一人一马心意相通，罗马虽已不及多下指令，铜板却已猛地又向前一蹿，在快得不能再快的一瞬间，竟又快了三分。

疾行之中，虽只毫厘之差，结果便已天差地别。阮飞竭尽全力的一跃，弥补了他与罗马之间的三丈距离，却终究再也难进分毫。原要落在罗马的身后，却在铜板的一个加速下，在黄马的臀后斜斜落下了。

阮飞人在半空，怒喝道：“这贼马！”右手一探，去抓铜板扬起的尾巴。铜板奔跑之际，尾巴原本高高扬起，这时骤然一歪，却是罗马与阮飞实在太熟，知道这人性子坚韧，不到最后时候决不放弃，在千钧一发之际，回手一探，在铜板的屁股上捋了一把，把它的尾巴给拂开了。

那尾巴被罗马一捋，扬起的方向改变，阮飞的一抓落空，再也来不及变化。整个人落在铜板扬起的烟尘里，眼睁睁地看着铜板绝尘远去，白马失去主人操纵，从后面驰来，险些撞着了他，长嘶声中，从他的一旁跑过，慢慢停住。

铜板扬起的烟尘里，阮飞大喝道：“罗马，你要成为千古罪人！”

罗马赢他一回，得意扬扬，回身大叫道：“我成为千古罪人的次数，还少……”

话没说完，便只见电光一闪，破尘而出，直夺他的胸前。罗马大骇，匆忙一转身，躲过了前心，却没躲过后背，给那白光钉入后心，原来是阮飞脱手掷出的短刀。“嚓”的一声，短刀刺断他背上的一面青旗，又在他的背肌上扎入。总算在铜板的疾行之中，阮飞那孤注一掷的短刀来势终究已被削弱，断旗之后，再入肉三分，便终于失去了力量，随着铜板颠簸，复又跌落。

罗马痛叫一声，这一回再也不敢大意，把铜板催得快快的，伏鞍而去。

正是：人算莫如天算，相见争如怀念。欲知后事如何，且听下回分解。

第二回

一场梦悔之晚矣　四面歌还我河山

人生在世，常需要明辨是非，判断对错。可是世事无常，如何判断、何为对错，却又殊为难料。这一刻是对的，下一刻峰回路转，却可能导致最坏的结果；这一刻是错的，下一刻却又阴差阳错，可能还变成了意外好事。塞翁失马，乐极生悲，命运拨弄，每每令人徒生无力之感。

且说罗马奉朝廷之命，送出金牌，却给阮飞中途拦截。罗马只因不信阮飞的为人，执意要将金牌送到岳飞手上，两人马上决斗，罗马终是凭着铜板天下无双的脚程，快了一步，将阮飞甩在了身后。

三十里的行程，铜板虽老，真的跑开，也不过是一盏茶的工夫。岳家军在朱仙镇外驻扎，罗马一阵风般赶来，十里之外，已见旌旗招展，营帐连云，腾腾杀气冲天而起；奔入三里，忍痛照规矩拔下背后仅剩的一面传令青旗，高举在手；奔到近处，再将青旗对着营门连招数下。营门内两座箭楼上寒光一闪，是戒备的弓箭手，收回了箭枝。

入得营门，有轮值的将军横矛将他拦住，检查令旗、令牌。罗马金牌在身，并不下马。那将军有个绰号叫做“黑门神”，一身黑铁铠甲，手提长矛，一张脸阴沉沉的，透着冷冷的晦气。检查完毕，将旗、牌递回，忽然道：“你受伤了。”罗马后背中刀，这时已染得背心一片殷红，咬牙道：“有人追我……有人想抢给岳元帅的信！”

黑门神冷哼一声，道：“进营了，没事了。”

罗马心中一动，不及多想，接了旗牌，又纵马往中军大帐赶去。一路上只见一座座营帐排列井然，帐前帐后，打扫整洁，地上一条条扫帚纹理，清晰可见。正是休息时间，兵士有的在抓紧操练，有的在洗衣打扫，可是不论忙闲，个个都行走如风、精神抖擞，令人看在眼中，不由便热血沸腾，生出了更多的希望。

罗马心潮起伏，越来越是不安，隐隐约约竟觉得，自己怕是做错了什么事情。

前方一面“岳”字帅旗，挑在半天之中，黑底红字，如同怒焰，迎风高扬。下方一座大帐，正是岳元帅的中军所在。门口的卫兵对罗马怒目而视，罗马心下慌张，口干舌燥，只得擎金牌在手，高叫道：“报——临安军部金字牌急信到！”通报一声，已到大帐门口。卫兵过来拉住铜板，罗马心中乱纷纷的，身不由己滚鞍下马，冲入大帐，单膝跪地，双手将金牌举起，叫道：“岳元帅……军部急信到！”

大帐中的帅案后，一个中年人正抬起头来。四下堆满了摊开的书册、地图，他穿一身月白战袍，坐在其间，两肩宽阔。头顶上的气窗洒下的阳光，在他的身上笼罩着一层淡淡的光华。因为罗马进帐，他稍稍抬了抬头，只那极细微的动作，竟似已令帐中的空气为之震动。一瞬间，罗马已是觉得，便是天塌下来了，这个人也会一肩扛起。

正是：

神州气运系一身，力挽狂澜是人臣。
昏君不理靖康事，忠良如何振乾坤。

帐帘在罗马身后落下，大帐中的光线随之由明转暗。罗马心头一宽，背后剧痛，蓦然间眼前一黑，已失去了知觉。

且说罗马昏倒，三魂离了七魄，又在纵马驰骋。四下里白雾茫茫，目之所及，只有怪石古树，模糊兀立，如同鬼魅。铜板的蹄声，响亮空洞，一声声溅在地上，像是在石块上砸出点点火星。罗马分不清东西南北，只是由着铜板一路狂奔。俄尔迷雾中响起另一串蹄声，秦双已纵马赶到，从白雾中渐渐浮现出来。

罗马只觉心口剧痛，叫道："秦、秦双……"

十年未见，秦双仍是英姿飒爽。她背脊挺直，脖颈修长，人在鞍上，如同御风仙子。罗马想和她说话，可是她只向他微微一笑，便似什么话都说完了。她所骑的马，名为呼雷兽，也是万中无一的名驹，与铜板你追我赶，正是棋逢对手。罗马望着秦双，劲风扑面，仿佛又回到了初识的时候，在塞北的山坡上，与她并辔而行。

忽然间迷雾一分，他们已经一起冲入岳家军大营，天地骤变，那大营营门已垮了一半，轮值的将军黑门神站在门柱下，被自己的铁矛贯穿，钉在木柱之上。营门左右的箭楼火光熊熊，负责戒备的神箭手，不知死活。地上满是鲜血和尸体，仔细看去，甚至混有百姓服色的人在。

罗马心中惶恐，轻轻拉住了铜板，可是秦双和呼雷兽丝毫不停，仍是笔直地向岳飞所在的中军大帐驰去。

罗马蓦然明白了秦双出现在此的目的，一瞬间已如堕冰窟，叫道："等等。"匆匆赶去，追在秦双身后，下了马、进了帐。

大帐之中，却还一切如常。秦双单膝跪地，双手奉上一面金牌。罗马又惊又怒，心中的惊恐愈发强烈。岳飞从书案后走出，眉头微蹙，将金牌从秦双的手中接过。罗马大叫道："等一等！"可是却已经晚了，岳飞手持金牌，才将封口的火漆剥开，便已有一团火光，猛地从两块金牌的缝隙中钻出，以肉眼可见的速度，膨胀开来，包住了岳飞的半个身子。

那情景何曾相似？罗马目眦尽裂，不住口地叫道："等一等……等一等！"

蓦然间"轰隆"一声巨响，那火光猛地加速张开，将岳飞、秦双完全吞没。罗马猛地一挺身，背后剧痛，一下子醒了过来。眼前白茫茫的一片，四下里浓郁的药味和浓浓的血腥气，刺鼻难闻。他趴在一张竹床之上，原来是做了一个梦。

罗马撑身坐起，才发现自己身处一座巨大的营帐之中，四下里是一张张竹床，排列整齐，上面躺满伤兵。而自己半身赤裸，但胸前背后，紧紧地缠着绷带，已给人包扎了背后的刀伤。远处“轰隆”“轰隆”的巨响，仍然不绝传来。

旁边的竹床上，一个腿上受伤的老兵骂道：“火器营可是要疯了？大白天的炸个没完！”

罗马头疼欲裂，问道：“这位大哥，这里是……”那老兵白他一眼，道：“伤兵营啊！你一身是血的给人抬来，人事不省。不过马军医看了说其实没什么，给你上了药，说将养几日就好了。”

罗马回想梦境，兀自心有余悸，问道：“我的金牌……”那老兵不耐烦道：“什么金牌？”罗马叫道：“我的金牌！”

回想自己昏迷前，已入帐报信，这时只怕金牌已在岳飞手中，不由大急，叫道：“金牌不能看！”那老兵给他说半句吞半句弄得焦躁，怒斥道：“到底是什么金牌！”罗马出了一身冷汗，问道：“我昏了多久？岳元帅……有没有说要停战的命令？”那老兵怪眼圆翻，叫道：“什么停战？咱们正要把金狗打回老家，岳元帅岂会停战？”

他凶狠狠的，可是罗马听在耳中，却大觉宽慰。他加入岳家军，只不到半年，对岳飞虽然敬佩，却也难说有感情。直到今日，才在生死攸关之际，忽然生出不舍。那金牌若果如阮飞所说，攸关岳家军的气数，则罗马将它送到，便已后悔莫及，生怕铸成大错。这时唯一的希望，便是岳飞心意坚决，即使收到金牌，也能抗旨不遵，千万不要真的班师回朝！

他心思百转，面上阴晴不定。那老兵见他严肃，也不安起来，搬着条伤腿，来到罗马身边，小声问道：“这位兄弟，你说停战什么的，可是听着了什么消息？”罗马不敢泄露，道：“不……不……我只是刚才做梦……梦见……朝廷命令岳元帅停战……”

他不会撒谎，虽然努力遮掩，但神色慌张，却更显得别有内情。

那老兵察言观色，倒吸了一口冷气，低声道："不会的……岳元帅不会停战——他停战了，北伐半途而废，咱们什么时候才能收复中原？……再说，不打仗了，他干吗去？咱们岳家军干吗去？难道回家种地？"

罗马听他所说，果然有理，微笑道："是……"

才说了一个字，便只听一个人厉喝道："那送信的在哪？老子活剥了他的皮！"

"呼"的一声，有人自帐门外一步闯了进来。

阳光下，只见这人猿臂狼腰，穿一身灰皮甲胄，手中明晃晃地提着一口钢刀，没有戴盔，发髻疏懒，乱发下一双眼精光四射。一走进来，引得人纷纷注目，他又厉喝道："给岳飞送来金牌的狗贼，是谁？"

罗马吃了一惊，身子不由震了一下。旁边的老兵又听到"金牌"，也自然向他望来。那将军一双眼如同冷电一般，在问话时，早将帐中数十人的神色尽收眼底，看见他们的反应，登时猜出端倪，喝道："原来是你！"一面骂，已向罗马冲来。

他们中间隔了七八张竹床，那将军如猛虎下山，一路踩着竹床便奔了过来。竹床上的伤兵吓得大叫，罗马魂飞魄散，跳起来便逃。

那将军先声夺人，本想一上来便将罗马震住，然后将他一刀了结。谁知那小小驿兵，居然在他的气势下，还有胆量逃走。待要追击，罗马已是连滚带爬地翻过了几张竹床，并将一路的枕头、床被，没头没脑地向他扔来。那将军怒不可遏，刀风虎虎，将布片削得满天都是，周遭伤兵纷纷走避，可是一个个腿脚不便，登时闹了个鸡飞狗跳。

一片混乱中，忽然一声唿哨尖利，罗马趁乱大叫道："铜板！铜板！"

不远处传来一声马嘶，紧接着"咔嚓"一声响，帐门口乌云一闪，已有一匹黄毛老马，又冲了进来。

原来罗马昏倒时，铜板又踢又咬，无论如何不肯与他分开，因此也给人牵到伤兵营里，就拴在帐外。这时听见罗马召唤，声音急切，登时长嘶一声，挣断了拴马的木桩，赶了过来。它一进来，那截杯口粗细、两尺多长的木桩吊在它的缰绳上，如流星锤一般甩开，原本便已鸡飞狗跳的帐篷中，更是搅成了一锅乱粥。

那抡刀将军猝不及防，几乎给木桩打到，想要逼近时，又差点给铜板踢一脚，稍一闪避，终是给一个逃窜的伤兵撞得一个趔趄。狼狈之下，反而冷静下来，不再冒进，一双眼紧紧盯着远处的一人一马，将刀背于臂后，小心疾行。

另一边，罗马和铜板好不容易会合，在营帐后门处翻身上马——就在这一瞬间，铜板身子一慢——那将军蓦然间一跃而起，一脚踩在一个伤兵的肩上，借势再跳，便到了罗马的身后，一刀便向他的后颈斩去。

便在此时，两道青光自后门门外刺入，交错而来。有人自营帐外出手，左右各是一支长枪，从平地发出，紧贴着罗马两肩向上，向那大汉交击刺来。

与此同时，有人叫道："焦将军，住手！"

那两支枪来得刁钻，使刀的将军人在半空，闪避不及，唯有横刀一格，才勉强挡开，可是自己也只能落地，向后连退数步，怒喝道："姓孟的，你少多管闲事！"

罗马得隙，这才逃出营帐，给来人挡在身后。回头看时，救他的乃是一行三人，左右两人手持长枪，岁数不大，一般高矮，五官相似，像是一对孪生兄弟。而居中的一人约莫三十多岁，五绺墨髯，一身文士打扮。

那使刀的将军乃是岳飞帐前大将焦锋，天生霹雳火暴、不管不顾的性儿，本是一个山大王，昔日率部来投岳飞时，便捅出过不小的篓子。而这文士则是军中书记官孟长青，整日慢条斯理，不慌不忙，是打理上下的一把好手。他俩一武一文，一刚一柔，素不相容，被人戏称为"焦不见孟"，不过像今日这般因为罗马而正面动手的，也是少有。

孟长青摇头叹道："焦将军，你怒气冲冲地出来，岳元帅便知你迁怒于传令，让我赶紧过来拦你。"

焦锋咬牙切齿，骂道："要不是这扫把星金牌传令，岳飞怎么会犯了糊涂！"

岳家军上下，对岳飞敬若神明，直呼他名讳直是大逆不道的事。周遭伤兵，一片哗然，全都对焦锋怒目而视。可孟长青却只是叹道："岳元帅大智大勇，他做什么决定，必是深思熟虑……你何苦为难一个送信的？"

他们说得不清不楚，围观之人都不由摸不着头脑，唯其传入罗马耳中，却如晴天霹雳一般，叫道："岳元帅……岳元帅……要……要退兵吗？"孟长青脸色大变，待要阻止他泄露军机，焦锋却已叫道："你传来的那狗皇帝的金牌，现在又装什么好人？"

孟长青叫道："焦将军，军机不可泄露！"

焦锋怒叫道："什么军机！狗皇帝在临安城叫一声，他姓岳的便乖乖听话！让停战便停战，让回朝便回朝，什么直捣黄龙，什么还我河山，弟兄们的鲜血性命，老百姓的生死存亡，都不如一个'忠'字值钱！他这一回去，肯定是死了！"

他越说越是离谱，孟长青脸色惨白，喝道："你休要胡说，动摇军心！快跟我去见元帅赔罪！"

焦锋叫道："赔罪个屁，岳家军完了！大宋的江山完了！我给他赔罪？我赔他一起送死吗？"

忽然反手一刀，已割断皮甲的袢带，"哗啦"一声，将上身甲胄一股脑地扯了下来，重重掷于地上，叫道："老子不干了！"在孟长青反应过来之前，已挤过人群，上了自己的马，一溜烟地跑了。

人群鸦雀无声，围观的伤兵，全被焦锋吼出的话，惊得说不出话来。罗马跳下马来，对孟长青道："这位大人……我……岳元帅不可以停战的……我……我去劝劝岳元帅……"

孟长青冷冷看他一眼，微笑道："你？不必了，岳元帅心意已决，早上时我们几十人跪求，都不能动摇他分毫，又岂会听你的？"

罗马嗫嚅道："可是……是我送信……"孟长青哈哈大笑，拍拍他的肩膀，道："你只是个传令，朝廷让你传什么，你就传什么。岳元帅是去是留，你不必太过自责——那本也与你无关。"

罗马还想再说什么，可是孟长青笑容转冷，拍在他肩上的手，用力一推，推得罗马一个趔趄，道："我倒是劝你，还是快走吧！不然再有人迁怒于你，我怕我也保不住你。"

罗马一愣，抬头看时，只见孟长青原本儒雅的一张脸上，掩饰不住的，满满的尽是鄙夷与厌恶，竟与焦锋一般无二。罗马的脑中"嗡"的一声，环目四顾，只见周遭的岳家军看着他的眼神，也全都冷冷的，酝酿着越来越多的杀气。在这一瞬间，他终于明白，自己终究是又做了错事。

仿佛千斤重石压上心口，罗马眼前发黑，呼吸困难，挣扎着爬上铜板背上。铜板却不知发生了什么，感到周遭人的敌意，凛然无惧，原地转了个圈子，趾高气扬地冲出营去。岳家军让出一条通道，看着那一人一马离去，好似送走瘟神。

正是：古来兴亡有天定，如何偏怪送信人？欲知后事如何，且听下回分解。

第三回

拦元帅阻谏难遂　劫夫君鸳盟竟成

这世上诸事皆难，唯有迁怒最是容易。生气的人，有时是蠢，有时是怕：得罪不起大的，便去欺负小的；拿捏不起硬的，便去找个软的。打不赢金人，便来责备汉人无能；惹不起皇帝，便来批评大臣奸佞；说不得岳飞，便来拿传令的出气……反正说一千道一万，我最正义，我不背锅，正是自上而下，亘古一理。

且说罗马，只因在岳家军中受那千夫所指，又气又怕，便不由自主逃出了岳家军军营。离了朱仙镇，只觉天大地大，却处处是峭壁悬崖。虽然心中明明知道，岳飞停战还朝一事，与他一个传令兵真的并无关系，可是一想到焦锋、孟长青的眼神，岳家军上下的敌意，便觉一阵阵难过。

大宋积弱百年，再遭靖康之变，更是举国大耻。终于有了这么一位中兴的大英雄，如今却又要断送在此，而这断送却又和自己送来的金牌扯上关系，罗马心中只觉百感交集，直欲大笑三声，再一哭至死。

他这般失魂落魄，悲愤之下，不由催着铜板不顾一切地疯跑。疾风扑面，吹得他泪流不止，又转瞬即干。铜板不知他的心思，可是见他想要快跑，自然是放开了四蹄，倾尽全力。自从黄狗坡一战以来，他们一直隐藏身份，隐瞒实力，铜板许久没有跑得这般畅快，越跑越是风驰电掣。如此狂奔了半日，一人一马，都已是大汗淋漓，筋疲力尽。

日渐西沉，罗马渐渐冷静下来，环目四顾，周遭一片陌生，长长的古道上，前不着村，后不着店，也不知给铜板带到了哪里。铜板呼呼喘息，周遭汗气蒸腾，已再也跑不动了。罗马心疼起来，跳下地来，牵着它走。又走了数里，罗马重伤未愈，已是累得天旋地转。前面终于出现一座老庙，罗马勉强走进老庙，安排了铜板自去吃草，自己便在庙中一角，蜷成一团，昏昏睡去。

睡到半夜，饿得醒了，往供桌上一摸，居然还供有些干馍、野果。罗马顾不得许多，告声罪，胡乱取来吃了。一面吃，抬起头来，却见眼前神像乃是关羽。月光下，只见那武圣不怒而威，浩气凛然，一双微垂的凤目自上而下，冷冷地望着罗马，竟似要在他的身上，刺出两个透明窟窿一般。

罗马一愣，不觉放下了手中的野果。三国时候关云长忠义无双，以身殉国，气贯长虹，千古以来，犹被万人传颂。罗马给他一瞪，忽然间竟觉无所遁形，念及自己金牌传令这事，不听劝阻在前，一走了之在后，不由自惭形秽，重重跪下道：“关帝爷爷在上，我……

若是大宋气数未绝，便让我将岳元帅劝了回去!”

在这一瞬间，云开月明，他终是愧疚大于了悲愤，下了决心。

这般发下心愿之后，再看关帝神像，竟也似和蔼了许多。罗马心神宁静，再度睡去。次日起来，恢复了六七分的精力，在庙外找回铜板，一人一马，重又返回朱仙镇，去找岳飞。铜板年岁已老，不复昔日神骏，来时不计后果的一番疾驰，已让罗马心疼不已，回去时自是不敢让它太累，只慢慢地跑。如此回到朱仙镇，已是三日之后。

还没到军营，便已见镇上一片愁云惨雾。打听之下，原来是岳飞已于两日前启程，带着张宪、岳云两位小将军，轻骑返回临安。朱仙镇上的百姓，闻讯赶来，上万民书，长跪十里，哭声遏云，却也未能将他挽留下来。

罗马心头沉重，但也稍松了一口气。岳飞若是还在营中，以岳家军对他的敌意，恐怕他还真难接近那大元帅。如今岳飞既已上路，倒方便了他和铜板从后追赶。铜板歇了三天，体力渐复，这一人一马，便衔在岳飞后面，一路打听，一路追赶。

如此又过五日，罗马终于追上了岳飞一行。从官道上的一座土坡上望去，岳飞一行正停在前面三里的路上，与人说话。

岳家军紧急停战，岳飞奉旨返京的消息，短短数日，已传遍天下。这些天来，他们虽然简装易服，却也不绝给有志之士拦路劝阻。也正因此，才拖慢了他们的行程，令罗马更快地追了上来。

这时岳飞已近在眼前，人群中如众星捧月。罗马心中激荡，浑身战栗，一直以来，他在岳家军中，都是隐姓埋名，只是本本分分地做个传令兵。可是这一回，他将在那令金人闻风丧胆的名将面前，第一次展露自己的身份：他是大宋飞马，十几年前，便曾面斥金帝、泥马救驾，后来又大闹东京、闯宫死谏的大宋第一快马。

他这一生，虽然一事无成，但却波澜壮阔，见多识广。普天之下，再没有人比他更了解当今的天子，他正是要告诉岳飞那一切的真相，让他不要因为一个“忠”字，而将自己的性命，交托于那样的卑鄙小人之手。

罗马一催铜板，猛地冲下土坡。就在他观望的这么片刻工夫，岳飞已与人谈话完毕，带领手下继续前行。之前拦阻他的几个人，劝解失败，一个个垂头丧气，正要上马离开。忽听马蹄声音，其中一人抬头一看，已看见罗马，登时勃然大怒，喝道：“你又来做什么!”

罗马看见他，也只觉得脑中“嗡”的一声，似是一盆冷水当头浇下。只见那人蓝巾扎头，满面正气，正是大侠阮飞。

几天前，阮飞拦阻罗马传令未遂，已知大事不好。于是连夜奔走，请动了岳飞归途附近的几位名士，齐集于此，想要劝回岳飞。可惜岳飞心意坚定，方才长谈之后，仍是功败垂成，阮飞正自沮丧，忽见罗马送上门来，简直是怒从心头起，恶向胆边生。骂了一声，随手在鞍旁摘下弓箭，一箭便向罗马射去。

罗马魂飞魄散，他本就知道阮飞的手段，再加上金牌之事，自己一意孤行，对这大侠又有些愧疚，更是全无一战之心。阮飞一箭射来，他仓促间拨马闪避，“豁啦”一声，已跳入路边草丛，想要绕路，那边阮飞已红了眼睛，扔下名士们不管，斜刺里催马迎上。罗马顾不上再见岳飞，只得催着铜板逃走，后面阮飞紧追不舍，两匹马放着官道不走，已奔着西北，绝尘而去。

阮飞动了杀心，箭飞连珠，连一句解释的机会都不给罗马。罗马伏身鞍上，疲于奔命，耳听一枝枝羽箭自耳旁掠过，呼啸带风，不由胆战心惊。两马一前一后，越跑越远，不知不觉，已拐上一条山路。

山路蜿蜒，两侧峰峦怒起，渐渐凶险。罗马心慌意乱，正想辨明方向，忽然间只见前路堵塞，光线黯淡，似有一块斑斓巨石拦路，不由心下焦虑，正环顾四下，想要绕行，视野边缘那“巨石”却忽然一抬头，向前迈了一步。

这一动好不突兀，直把铜板吓得一声长嘶，身子蓦然一坐，四蹄蹬地，硬生生地停住了。

只见那巨石迎向罗马，原来竟是一个活人。赫泱泱身材竟在九尺开外，只站在地上，便几乎与罗马骑在铜板背上等高。这人长得虎背熊腰、肚大胸沉，穿一件桃粉色的短袄，外罩绛红色绣花坎肩，水绿的罗裙好似一片片展开的麻袋，裹在她的腰上却还紧紧绷绷的——她居然是一个女人，浓眉大眼，五官倒还端正，只是两腮涂得猩红，头上颈中丁零当啷，挂着一串一串的金银首饰，每一串怕有半斤多重。

正是：

> 雌虎发威母熊嗥，百兽闻风敢不逃？
> 姻缘偏求盈盈满，胜天不信只徒劳。

这女人如同一只红通通、金灿灿的巨熊，铜板一向天不怕地不怕，见了她，也吓得倒退数步，抬起的一只前蹄迟迟不敢落下。

罗马毛骨悚然，便在紧急关头，也不由叫道："你……你是什么人，你要干什么？"

那女巨人站在那里，看着罗马，两眼放光，直似饿虎看到白羊。举起两手，活动指节手腕，将棒槌似的十根手指掰得"咔咔"作响，呵呵大笑道："你是岳云？"

罗马莫名其妙，叫道："我不是小岳将军！"

那女巨人仰天大笑，道："你想抵赖，也是休想！让我堵上了，你就得娶我！"

这句话比她的样子还要令人意外。罗马一辈子骑马稳如泰山，被她一句话吓得差点栽下鞍来，惊叫道："你胡说什么？"那女巨人大笑道："山是老娘开，树是老娘栽，要想从此过，先跟老娘生个娃娃来！"一步上前，劈手便抓住了铜板的缰绳。

她虽然看似笨重，但动作之快，竟连铜板也不及反应。她一手拉住铜板，一手便向罗马抓去。"唏律律"一声长嘶中，铜板终于反应过来，暴跳如雷，硬生生人立而起。那女巨人不料这瘦巴巴的老马力气竟这么大，给铜板一扯，身子也是一晃，拉着缰绳的一只手，给拖到了头顶之上。

女巨人也是好胜，大笑一声，右手拉着铜板的缰绳，向下猛拉。铜板人立而起，比她高出两尺，给她拉得头颈歪斜，后足踉跄。铜板一世骄傲，平常连人碰它一下都不许，何曾给人这样拉扯过，一时凶性大发，两只前蹄抬起，猛地向那女巨人肩头踏去。

“咚”的一声，如捶破鼓。这一踏，集中了铜板腿力、一人一马的体重，再加上那女巨人的回拉之力，三力合一，一瞬间全都贯入那女巨人的两肩之上。那女巨人一时大意，吃了这亏，闷哼一声，一双小船也似的大脚已陷入地下，身子一仰，不由后退了一步，也松开了铜板的缰绳。

铜板两只前蹄踏实，一撑之下顺势后跳，半空中旋身一拧，如神龙摆尾，已变成了头后尾前，背对那女巨人。

“飒”的一声，它前蹄落地的同时，后蹄尥出。两只碗口大的铁蹄，破空之际，直发出鞭子一般的利啸，重重踢入女巨人的肚腹。那女巨人肚腹绵软，如同一大包棉花，被铜板这般猛踢，“噗”地向内陷去，女巨人大叫一声，不由弯下腰来。

这是铜板的绝招踢法，瞻前顾后，令人猝不及防，百踢百中，直可杀人。命中之后，铜板立时向前跑出，跑出数丈，回过头来。

却见那女巨人慢慢直起身。她一只手臂笔直地向前探出，却是单手提着罗马。

罗马给她拎着后脖领子，吊在半空，喘不上气来，手脚乱刨，根本挣脱不得。原来就在刚才那一瞬间，那女巨人给铜板踢中，向前弯腰，却顺势一探臂，一把将他拖了下来。

那是何等可怖的力量与反应！铜板远远站定，眼见罗马落入敌手，越发生气，前蹄一下下刨地，蓄势待发。

那女巨人却视若无睹，只拎着罗马，将他转了个身，另一只手捏起罗马的手臂，摆弄布娃娃似的扬起、放下，又前后摆动两下。

罗马又惊又怕，惊的是这女巨人结结实实地挨了铜板四蹄，却似并无大碍，居然还能抓下自己；怕的是这怪物一般的女人，不知到底有什么图谋。索性连挣扎也免了，双目怒视，咬紧牙关一声不吭。

那女巨人喘着粗气，随着她喘息，口鼻中慢慢溢出两道血痕，触目惊心。她张开口——鲜血糊得牙齿猩红，笑道："马倒不错，人可怎么是个鸡崽子？你不是岳云，岳云不可能这么不中用。"随手一挥，竟将罗马远远地扔了出去。

罗马身不由己，摔在地上，连滚几圈，磕得浑身生疼，总算没再受伤，可是背上一片濡湿，先前的刀伤，显是又已裂开。一时间天旋地转，好不容易爬起身来，便听身后马蹄声响，阮飞已纵马驰来，叫道："罗马，我今日便为岳元帅报仇！"

他人在马上，手中持弓，箭已射完，一探身，便用弓弦向罗马的后颈绞去。

可是就在这一瞬间，红影闪处，香风如同雪崩，娇叱如同雷鸣。那女巨人却已大步迎上，大笑道："你是岳云？"肥腰一扭，已轻巧巧地避过了阮飞的马首，张开一只蒲扇也似的大手，又向阮飞的胸口抓去。

她的出手如电，阮飞何等识货，登时大骇，顾不得绞杀罗马，在鞍上一个铁板桥，仰身后躺，只以毫厘之差，躲过这一抓。

那女巨人大笑道："这个好，这个腰不错！"抓空的一爪，居然还能变招，向下一沉，顺势抓住了阮飞的头发，叉着他的头颅，往回一带，也将他直挺挺地从马背上拖了下来。

人马交错而过，"唰"的一道白光掠起，乃是阮飞不顾一切地出了刀。刀光一闪，发丝飞舞，那一刀斜撩女巨人的手腕，却给那女巨人于千钧一发之际松手避开，只割断了阮飞自己的发髻。"砰"的一声，阮飞在半空中失了借力，重重摔在地，背心着地，砸得尘土扬起，一骨碌爬起来，披头散发，脸如白纸。

那女巨人咧着血盆大口，哈哈大笑，似对他的反击颇为满意。

阮飞因惊怒而变白的脸色，渐渐涨红。他纵横江湖二十余年，四方尊重，一口袖里刀神出鬼没，不说是天下无敌，也是罕有敌手。岂料今日在这深山中，却被这么一个怪物般的女子，在两招之内，便打得如此狼狈，不由怒气勃发，厉喝道："你是什么人！"

那女巨人上上下下将他一番打量，只见阮飞虽然不甚高大，但却极为健硕，身形剽悍，两眼精光四射，宛如捷豹，不由越看越喜，叫道："不管你是不是岳云，反正就是你了！"

阮飞莫名其妙，叫道："什么是我？"

却见那女巨人更不多话，已大步冲来，满面笑容，双臂大张，每一步都似踏得地动山摇。阮飞猝然遇敌，先是吃惊，旋即愤怒，本来还有一战之心，可在这一瞬间，四目交接，忽然间气为之夺，竟生出退却之意。慌张之下，"嗤"的一声，不顾一切地刺出一刀。

这一刀有个名字叫做"苍鹰击殿"，乃是他危急关头的救命绝招，一往无前，拼的是玉石俱焚。

岂料那女巨人迎面撞上这一招，丝毫不以为意，左手轻轻一拍——她的手臂却比阮飞的手臂加短刀还要长一些——一掌便拍在阮飞持刀的手臂上。那拍苍蝇似的一掌，如巨石砸落，阮飞一瞬间已是半身麻木，手臂抬不起来，短刀"当啷"落地。

女巨人一招得手，另一掌抡起，又劈头盖脑地向阮飞扇来。阮飞魂飞魄散，闪避不及，仓促间只得蜷臂一拦，那一掌便拍在他的左臂上，又撞上了他的头。"呼"的一声，阮飞横着踉跄出七八步去，一瞬间头晕眼花，摇摇欲坠。

那女巨人见他居然不倒，简直是又惊又喜，叫道："你可真结实！"

再一步上前，直通通地一掌推在阮飞胸口。阮飞如同风筝断线，"呼"地倒飞出去，飞出三丈多远，摔在地上，连滚了七八个筋斗，趴在那里，滚得破布也似，一动不动，已是人事不知。

那女巨人简直是欢欣鼓舞，大步过去，将阮飞拾起，往肩上一搭，转身便走。

正是：强中自有强中手，命中高人入世来。欲知后事如何，且听下回分解。

第四回

入囚笼英雄末路　初劫狱二煞逞凶

常言道："人外有人，天外有天。"可是一个人即使未必想要目光短浅，但终其一生，可接触的世界，却终究是有限的。即使在这个世界中不断进步，不知不觉，其实却也已是安于现状，一旦遭遇不合"常理"的事物、超出想象的强者，登时也是手足无措。

且说罗马与阮飞，一个是大宋第一快马，一个是江湖第一名侠，二十年来亦友亦敌，都只道彼此已是顶尖的高手，虽然争斗不休，却也惺惺相惜。岂料今日狭路相逢，遇上一个不知来历的女巨人，一言不合，三下五除二，便已将两人先后打倒。

罗马扬名，靠的是铜板的脚力，打架输给别人倒还好说；阮飞半生与人交手，不曾吃亏，如今却一败涂地，才令罗马目瞪口呆。眼见那两人交手如电光石火，一眨眼的工夫，便胜负已分。阮飞如一堆破布般昏倒在地，给那女巨人轻轻拾起，搭在了肩上。

罗马大急，虽然刚才还险些为阮飞所杀，却也不能眼睁睁地看他被那莫名其妙的女人掳走，连忙翻身上马，在铜板鞍下掏出一副弹弓，装了弹子，猛地向那女巨人射去。那弹弓是先前阮飞所授，只为罗马防身之用，不料这时还能用于营救阮飞。这下施展开来，一粒粒石弹打在女巨人的身上，"噗噗"作响，打得她肥肉乱颤。

那女巨人正欲带着阮飞离去，却被罗马一连数弹，打得雪雪呼痛。回头要抓罗马，罗马却已学得乖了，指引铜板掉头就跑。三丈之内，那女巨人的动作快如闪电，连铜板也躲不干净，可是三丈之外，铜板的脚程施展开，那女巨人却也近身不得。那女巨人追了几步，停下身来，才一停下，罗马又转过来再打。

那女巨人逃又逃不开，追又追不上，被铜板的脚程牵制得死死的。一盏茶的工夫，已是挨了数十弹，虽然皮糙肉厚，也已几处出血，瘀青片片。可是罗马想要再进一步，救下阮飞，却也毫无办法。蓦然间，那女巨人发出一声大吼，竟纵身一跃，跳上一旁的绝壁，手脚并用，如猿猴一般攀缘而上。

她身体胖大，肩上还扛着一个大男人，可是起伏之间，毫无滞碍。罗马目瞪口呆，再射几弹，弹弓的射程便够不着了，想要追上山去，绝壁陡峭，铜板却根本站立不稳。眼见阮飞软绵绵地搭在那女巨人的肩上，一副任人宰割的模样，着实放心不下，只得远远地兜开一个圈子，从一旁迂回上山。上到山顶，当然已不见了女巨人和阮飞的踪影。

念及阮飞一世英雄，终不能辱没于怪物之手。罗马小心查探，总算在地面上找到那女巨人大得吓人的脚印。再追下去，脚印时有时无。他在山中转了数日，上山下谷，穿林过溪，有时已能发现那女巨人的形迹，可是旋即却又失了踪迹。

罗马心如油煎，一面惦念阮飞，一面担心岳飞，走又不是，留又不是。一天天地拖下去，终于到了岳飞那边刻不容缓的时候，只得离了这边荒山，重又往临安方向赶路，去追岳飞。

这时要追岳飞，已是罗马按照铜板的最快脚程，所能保证的最后机会了。一人一马直冲临安，只在临安城外，去最后一搏。这一回铜板倾尽全力，狂奔一日一夜，第二日午时，终于赶到了临安城外，远远地，已看到岳飞一行就只在一里开外。

罗马的心跳得快要冲出胸膛，正要出声召唤，忽然间，只听临安城中一声炮响，一队官军冲出城来，迎接岳飞。

在铜板的狂奔中，罗马只觉天地间的一切事物，都像是失了颜色、没了声音。

那队官军宛如一条巨蟒，从临安城中探出长长的身体，迎着岳飞一行人马，只一卷，便将他们吞入城中。铜板冲到他们近前两百步之处，便给官军大声喝止，再也没能前进半步。

罗马远远地望着岳飞，阳光刺眼，口干舌燥。这十余天来，他反复奔波，可是顾此失彼，到头来竟是毫无建树。阮飞已失去踪影，生死未卜；岳飞也进了龙潭虎穴，就此凶多吉少。那将万民命运系于一身的大将军，一次次地和他擦肩而过，他们之间像是有一道看不见的屏障，将罗马毫不通融地隔开了。

那一队官军裹挟岳飞进城而去。罗马失魂落魄，不知不觉，也跟着进了城。他神情古怪，走到城门处，自有官兵拦阻搜身。罗马魂不守舍，答非所问，登时招来更多盘问。人群外忽有一名将官，惊呼道："罗兄弟？"

罗马看时，只见那人须发皆白，背上背着一根又长又粗的黑杆，乃是一面卷起的大旗。

正是：

金沙滩前血染袍，天门阵下箭冲霄。
忠烈香火不曾断，大旗卷起碧血骁。

原来是先前曾在汴梁城熟识的老将杨勇。故人重逢，罗马神智稍复，向杨勇勉强一笑，忽然间汗透重衣，天旋地转，已是"哎呀"一声，又栽下马来。

这些天来，罗马心力交瘁，伤病交加，终为风邪所乘，这一栽下马，便是大病一场。幸好遇见杨勇，才将他接到了自己家中养病。那杨勇本是天波杨府出身，年轻时在军中专司掌旗一职，将杨家枪法，化入舞旗之术，也是一绝，他与罗马曾在汴梁交好，后来靖康之变，汴梁沦陷，杨勇随军来到临安，两人再未见面。这一回才一重逢，罗马便一病不起，杨勇自是尽心照顾。

罗马这一病，直病了大半年有余。秋去冬来，寒来暑往，在这半年多的时间里，岳飞被一再降职，渐渐失却兵权；岳家军全军撤回之后，又被就地解散，编入张俊、韩世忠各部；金人也重新占领了北伐收复之地。

一切都果如阮飞所料，在朝着越来越坏的局面发展，罗马看在眼中，不由越发自责。

到了绍兴十一年四月，罗马的身子总算康复，便在杨勇的府中帮忙养马。是月，金军大举南下，岳飞、韩世忠等人再度被调离军队，到临安枢密院供职；六月，万俟卨、罗汝楫弹劾岳飞“弃守山阳”；八月，岳飞被罢枢密副使，任“万寿观使”闲职；九月，张宪入狱，岳云入狱；十月十三日，岳飞被投入大理寺狱中。

消息传出，天下同悲。北伐大业，至此功亏一篑，破碎山河，再也没有收复之日。万民共哭，临安城群情激愤。朝中风声鹤唳，韩世忠等名将纷纷告病不起，自顾不暇。杨勇每日回到家里，长吁短叹，闷闷不乐。

罗马问他岳飞吉凶，杨勇摇头叹息，道：“陛下一直在指派奸相秦桧向金人求和。”

罗马目瞪口呆，之前岳家军扬言直捣黄龙，大宋扬眉吐气，金人惶惶不可终日，如今只短短一年，便已强弱更易。天子自毁长城，以至于作茧自缚至此，简直令他既觉可笑，又觉可悲。

杨勇看着他，欲言又止，叹了口气，又出门去了。

又过了几日，这一天，罗马正在马厩打扫，忽然杨勇早早回来，帮着他洗了两个马槽，欲言又止。罗马见他神色不对，问道：“杨将军，出什么事了？”杨勇神色为难，道：“罗兄弟，我这家里，你怕是不能住了。”

罗马一愣，只道他嫌弃自己住了太久，又窘又气，道：“是……好，我马上就走。多谢！”

杨勇见他生气，知他误会，想要解释，却又不知从何说起，张了几回口，欲言又止，终于道：“唉，是了，总之你快走吧。”

罗马心中气苦，将手中刷子一扔，拉了铜板就走。他身无长物，除了这老马以外，连身上的夹衣，都是杨勇新为他置办的。走到门口，正犹豫着要不要将衣裳脱了，杨勇已拿着一个包袱出来，里面是衣物银两，要他收下。罗马待要拒绝，可虑及眼下的食宿，却也英雄气短。

杨勇不由分说，将包袱系在铜板的鞍旁，道："罗兄弟你不必倔强，这些钱物，你将来周转过来，还我便是。"

罗马将牙一咬，道："好!"

牵了铜板，离开杨勇的家，也没个去处，便找了个客栈住下。他此次来到临安，本就是因为一场误会，既无打算，也无投靠，加之岳家军已然覆亡，一时竟不知去路。住了几天，终于决定还是回过去的驿站，去做一个得过且过的驿兵。

这天夜里，罗马收拾停当，只待明日一早，便离开临安。睡到半夜，迷迷糊糊地，忽听客栈的院子里传来铮铮琮琮的琵琶声。一惊而醒，只听有人低声唱道："四十年来家国，三千里地山河。凤阁龙楼连霄汉，玉树琼枝作烟萝。几曾识干戈？一旦归为臣虏，沈腰潘鬓消磨。最是仓皇辞庙日，教坊犹奏别离歌。垂泪对宫娥。"

那是一个女子的声音，如泣如诉，唱的是南唐后主李煜于亡国前所作的一首《破阵子》。罗马没念过什么书，自然不知其来历。可是那词句句平实，娓娓道来，却也令他感同身受，体会到了其中的悔恨与悲凉。

听了几句，罗马翻身下床，推窗一望，只见月色下，一个一身素衣的女子，正在天井中的石桌旁抱琴轻唱。她戴着一顶斗笠，边缘垂下薄薄轻纱，遮住了脸，令人看不清她的五官，可是她身影窈窕，一望可知，必是美人。

客栈中静悄悄的，许多窗户都推开一线，是被吵醒的人，都为歌声所感，悄悄在屋里听着。

忽然"砰"的一声，有人猛地推开窗户，一个粗鲁的声音大叫道："大半夜的不睡觉，发什么骚情，你男人死了？"

“铮”的一声，琵琶声骤停。四下的客舍之中，越发是一片死寂。那女子掩住了琴弦，素指纤纤，白得如同冰雪，良久方站起身来，低声道：“岳少保都已经进了天牢，大宋的男儿，正是都已经死了。”

她的声音冷冷的，一语已毕，一个纤细的身子如同一阵烟雾，轻轻地走出了客栈。

罗马望着她的背影，心中难过，更恨那骂人的粗人。这些天来他一直想要去探望岳飞，可是一者身份卑微，探视无门；二者心中有愧，也无颜以对。可是听到那女子的歌声，听见那一句“大宋男儿”的骂声，忽然间，终于横下心来，要去大理寺天牢走上一遭。

这一决定下来，登时心潮起伏，再也无法入眠。辗转到了卯时，外面宵禁已毕，罗马立刻起身，收拾停当，离了客房。后面牵了铜板出来，到了客栈外，正待出发，忽又想起一事，连忙返回马厩，包了一包马粪，找着了昨夜骂那女子的粗人的窗户，猛地丢了进去。“豁啦”一声，那窗户被马粪打出一个破洞，马粪散开，噼里啪啦地溅入屋中。那粗人梦中惊起，气急败坏地吼叫起来。罗马三步并作两步，已逃出客栈，飞身上马，直奔临安城西，扬长而去。

临安城城西小车桥旁的大理寺，深牢大狱，有进无出，正是关押岳飞的所在。

小车桥桥长三丈，以一方方七尺长、一尺宽、五寸厚的榆木板平铺而成，风吹雨淋，一片乌黑颜色，如锈如血。桥身坚固，两旁是三尺高的木桩桥栏，中间又以手腕粗细的麻绳连贯。桥下是一条小河，冬天时河水已干，裸露的河床里，铺满大大小小的碎石，只有几处洼地，汪着一片片污水脏冰。

初冬时候，桥面上一片白霜。罗马牵着铜板走过小车桥，一直走到桥南，尽头处的一块木板，被换成了两尺宽的黄铜界标，明晃晃、亮堂堂，上面镌着两行字，又用红漆涂得触目惊心，道：大理寺重地，擅入者斩立决。

罗马站在界标前，已不能再前进一步。抬眼望去，前面一片空旷，均属天牢禁地，百步之外，黑气蒸腾，一座乌沉沉、阴森森，宛如铁铸的囚牢，巍然坐落。牢门厚重，如同锈死，边上开着一扇小门，是寻常进出的生死关。门前列队着二三十个士兵，一个个荷枪持刀，横眉立目。其中又有一匹健马、三辆囚车，在人群中显得很是扎眼，应是刚好有囚犯需要交接。

罗马看在眼中，心潮起伏。铁狱无情，那沉重的狱门、血迹斑斑的囚车，只是远远地看上一眼，便已经令人心惊胆战。而岳飞可能就是因为罗马的一块金牌，而自投罗网，身陷其中了。

一直到现在，罗马也不知道自己到底错在了哪里——他是没有料到赵构会如此恶毒、岳飞会如此愚昧，而那些朝廷长官又是如此荒唐……可是那些事，又为什么要由他一个传令兵来预测和判断呢？他只负责送信而已。

铜板跟在他的身后，伸出长舌，舔一下桥栏上的白霜，猛地打了一个响鼻。

十月底的天气，早晨已极为寒冷。罗马裹紧衣服，喃喃道："岳元帅，小人今日便要离开临安了。你吉人天相，千万要化险为夷，咱们大宋的气数，还要靠你来维系。"

他并未奢望入狱探视，只这么遥遥一拜，便算是辞别岳飞。说完这话，转身待走，可就在这时，远远的天牢里面，却忽然传来一阵铜锣声响。锣声又密又久，因为离得远，仿佛热锅爆豆一般。

罗马一愣，一回头，那死气沉沉的天牢，已沸腾起来。天牢外的官军，稍一慌乱，猛地向牢门冲去。牢门紧闭，里面也有人想要出来，内外合力，撞得铁门震动，泥土簌簌而下。可是铁门沉重，这般冲撞，却也连一个缝都没有。狱墙两侧的角楼上，弓箭手箭如雨下，一时间人喊马嘶，乱成一团。

罗马目瞪口呆，不明白门口的官军怎么与天牢的守军开战了。混乱之中，只见门口的官军分出两人，冒着箭雨冲到狱墙墙根下，其中一人双手分持钢鞭，左手鞭刺入墙缝，右手鞭如铁锤砸落，敲在左手鞭的鞭尾上，叮叮声中，硬生生地在墙缝上凿出几个洞来。另一人便在墙洞中插入了什么。两人旋即退开，退开数步，“轰隆”一声巨响，硝烟弥漫，狱墙已塌了一角。

两名穿着官军服色的汉子，没命地从裂口中钻出，全都是周身浴血，狼狈不堪。

羽箭如蝗，两侧角楼交叉封锁，门外官军的三辆囚车，无处躲藏，撞在一起，悲嘶声中，拉车的驽马被射得如刺猬一般，先后倒地而死。仅剩的一匹健马，团团乱转，屁股上中了两箭，终于挣脱了缰绳，负伤逃走。

门外的官军暴露形迹，已知今日无幸，可是仍是拨打雕翎，且战且退。忽然天牢那沉重的铁门轰然洞开，门后早就站好了两排弓箭手，一排蹲、一排立，各个手中都是连发劲弩。机关扣发，弩箭如同毒蜂，登时又将外面的官军射倒一片。

逃走的官军这时只剩五六人，却都是高手，受到三面箭雨的夹击，一面缩紧了阵势、相互照应，一面已经退出弩箭的射程。

就在这时，天牢中的箭雨忽歇，两道黑光自狱门中蓦然掠出，却是两个守卫的将领追了出来。这两名将领都是一身黑甲，其中一个又披着一件长长的披风；另一人头盔上竖着二尺多长、鲜红的一根红羽，手中提着一口黑刀。

这两人精悍绝伦，从天牢中扑出，如同两头黑虎，直奔那几个逃亡的官军扑来。那几个逃亡的官军，先前时被箭雨压制，不得喘息，这时终于得隙，却也已经走避不及，其中两名官军蓦然大吼，不退反进，抢先迎战二人。

那迎向红羽、黑刀守将的官军，服色不过是个士卒，可却正是先前以钢鞭凿穿狱墙的人。他的手中沉甸甸的镔铁竹节鞭，本是两口，因为先前混战中，左臂中箭，已失了一鞭，这时面对黑刀守将，虎吼一声，已是右手鞭一鞭砸下。那黑刀守将稍稍闪身避过，一步又向他逼近。使鞭的官军吼声连连，一鞭一鞭，几乎毫不停顿，把一件重兵器使得狂风暴雨一般，向那黑刀守将砸去。

那黑刀守将阴恻恻地闪转避让，头上红羽簌簌抖动，左手黑刀在鞘，稳如磐石。他身法灵便，在闪避中，仍然不断逼向那使竹节鞭的官军，红羽摇曳中，已逼得那官军步步后退，竹节鞭越使越快。

那竹节鞭粗如鸡卵，长达三尺，本是外家的重兵器，给他这么不顾一切地使出，根本不可能持久。后退七步，那官军已是气喘如牛，越来越累，勉力支撑之下，一鞭砸出，收回时稍稍一滞，终于露出了破绽。就在这一瞬间，白光一闪，那守卫的黑刀，终于出鞘！

红羽猛地向后一倒，那是守将弓步进身，闪电般向前跨出一步。

那一步跨得极大，守将身子前冲，借势出刀，乌黑的刀鞘中，喷薄而出的刀光亮如闪电，一闪即收，又回到鞘中。那使竹节鞭的官军，后退的身子猛地一滞，鸡蛋粗细的竹节鞭从中裂开，紧接着两臂一沉，分别从肘上断落。

那红羽黑刀的守将站直了身体，单手提刀，继续前行。那官军两眼圆睁，眼睁睁地看着他从自己的面前走过，喉中咯咯作响，终于头颈一仰，一个身子自胸口裂开，向后倒去。

另一边，那黑披风的守将，对上的则是一个使双刀的官军。那官军双刀使开，刀光滚滚，如同一个雪球，向那黑披风的守将冲去。可是那黑披风的守将，凛然不惧，笔直地迎上前，伸手便往刀光中探去。

“叮”的一声传出，那绵密的刀光，猛地一颤，向后跳去，与此同时，一道黑线激射而出，穿过刀光的雪球，消失不见。使双刀的官军心中畏惧，可是要想缠住这人，退开之后，却又只得咬牙上前。黑披风的守将更不多言，双手抡开，每一次都准确地找上刀锋，双刀与他的手腕硬碰硬地对撞，“叮叮”声响，乱得没了章法。原来那守将的双臂上，各缚有一面扁扁的铁盾，因此不畏刀锋。与此同时，一道道黑线又从铁盾下射出，却是他的腕下又装有袖箭，铁盾阻断刀锋的防守的同时，袖箭激射而出，近在咫尺、快如闪电，更令人无从闪避。

“噗噗”声令人毛骨悚然，乃是袖箭一枝枝扎入皮肉、刺裂骨头。那使双刀的官军，闪过了三四枝袖箭，却已中了七八枝。一枝枝袖箭钉在他的胸前脸上，像是突兀长出的肉芽，狰狞可怖。

那官军的刀光散乱，黑披风的守将却毫不停手，披风一甩，进步上前，手腕一翻，几乎是抵着那官军的面门，又射两箭，那使双刀的官军仰天惨叫，双眼俱盲，倒地而殁。

那两个黑甲守将，杀人干净利落，身法如同鬼魅。逃出的官军只余四人，眼见走投无路，又有两人回头再战。剩下两人其中一个已经负伤，给另一个人用力架着，这时也想回头，却给那两人狠狠推开了。断后的那两人一面向后冲回，一面叫道："不能都死在这里！便是有一人逃了，也要叫天下人知道岳元帅在天牢里的事！"

剩下的两个官军于是挣扎着向小车桥逃来。罗马本不欲卷入什么争斗，拉着铜板正退出了小车桥，忽听"岳元帅"三个字，已是一愣，张目一望，忽然发现那正冲过来的，被架着的负伤官军，皓首白须，居然正是杨勇。

这老将军为何会在天牢出现，又与守卫争斗？罗马不及细想，已翻身上马。铜板蹄声一响，便穿过小车桥，突破黄铜界限，冲到了杨勇近前。

罗马叫道："杨将军！"一探身，伸手来拉他。杨勇抬起头来，见是罗马，也吃了一惊，叫道："罗兄弟？"那搀扶着杨勇的官军，见有熟人接应，连忙将杨勇送上马背。

后面两声惨叫，是后来断后的两人，也已毙命。那将杨勇送上马背的官军叫道："快走！"在铜板的臀上一拍。铜板大怒，小尥了半个蹄子，却也知道情势危急，顾不上踢他，已是又奔回小车桥上。

那最后的官军，大吼一声，孤身迎向两个守将。铜板驰上小车桥的中间时，罗马回头张望，已见那人为黑刀守将一刀过处，四肢俱裂。

杨勇目眦尽裂，罗马叫道："铜板，快跑！"铜板四蹄生风，跑下桥去。角楼上追射而来的羽箭，落在桥上，扎在桥板上，发出笃笃钝响。待到那两个黑甲守将追上小车桥时，只见桥北一片空荡，那二人一马，竟已跑出数十丈开外。两个人面面相觑，都几乎怀疑自己白日见鬼，道："怎么会有这么快的马的?!"

正是：飞马逃得鹰犬爪，枷笼困住大英豪。欲知后事如何，且听下回分解。

第五回

穿二宅飞马漏网　入桃林秘党藏身

人常常以为自己能够主宰自己的命运，无论之前做过什么，都可以决心与之断绝关系，从而急流勇退，但实则不然。一旦做过坏事，人便会贪恋坏事带来的便利，一错再错；而一旦做过好事，便也会陶醉于行善带来的满足，不断继续。命运，会一次次地将相似的选择，推到他的面前，让他无法拒绝，也无法改变。

且说罗马，本想是在天牢外遥拜一回岳飞，便就此远离是非，再也不问此事，可是却那么巧，赶上了杨勇为人追杀。一时放心不下，只得纵马救人。铜板载着二人冲下了小车桥，风驰电掣，一口气便将天牢内的追兵甩得影儿都不见，可转眼之间，便已累得热气直喘。

路边渐渐有了行人买卖，二人一马，已到了临安城的繁华所在。

杨勇低声道："前面左转!"

铜板越跑越慢，显然已支撑不了太久。罗马听见杨勇指挥，不及多想，一提缰绳，铜板已然左转，猛地冲入一条小巷。小巷幽长，只容二马并行。两侧的高墙上，隔着几十步，有几扇紧闭的小门，当是大户人家的角门。这时其中一扇小门忽然打开，杨勇道："不要停，进!"罗马一低头，伏在铜板鞍上，驰入角门，小门在他身后"咔嗒"一声合上了。

他们进入了一座阴暗的大宅，宅中一片死寂，高搭灵棚，引魂幡在微风中有气无力地抖动，地上满是落叶与纸钱，竟似许久没人打扫。杨勇道："跟着红旗走！"只见一条几乎给落叶遮掩的甬道上，每逢转折处，便插有一面小小的红旗。铜板沿着红旗，蜿转向前，这宅子院落重重，可是门锁窗封，原来早已没人住了。

奔行间，忽然眼前一亮，原来已经穿过大宅，从前面的正门跑了出去。

这座大宅的外面，是一条宽阔的街道，街道对面，又是一座宏伟府邸。府邸的黑漆大门这时大开着，门口也插有红旗，门上金匾高悬，上面写着"高府"二字。罗马问道："红旗？"杨勇在他身后咬牙道："红旗！"铜板从无人的大宅中跃出，横穿大街，一头撞入那府邸之中。那高府气派宏伟，雕廊画栋，院中以青条石铺地，汉白玉铺路，甬道上插有红旗。铜板已知规矩，不待罗马指挥，几乎毫不停留地沿着红旗跑下去。

院中颇有不少仆从，房前屋后，忙忙碌碌，可是看见这样一匹快马在府中奔驰，却仿佛视若无睹，各自低头做自己的事情。只有正堂下一人，约莫五十多岁，瘦小枯干，穿一身鲜红的袍服，负手而立，看着杨勇、罗马经过，双目中厉光一闪。

沿着红旗指引，铜板穿门过院，又跑入一座花园。红旗笔直地伸向一座假山，假山山脚上开出一道暗门，一条地道斜伸而入，火把照亮通道，门口的红旗随风飘摇。铜板驰入，终于不能快跑，罗马跳下地来，拉着它顺着灯光继续向前，约莫走了一盏茶的时间，前方重见天光，他们跑出地道，已到了一片桃林之中。

地道口外有七八人，正急得如热锅上的蚂蚁，忽见他们现身，登时围了上来。他们并不认识罗马，看见杨勇，纷纷叫道："杨将军，岳……人呢？"

杨勇挣扎着跳下马来，脚下一软，险些摔倒，长叹道："我们行动失败，章将军、贺将军他们，都已牺牲了。"

众人又惊又恨，有人瞪视罗马，问道："那这人是？"

杨勇长叹一声，道："这一人一马便是我常提起的大宋飞马，罗马、铜板。"

那一群人稍稍放心，纷纷来问杨勇详情。罗马给他们晾在一边，犹豫道："我们……他们不会追过来吗?"

有人不耐烦，道："都到了这里，已经没事了!"

罗马心中不快，却也不愿与他们争辩，一声不吭地拉着铜板便走。杨勇在人群中连忙叫道："罗兄弟，你先别走，你在那边等我一下。"罗马稍一犹豫，点了点头，牵着铜板走开十几步，在一棵老树下站住了。

那桃树树冠平展，枝干旁逸横出，覆盖足有数丈。罗马走入其中，斜靠在一根粗枝上休息。铜板在桃枝间左嗅嗅右闻闻，撕下一片未落的枯叶，嚼了两下，又给吐了。罗马从干粮袋中抓了一把黄豆，慢慢地喂给它吃。

杨勇和同伴聚拢在一起，低声说话。一群人神情严肃，偶尔传出一两声怒吼，不知是说到了什么了不得的秘密。罗马极目远眺，只见这一片桃林极为广袤，虽然入冬以来，树叶几乎已经落尽，但枝丫彼此遮掩，几十步开外的景物，仍然丝毫不露。天牢发生了这样的大事，想必整个临安城，都已闹翻了天，可是这片桃林却如与世隔绝，像是绝没有人能够找来。

他呆呆出神，不知过了多久，忽然远处脚步声杂乱，回头一看，原来是那边的谈话已经结束，林中接应的众人，匆匆离去，转眼间纷纷消失在桃林深处。只有杨勇一瘸一拐地，向他这边走来。

那老将军重伤失血，虽已经过包扎，这时兀自脸色灰败，看见罗马回头，勉强一笑，道："今日多亏有你……不然我这把老骨头，只怕已交待了!"

罗马犹豫道："杨将军……你们，是在营救岳元帅么?"

虽然一直没人跟他说明情况，可是反出天牢、遭遇官军追杀、接应者欲言又止的一个"岳"字……种种迹象，彼此印证，早已将杨勇遭遇追杀的原因呼之欲出。

杨勇叹道："可惜功败垂成，不仅没能救出岳元帅，还害死了一众兄弟。"

罗马心潮起伏，道："杨将军，你……是故意逼我走的？"

先前时，杨勇突然将他赶走，一反常态。罗马原就有些不解，刚才细细想来，竟像是杨勇不欲他参与营救岳飞之事，让他早日脱离干系一般。

杨勇叹道："营救岳元帅，无论成功与否，都是掉脑袋的事。你在我家寄住许久，大宋飞马之名，还是传了出去。许多人都想拉你入伙，可是我却知道罗兄弟虽然不是那胆小之人，这一生却都为国事所累，牺牲太多。实在不忍你再次犯险，这才将你逼走……好在，你为人骄傲，想要逼走你，还真的挺容易的。"

罗马张开了口，想要说话，喉间却似被堵住了。他因有铜板相助，有了天下无双的脚程，因此便被人不断地使唤来、使唤去。驿站长官、阮飞、李纲、辛弃疾、赵构、岳飞……人人都说，国难当头，他和铜板不能置身事外，所以他要出使金国，孤身犯险；千里奔走，冲营闯阵；更需要缠斗金蟾，踏破冰河；还需要和秦双一再别离，以至于阴阳永隔。

这是第一次，有人明明知道他们的本领，明明是在这么紧要的关头，却还是让他先走，让他简简单单地度过他接下来应该没什么趣味的余生。

罗马哽咽了一下，道："杨大哥……既然我已经知道这件事了……那请让我和铜板也帮忙营救岳元帅。"

杨勇叹道："我刚才将你留下，原也便有此意。你在天牢外露了形迹，只怕也为官军追捕。离了这桃林，便有性命之虞。"罗马叫道："我不怕！"杨勇终于把心一横，道："也好，有你的飞马在，咱们'垂云党'的计划，也许可以多出两分胜算了。"

原来这一群人，都是大宋各地军中的忠勇之士。他们分属不同将帅，官职有高有低，但全都仰慕岳飞的为人，视他为大宋中兴的希望。此番岳飞含冤入狱，他们本就气愤难平，不久前却又有消息说，金国派来密使暗中接触秦桧，扬言金兀术曾称："必杀岳飞，而后和可成。”

金人逼人过甚，而秦桧怯懦至极，岳飞身在天牢之中，为人鱼肉，虽是国家栋梁，只怕还真有性命之虞。值此生死关头，终于有人振臂一呼，营救岳飞的人，这才秘密结盟。因为岳飞表字鹏举，众人取大鹏“翼若垂天之云”之意，将他们的联盟叫做了“垂云党”，而杨勇便是其中的骨干。

这日黎明前的寅时，杨勇带了一队人马，打着假旗号来到大理寺，想趁着黎明前守卫困倦松懈之际，将岳飞提出天牢，远走高飞。他们出身行伍，提人、押解的事，原是轻车熟路；伪造的令符，来自秦桧府中，也颇能以假乱真；再加上杨勇白发长须，瞧来德高望重，那计划本该是十拿九稳的，谁知在提人时，终究是露了马脚，这才引来守卫的追杀。

天牢中敌众我寡，杨勇及假扮他随从的四人且战且退，拼死杀到狱墙处，已是死了三人，伤了两人。终于被外面的同伴炸墙接应，逃出来时，却又引来了天牢的守将石不全和樊百岁的追杀。

那石不全头顶红羽，善使黑刀，绰号“五马黑风”，是说他黑刀所向，对手身首不全，如同“五马分尸”；黑披风的樊百岁则是以袖箭杀人，绰号“铁蝎”，一身的机关弩箭，偏偏擅长近身缠斗，箭头上从不淬毒，每每是用弩箭将人硬生生射死。他们一轮追杀，杨勇一行几乎全军覆没，同去的四十五人，只活着一个他回来。

杨勇垂泪道：“人都说天牢一入，插翅难飞，我们早就知道，那狱中机关处处，守卫的士兵个个训练有素。只是仍没想到弓弩手射术精湛、盾刀手配合无间，到了这般地步。而石不全和樊百岁的武艺之高，只怕一对一，我都不是对手……岳元帅……岳元帅此番危矣！”

罗马惊道：“岳元帅真的危险？他们真的敢杀他？”

杨勇叹道：“我们进入天牢，原本一切顺利。当值的石不全不料我们如此大胆，竟然冒用秦桧印鉴，因此并未怀疑我们的来历，便已命人去囚室中提出岳元帅父子——那实在是前所未有的运气，眼看我们就要大功告成，谁知在刑堂上等待时，岳元帅还没提到，已有狱卒将张宪将军和岳云将军拖了出来。那两位小将军，原是多么威风漂亮的人物，可是短短一个来月的时间，却已经被折磨得不成人形了……那是什么人，才能对这样的国家栋梁下此毒手？他们即使还能活着，也永远残废了！——秦桧绝没打算让他们活着出来，他就是要让岳将军他们死在牢里的……看到他们的样子，我们又惊又痛，神色有异，这才给樊百岁看出了破绽。”

罗马听在耳中，直如五雷轰顶。当日在岳家军里，他也曾远远地见过张宪与岳云的英姿。那两位少年意气扬扬，仿佛周身都笼罩着令人羡慕的光芒，与他直有云泥之别……可是现在，他们却已经“不成人形”了。

罗马颤声道：“我们……怎么才能救出他们来？”

杨勇无奈道：“我此番功败垂成，白白坏了一众兄弟的性命。只盼高将军和卢大人，还能有什么新的办法吧！”罗马一愣，道：“高将军？卢大人？”

杨勇说到那两人，虽然沮丧，却也不由微微自得，道：“今日咱们穿过的两座府邸，正是我们原先计划好了的撤退之路，也是我们‘垂云’两位首领的私宅。我们这两位首领，原是朝中水火难容的一对死对头，如今却因岳元帅的缘故，一同成为我们这个秘盟的主事之人。其中一位，便是高府里的那位红衣老者，当朝平南将军高战虎。前些年川地动乱，高将军率军平叛，立下赫赫战功，是这两年屈指可数的御前红人，最早出来成立‘垂云’的人，也正是他。另一位则是左谏议大夫卢显臣大人。川地动乱时，他因同情乱民，多次上书，反对高将军的强势镇压，以致获罪罢官，遭遇举家发配。不久前虽然侥幸得以平反，归还了府宅，可惜一家人却在发配的途中感染瘟疫，到头来，返回临安的只剩了他一个。可即便如此，他在听说‘垂云’的事情之后，也还是立刻加入进来，出谋划策——咱们所经过的第一座搭满了灵棚的府邸，便是他家。”

那两座诡异的宅邸，原来竟隐藏着这般纠葛的恩怨。外人当然想不到，那因一场动乱而一喜一悲的两人，竟会化敌为友，一起做这大逆不道的勾当。无怪乎铜板穿过两所府宅之后，一直都没有追兵能找到这座桃林。

想到高战虎和卢显臣二人，心性不同、际遇迥异，却能在岳飞的冤狱前，放下成见，罗马心中也不由热血沸腾。

这桃林原来是朝廷御果园的一角，冬日以来，封园养树，更是人迹罕至。原来自靖康之变后，宋室南迁，将临安做了都城，许多宫苑都是征用先前时的民居旧宅。高战虎的府邸和御果园，原本正是城中同一位富商所有，征用之后，却重新划分，归于不同的主人。那富商为防战乱，在自家修了这么一条秘道，如今却给垂云党，留下了一条逃生之路。

到了夜晚，秘道中又来了几人：高战虎一身红衣，当先而行，虽然身形瘦小，但龙行虎步，气势非凡；跟在他身后的另一人则与他相反，约莫三十余岁，一身灰布长袍，脚步拖拉，神色颓唐，如同孤魂野鬼一般，在高战虎身后吊着，便是杨勇口中的卢显臣。

正是：

铁骨一身铮铮响，丹心满怀阵阵香。
从来英雄不寂寞，安知侠义是吾乡。

剩下几人，都是仆从，提篮挑担，带了许多吃用杂物。

杨勇急忙上前迎接，将铜板向高、卢二人引见。高战虎上下打量罗马，神情颇为不屑，道：“你不是说他的马已老了，跑不快了？怎么又来了？”

罗马一愣，脱口怒道：“不是……”话一出口，忽见杨勇向他猛眨眼睛，才反应过来，应是杨勇先前为使自己脱身，向同伴撒了谎。连忙改口道：“不……不跑远路，铜板仍是最快的！”

高战虎“哼”了一声，道：“白天跑得倒是还行。”

卢显臣站在高战虎的后面，这时忽然抬起头来，向罗马微微一笑，竟像是久识一般，罗马心中迷惑，只得含混着“嗯”了一声，退到了后边。

高战虎之前已听离开桃林的人转述过天牢中的情形，这时为防疏漏，又向杨勇追问了几处。杨勇满面羞愧，又说了一回。高战虎听在耳中，脸色越来越冷，一双眼如冷电一般，直欲将夜色刺穿。卢显臣在一旁垂头听着，间或掀起眼皮，看一眼杨勇，一双眼睛微微发红，似是灰烬中的两点炭火。

杨勇恨道：“我这条命，本该也扔在天牢之中，可是为了将岳元帅的消息传回，终于是逃了回来。高将军、卢大人，岳元帅命在旦夕！接下来，我们该如何行动？无论如何，请让我再去打个先锋，让我到了下面，不至于无颜面对列祖列宗、各位兄弟。”

他热血激昂，高战虎神色冷峻，却没有答话。卢显臣仰天打个哈哈，走到了铜板身边，负手弓身，与那老马四目对视，居然做了一个鬼脸。铜板如何会怕他，不屑地抖抖颈上长鬃，眼睛眨也不眨。卢显臣哈哈大笑，道：“曾经伯乐识长鸣，不似龙行不敢行。大宋第一飞马，今日一见，名不虚传。”

他夸奖铜板，罗马虽然没太听懂，也是心中高兴，道：“多、多谢。”

卢显臣伸手去摸铜板，道：“我今日在府中放你们通过，差点跟不上它……哎呀！”

话没说完，已发出一声惨叫，却是去摸铜板时，被铜板一拧头，在手腕上咬了一口。罗马吃了一惊，连忙让铜板松口。总算铜板知是玩耍，咬得不重，卢显臣哭笑不得，蹭了蹭腕上的口水，道：“这老马，简直精成了妖怪。”

罗马羞愧难当，道：“它不喜欢人……不喜欢别人……”

卢显臣苦笑道：“无妨、无妨，非凡之物，必有非凡之性，是我太唐突了。”忽然身形一晃，已来到铜板身侧，伸手又在铜板的鬃毛上捋了下去。铜板吓了一跳，“脱”地打横一跳，后蹄扬起，猛地向他蹬去。

“呼”的一声，卢显臣猛地向后倒去。他的双足钉在地上，身子自膝盖向后弯折，膝盖以上的身子顺着铜板的铁蹄来势，笔直地斜悬半空，铜板两只铁蹄，挂定风声，从他腹上、胸前、鼻尖前三寸之处掠过，“嗖”地蹬了个空。

铜板双蹄蹬空，落地后一声低嘶，身子转了个圈，变得头冲卢显臣。两目圆睁，鼻中咻咻喷气，颇有再战之意。卢显臣直起身子，摸摸鼻子，笑道：“好马好马，我还以为鼻子要被踢扁了。”

原来这人幼年时曾得异人相授，一身轻身的功夫天下少有。白天时铜板穿过他家宅院，卢显臣惊觉那马快得不同寻常，一时好胜，便凭着地势熟稔，无声无息地跟在了铜板之后。他身法轻奇，罗马没发现他，而铜板的脚力，却已令他在意。这回正式相见，稍微一试，不由更起了惺惺相惜之意。

高战虎久久不言，卢显臣又东拉西扯地和铜板玩个没完。垂云党的两位首领，都不表态，罗马心中焦急，叫道：“卢大人，别闹了……营救岳元帅，我和铜板也想参加！”卢显臣笑吟吟地看着铜板，微笑道：“来啊，你要不怕死，就来啊。”

高战虎咳嗽一声，道：“杨兄弟既然信你，算你一个倒也无妨。这事眼下还急不得，你们先在这藏好了。天牢里弟兄们的尸体，早晚泄露身份，咱们下次要怎么干，都得重新考量。”

杨勇越发悔恨，道：“都怪我成事不足，令众位弟兄白死！”

“嗤”的一声，却是卢显臣背对他们，发出一声冷笑，道：“好人没救出岳飞，不是好人的错，而是奸党可恶。弟兄们的仇，须是算在奸贼的身上，大不了将来宰了秦桧，也鞭尸他几天罢了。”

他自出现以来，便阴阳怪气，又和铜板打闹不休，没个正形。可是偶露峥嵘，语气森然，竟令罗马激灵灵打个寒战。

高战虎招呼几个仆从，将带来的衣物、杂物放下。他考虑周详，这一趟带来了吃的用的，甚至连铜板的草料都已提前备好。卢显臣不再纠缠铜板，闪身又站到了高战虎的身后，亦步亦趋，布置好一切之后，方才离去。

正是：英雄仗义为国事，匹夫何尝怕出头。欲知后事如何，且听下回分解。

第六回

风雪夜天牢攻破　小车桥秘鼓声传

人常说英雄难当，其实更难当的，是面对这世间的不公，却忍气吞声，放下心中的道义，从此之后，苟且偷生。多少好汉子，一向甘于平凡，不问世事，可是一旦大事临头，却终究无法视而不见，只得踊身一跃，管他前面是刀山也好，火坑也罢，便是粉身碎骨，也好过将来悔恨交加，无法再面对自己。

且说罗马，只因救了杨勇，又顺势加入了垂云秘党，在御果园的桃林中藏了几日，等到风声稍过，才和杨勇被陆续送到了城外，在临安城外三十里一处村庄暂住。

高战虎与卢显臣之后秘密商议，定下来的计划，居然是强攻天牢：其实岳飞命在旦夕，而垂云党成员过百，多数是军中悍将，与其缩手缩脚地用什么智取，莫不如以雷霆万钧之势，放手一搏，反倒胜算更大。高战虎言道，劫出岳飞之后，由罗马、铜板火速送出临安，其他垂云党人，除去伪装，混入闻讯赶来的军队，尚有全身而退的机会；而卢显臣则称，到时候由高战虎对付石不全，他来对付樊百岁，针尖麦芒，一决生死。

那高、卢二人，高战虎位高权重，貌似咄咄逼人，实则考量缜密，未虑成、先谋败，永远备好了退路；反倒是卢显臣，大概是因为家破人亡之故，在颓唐丧气之下，格外地激烈张扬，行事毫无保留。

垂云党的两位领袖，一正一奇，正是相互补充。他们安排已定，罗马虽觉冒险，也只得每日秘密操练，帮铜板习惯，如何在多驮一个人的情形下，跑得再快些。铜板一辈子不爱负重，如今老了，还忽然改变跑法，殊为不易。罗马又是心疼，又是担忧，可是事关岳飞的生死，也只得硬下心来狠练。如此练了一月有余，铜板终于在多了一人的情形下，也能发挥自己八成以上的速度，快如疾风闪电。

另一边杨勇腿伤痊愈，取回了自己趁手的兵刃飞虎旗，守卫于铜板身侧。他的独门大旗杆长七尺，旗面长九尺、宽七尺，内织金丝，上绣飞虎，刀枪不入、水火不侵，挥舞开如同一面软盾，若不是上一次杨勇为了隐藏身份，不曾带入天牢，还真不至于被天牢的弓箭，伤得如此狼狈。

铜板奔行的速度天下无双，一旦跑开，等闲的攻击，便对它望尘莫及。只有在停下来接岳飞上鞍时，才是它最脆弱、最危险的时候。杨勇练习的内容，便是前蹿后绕、纵高伏低，用大旗将罗马、铜板完全笼罩起来，务求到时候保护他们不为冷箭流矢所伤。

万事俱备，他们秘密潜回临安。腊月初八，天降大雪。黎明前，天色最黑时候，垂云党一百二十人悄无声息地越过了小车桥。鹅毛般的雪片纷纷扬扬，十步开外，便难见人影。

高战虎率人组起了四架云梯，信号一起，突然同时发动。两架云梯搭上狱墙，两架云梯搭上角楼，垂云党中的攻城高手口中衔刀，踏着云梯直冲上来。角楼上的守卫发现他们，想要阻拦时，已来不及，才一发出警报，刀光已到眼前。

另一边，越过狱墙的垂云党，已斩断门闩，将狱门打开。

天牢中警报之声大作，垂云党丝毫不乱。他们堂皇而来，用了攻城的手段，来攻破这座天牢。

弓箭手控制角楼，攻城队破坏机关，二十人手持盾牌推入天牢，高战虎率人长驱直入，卢显臣大袖飘飘，晃身跃起，立于狱门门楼之上。

他的轻功竟如此之好，罗马再见还是吃了一惊。他在小车桥南准备接应，远远地只见卢显臣轻飘飘地站在高处，天牢中亮起火光，照得他如同一张薄薄的纸片，稍稍一顿之后，纵身跃下，彻底消失在天牢之中。

在这一瞬之间，罗马的心中，忽然间莫名生出不安。

卢显臣跃下去的一瞬间，似乎有哪里与平日的他颇有不同了。天牢中杀声冲天，忽然间惊天动地的一声巨响，连大地都为之震颤。铜板大吃一惊，连连后退，只见一道浓烟，如黑龙般自火光中腾起。天牢中的人声忽然一变，杀声四起，压过了惨叫声。

杨勇手把飞虎旗，脸色骤变，惊叫道："不好，只怕天牢中已有埋伏！"

虽然看不见天牢中的局面，但是其中强弱之势，显然已经发生改变。垂云党救人，憋着一口气，咬着牙、闷声杀入，因此之前只有惨叫声，是垂云军志在必得；但现在，天牢中传出的喊杀声如此响亮、整齐，却只怕正是由本该溃不成军的天牢守卫发出的。

铜板团团乱转，罗马惊慌失措，叫道："怎么办？"

天牢有变，只怕是提前走漏了风声。高战虎、卢显臣失陷在天牢中，凶多吉少。杨勇又急又恨，只得自己来拿主意，叫道："先退！"

只见天牢中火光熊熊，爆炸声一声接着一声。罗马大叫一声，一带缰绳，铜板猛地转了个身，便要从小车桥退下。可是才一回身，便已见小车桥桥北，不知何时，多了一团黑影拦路。

那黑影横在桥北，约莫三尺来高，四尺来宽，方方正正、厚实沉重，如同一座杀气腾腾的古坟。罗马一眼看去，虽然还没有看清那黑影到底是什么，但却已激灵灵打了个冷战，便如羔羊遇着豺狼一般，本能地起了一阵寒栗。

正是：

不是鬼来胜似鬼，不是魔来胜似魔。

智慧点亮邪魔路，错把他国认故国。

一瞬间，仿佛万籁俱寂，天地间只有罗马的心跳声。一个故人之名，忽地已涌到他的口边，就要破口而出。

那古坟向前移动，来到小车桥正中，终于为火光照亮，露出了一张扭曲丑陋的脸孔：他的鼻子只剩一半，露出黑乎乎的一个窟窿，肌肉歪斜，嘴唇萎缩，一口牙横生竖长……这个人的样子已经完全变了，但罗马却仍在一瞬间就认出了他，颤声叫道："金……金蟾！"

那人正是阴魂不散，纠缠了罗马一生的恶人金蟾！

他第一次与罗马相遇时，还只是一个天真烂漫的傻子，和罗马一见如故；之后跟着罗马出使金国后，却为金人蛊惑，叛宋降敌，一步踏错，越走越远；再后来他又于汴梁城中，落入妖道郭京之手，被郭京用药物改造，变得奸狡过人。不仅造成了汴京城破，更千里追杀罗马、铜板，恩断义绝。到最后，他又组建了金人的骑兵风字号，纵横河北，戕害忠良，这才被罗马诱上黄河，整队人马沉入冰河之中。

罗马只道那一次，终于了结了两人的恩怨，谁知这个人竟像是永远也死不了似的，又出现在他的面前。

罗马惊叫道："你……你没有死！"

金蟾咧开大口，鼻子的黑洞和嘴巴的黑洞几乎连成一片，那令他的脸整个儿地变成一个深陷的大窟窿，道："你想让我死，可是我偏不会死！你把我扔下冰河，我几乎就要给冻死了。可是我还是活下来了。你虽然冻掉了我的鼻子，冻掉了我的牙，冻掉了我的手指，我的腿……可是我一天不杀了你这大宋飞马，我就绝不会死！"

说着话，他突然站了起来，"呼"的一下，竟似升上了半空。罗马吃了一惊，金蟾天生怪相，本就只有五尺不到的身高，如他方才所言，双腿在冰河中冻坏，是以之前从桥头走到罗马近前，全靠膝行，故此看起来一直只有三尺多高。可是现在他忽然"站"起来，凭空便已高了一尺多，两膝下空空荡荡，没有了腿，但却有两柄蓝汪汪的、颤巍巍的单刀。

金蟾狞笑道："我这一对百炼的'刀足'，你觉得如何？"

那两柄单刀形状怪异，刀头弯曲如碗，支在地上，刀身弯曲如弓，承担着金蟾如磨盘般厚重的身子，却不会折断，也不知是如何锻造而成。

这个人越来越像妖怪了，罗马颤声道："你……你怎么会到这里？"

金蟾大笑道："金主派我来取岳飞的性命，谁知就又有了你大宋飞马的消息。"

原来之前金兀术派来临安的使者，居然便是金蟾。罗马又惊又怒，可是不知怎地，对上这人，却是恐惧远远大于其他。金蟾迈步向前，刀足屈伸，锋刃反射寒光，每一步都像扎在他的心头。杨勇双手横旗，忽然向前一步，拦在铜板前面，低声道："罗马，你先走！"

罗马稍一犹豫，已是胆寒气沮，正想要从小车桥旁迂回而走，忽然头顶上"唰"的一声轻响，又有人凌空落下。只见卢显臣浑身是血，正在三丈开外，笑吟吟地望着他们，手上提着一颗人头，须发皆张，似是至死都难以置信——正是高战虎。

杨勇大惊，怒喝道："卢大人，这是怎么回事？"

卢显臣微微一笑，状甚猖狂，道："我是垂云党中的奸细，当然杀了他了。"

罗马、杨勇大吃一惊，卢显臣本是垂云党中最坚决的领袖，这时竟做出这种事来，怎不令人意外。金蟾大笑道："这位卢大人，一早便将你们的计划，告诉了我。秦桧因此在天牢中埋下一十三处炸药，所有的垂云党人，今日必死！"

罗马只觉天旋地转，胸口发闷，一时竟说不出话来。

金蟾大笑道："炸药可是个好东西！'轰'，便炸死了秦双；'轰'，又炸光了垂云党。什么样麻烦的人都好，只要聚成一堆儿，点个火，便可一下子都消灭了。不过罗马，我要杀你，还是要亲自动手。"

罗马又惊又怒，听见他提到秦双，不由更是气得眼睛都红了。

杨勇在旁怒喝道：“卢显臣，你竟卖国求荣？”

卢显臣受他指责，仰天大笑道：“我卢显臣一心保国，岂会做那禽兽不如的事？我只是为这大宋的江山，下了一剂猛药而已。当今天子昏聩，朝中奸佞横行。岳飞一介武夫，愚忠可笑，难堪大用，单凭此入狱一事，便已可证明，那直捣黄龙之誓，不过痴人说梦。他不是能够真正拯救大宋的救星，倒不如让他死了，则这千古奇冤，旷世惨剧，也许才会激发出一位真正的英雄，知耻后勇，重振朝纲。到那时方是收复山河，解万民于倒悬的机会。”

他一本正经地说出如此荒诞不经的念头，杨勇又气又恨，叫道：“你又怎知一定会有强过岳元帅的人？”

卢显臣仰天大笑，笑声凄厉，道：“若没有，便是不分忠奸、自毁长城的大宋，天命该亡！”

金蟾笑道：“这书呆子猪油蒙心，要帮我们金人杀岳飞。我当然不会拒绝——何况，这一次，居然还有大宋飞马，送上门来。”

卢显臣笑声一敛，森然瞪视金蟾，道：“来日你死在我的手里时，也能认命就好。”

杨勇恨道：“高将军那么信任你，你却辜负于他！”

卢显臣正色道：“他害我家破人亡时，又何曾‘信任’过我？岳飞要死，垂云党也必须覆灭。大宋今日，民情激愤，已如怒涛奔流的洪水，本该早就冲破朝中那昏君佞臣的堤防，顺势而下，扫灭金人。可你们却如泄洪的河道，左一个分支，右一个岔流，总在给老百姓希望，结果却只是一点一点地消磨着这股力量，终于令它越来越衰弱，唯有将你们全都剿灭，才能百川归海，合力于一处。”

他滔滔不绝，舌灿莲花。罗马好不容易冷静下来，可是听在耳中，却又觉越来越混乱，叫道：“你们……全是疯的！”

卢显臣脸色一变，道：“大宋飞马，也是泄洪的一支细流，今日终是留你不得。”金蟾则笑道：“我杀大宋飞马，便没那么多大道理，只是这么久了，看到你们一人一马，便恨得牙根痒痒。”

话已至此，已是多说无益。罗马与杨勇训练多日，心意相通，杨勇大旗一指，铜板已猛地向卢显臣冲去。卢显臣一声轻笑，也向前掠出，右手在腰间一抹，已抽出一柄绸带般的软剑，“唰”地抖得笔直，向铜板疾刺。杨勇大旗一抖，飞虎旗旗面张开，翻卷如同旋风，向卢显臣裹去。

“铮——嗡”的一声轻响，罗马只觉身后金风袭人，回头一看，黑沉沉的金蟾已向他飞来。

“铮”的一声，是顿地发力。

“嗡”的一声，是飞出之后刀身震颤。

金蟾一瞬间已扑到罗马身后。一双残手，腕上镶着一对铁钩，直奔罗马后心扎去。罗马大骇，连忙一带缰绳，铜板于千钧一发之际，向旁闪开。金蟾扑空，一个身子已抢到了铜板的前面，刀足向前一探，“叮”的一声，又撑在地上。刀身弯曲，如同满月，稍稍一顿之后，又再度弹起。

“呼”的一声，金蟾如被射出的弩箭，那宽阔得如一堵矮墙的后背，猛地向铜板撞来。

那刀足的弹力，与血肉之躯的发力方式大相径庭，金蟾的动作因此诡异绝伦，铜板终于反应不及，被他正撞在颈侧。“砰”的一声，虽以铜板的神骏，也给撞得打横踉跄，跌出数步，险些摔倒。铜板长声痛嘶，长颈上血肉模糊，竟已受了重伤。

金蟾落在地上，哈哈大笑，反手一钩，撕下自己的外衣，只见他的胸前背后，十字交叉，绑定两条巴掌宽的皮带，皮带上又镶满尖钉，刚才正是背后的钢钉，扎伤了铜板。

铜板受伤，罗马只觉心如刀绞，叫道：“金蟾，我和你拼了！”从鞍侧抽出弹弓，想要发射，可是激动之下，手抖得厉害，还未扣上铁丸，弹弓便差点脱手掉落。金蟾仰天大笑，双手交叉，铁钩碰撞，刮出一道长长的火光，叫道：“今日还不交待了你！”

另一面，杨勇对卢显臣，两个人的软兵器一个巨大，一个纤巧。巨大的乌云密布，泼水不入；纤巧的却如一道道闪亮的电索，围绕着乌云，越勒越紧。一旦久战，只怕杨勇必败。

就在这时，距离他们不远处的小车桥下，忽然传来一记鼓声。

“咚”的一声，那鼓声突兀地响起，似是一柄无形的大锤砸落。

草木震颤，风尘吸张，小车桥南，两两厮杀的四人，蓦然间只觉胸口一滞，一瞬间竟都喘不过气来。一声鼓响之后，是一阵死一般的安静，仿佛天地间的声音，尽都被那一记鼓声击杀了似的。

俄尔细碎的“嚓嚓”声渐渐响起，乃是桥下结冰的河水正由近而远，渐渐裂开。

那是什么鼓声，竟如此厉害？罗马惊疑不定，却见金蟾大叫一声，已猛地回过身来，如弹丸般，向那鼓声传来的桥底，激射而去。

“咚”的一响，那奇鼓已敲响了第二声。金蟾人在半空中，首当其冲，正与音浪撞上，一个壮硕如同铁块、石墙的身体，忽然间竟似被拆去了筋骨一般，从天上直摔下来，拍在地上，一时挣扎不起，只双手抱着头，满地翻滚。

他的双腕上装着铁钩，这般抱头时，铁钩交叉架起，额角上鲜血淋漓，已给自己扎破了。罗马眼尖，一眼看见，金蟾那光秃秃的头顶上，头皮随着他的呼吸，一起一伏，竟似是有什么东西，要从他的脑袋里钻出来一般。

鼓响之后，又是一片死寂，只不过这一回越来越响的，是金蟾的惨叫声。

那已将自己改造得如同妖怪一般的凶徒，这时却似是打断了腰的狗儿一般，惨叫得又痛又怕。那鼓声威力固然惊人，可是似乎是对他格外有效。桥下击鼓之人，于垂云党而言，显然是友而非敌。

卢显臣大叫道：“梁夫人，你终于来了！”状甚激动。忽然间一轮强攻，已逼退了杨勇，单人孤剑，直奔鼓声传来的桥下而去。

“咚”的一声，第三声鼓声响起。

卢显臣虽不似金蟾般被整个摧毁，却也如同惊弓之鸟，人在半空中，一个瘦棱棱的身子，陡然再度向上拔起。天上半月明亮，他在月影中两袖一展，御风而行，平移数丈，一个筋斗翻过，头上脚下，人剑合一，直奔桥下刺去。

远远地，只听他大笑道："贱妇，我把你抓出来，看姓韩的还往哪里躲！"

在这一瞬间，桥下蓦然间光华大盛！一道凌厉的刀光，倒冲而起，与卢显臣的剑光在空中相遇，"铮叮"一声脆响，血洒如雨，卢显臣斜斜落下，尖叫道："好刀法！"

正是：河边谁人敲战鼓，一声更比一声高。欲知后事如何，且听下回分解。

第七回

一世仇金蟾再现 几声叹天牢中伏

世上万物，阴阳相生，强弱相伴，善恶同存。最勇敢的，也许是最懦弱的；最正义的，也许是最卑劣的；最迅捷的，也许就是最迟钝的；最理智的，也许就是最疯狂的。因此，为人做事，切切不可刚愎自用，需得时时跳出自己的立场，方可看清庐山面目。

且说垂云党强攻天牢失手，卢显臣只因忠不见用，而生出玉石俱焚，大破大立之心，而与金蟾勾结，要将大宋忠良一网打尽。小车桥旁一场恶战，罗马一方，忽有神秘鼓声相助，卢显臣强攻桥下，却为桥下的刀光所伤。

卢显臣如寒鸦伤翅，斜斜落下，立于桥栏之上，大叫道："你是什么人？"

只见他的对面，小车桥另一侧的桥栏之上，一个灰衣朴实的中年汉子，昂然而立。他的岁数已然不轻，可是腰板挺直，两眼明亮，宛如少年。一双手笼在袖中，大喝道："阮飞在此。"正是一年前，为女巨人劫走的大侠阮飞。

罗马又惊又喜，叫道："阮……你没死？那女巨人呢？"虽与阮飞日渐交恶，可是真的见到这人平安无事，却还是开心。阮飞稍觉尴尬，道：“拙荆的事，稍后再说！”

“拙荆”二字，却比阮飞的突然出现，更令罗马意外。目瞪口呆之际，却见阮飞猿纵向前，刀光自袖中一吐，飞击卢显臣。卢显臣先前被鼓声所扰，一上来就先吃了大亏，右臂上一道一尺多长的口子，几乎伤及筋骨，见他袭来，越发不敢抵挡，立时逃走。

阮飞先前在桥下出刀，出其不意、全力以赴，都未能将他斩杀，心下也为卢显臣的轻功暗自叫绝。这时知道不能放虎归山，自然越发不敢懈怠，脚下发力，整个人如同豹子，弹跳起落，轻捷无声，一柄短刀，刀尖如被一根看不到的丝线牵引，笔直地指向卢显臣的胸膛。

卢显臣面向着那凛冽的刀光，竟不及转身，只能后退逃走，可是身法诡谲，东一飘、西一晃，足不点地一般，引着阮飞在小车桥上方寸之地转来转去，竟令阮飞的短刀再难寸进。

二人如猫儿扑蝶，转眼间，已不知在小车桥兜了几个圈子。月光下，灰影飞舞，却是卢显臣胸前的衣襟，为刀气所破，片片剥落。

他们一进一退，眼看就要分出胜负，可是就在这时，桥下蓦然间传来了第四声鼓声。

这一声鼓响起，场中局面，登时大变！

先前时，卢显臣强攻桥下，将杨勇晾在一旁。杨勇侥幸未败，缓过一口气来，一眼看见旁边金蟾还仆地不起，登时怒从心起。手中大旗一抖，旗头上的枪头直往金蟾身上刺去。金蟾在地上本已奄奄一息，见他攻来，只得勉强一滚。杨勇一旗刺空，顺势变招，旗面扬起一卷，已将金蟾裹住。

他的飞虎旗刀枪不入，又韧又沉，战场上夺人的兵刃，易如反掌，真要卷住了人，也可立时绞他个骨断筋折。这一卷住金蟾，杨勇两膀叫力，已将金蟾高高举过头顶，旋身挥手，砸夯一般又往地上砸去。可是“噔”的一声脆响，金蟾裹在旗里，砸在地上，却发出奇怪的一声金鸣。旋即他的身体蓦然间向上弹起，扯动大旗，一股巨力从旗杆上传来，竟令飞虎旗一下子从杨勇的手中跳出。

也不知是巧合还是他有意为之，金蟾被裹在旗中砸下来时，率先触地的，竟是他的刀足。

在这一瞬间，桥下蓦然发出第四声鼓声，仓促惶急。

鼓声一出，在场众人皆是心神一乱。弹到半空的飞虎旗中，金蟾却大笑一声，一双蓝幽幽的刀足，忽然从旗卷下伸出。杨勇为鼓声激荡，头晕目眩，一时不及多想，顺手又抢住高高跳起的旗杆——可是在这一瞬间，卷在飞虎旗中的金蟾已蓦然间旋身，绕着旗杆连转数圈。

这一转，他已从飞虎旗中脱困，一个宽大的身子，环绕着旗杆旋转而下。旗杆下方，正是杨勇，那一对蓝幽幽的刀足，旋转如风，猛地将杨勇的手臂卷了进去。一声惨叫，杨勇右臂断为数节，那老将踉跄后退，退不及三步，金蟾却已落地，左腿刀足在地上一点，右腿刀足弹起，如同飞箭，闪电般射入杨勇的小腹。

金蟾继续旋转，刚刚展开的飞虎旗，重新被他裹在身上。又厚又密的旗面，削弱了鼓声对他的影响，他的上半身卷在旗里，一双刀足露在外面，拖着长长的旗杆，猛地向小车桥冲去。

阮飞和卢显臣正自缠斗，忽然被金蟾那一大团地撞过来，一时不知所措，连忙向两边闪去。鼓响五声，金蟾刀足弹跳，虽然蒙头盖脑，但却听声辨位，眨眼间已来到小车桥正中，趁着鼓声余响未息，反手一扯，将飞虎旗旗杆抽出，以上示下，狠狠贯入小车桥的桥面。

“噔”的一声，那飞虎旗旗杆，如同一杆铁枪，猛地没入小车桥桥面。五寸厚的桥板一穿而过，桥下“咚”的一声闷响，正是那发出神秘鼓声的皮鼓，被一击刺破。

金蟾藏在旗中，放声大笑。笑声才起，忽然间黑影如风，罗马、铜板已连人带马地冲上小车桥，狠狠撞在他的身上。金蟾裹着一面飞虎旗，目不能视，摔在桥上倒像是被装在面口袋里。罗马大声呼喝，铜板铁蹄落下，重重在金蟾身上踏过。

这一番变化，兔起鹘落。罗马眼看杨勇惨死，血气上涌，这才趁着金蟾耳目不便，将他撞倒。铜板前冲数丈，又转过来，重又踏了一回。金蟾爬起来又被撞倒，怒吼声中想要掀开飞虎旗，却被腕上铁钩钩死了，稍稍一慢，又被铜板撞倒了。

金蟾凭他的刀足弹速，攻人不备，才杀死杨勇；可是面对铜板时，一旦目不能视，登时也跟不上这大宋飞马的奔行之速，滚地葫芦似的，任它践踏，终于一把撕开飞虎旗时，马踏伤、钩破伤，已是满头满脸的鲜血。

那人凶悍无比，一旦恢复自由，罗马登时不敢让铜板再上前去。天牢中火光闪耀，一队守军呼啸冲出，领先的正是“铁蝎”樊百岁。阮飞眼见大势已去，叫道：“跟我来！”转身便走。罗马不敢怠慢，想要追上他时，忽然想到桥下那击鼓人的安危，不由犹豫。

只这么一慢，他和阮飞之间，已为官军阻断。罗马无奈，只得拉着铜板斜刺里狂奔而出。劫牢之事败露，卢显臣背叛，他们之前安排的退路，自然不能再走。总算铜板奔速绝伦，这般漫无目的地跑，反倒很快将围追堵截，尽都甩得没了踪影。

这时天黑得如同墨洗，四下一片寂静。罗马回过头来，发现雪地上是长长的铜板蹄印，不由吃了一惊，跳下地来，努力用脚扫平积雪，可是除了蹄印，却又留下自己的足印。正不知如何是好，忽然有人道：“左边走！”

罗马一惊，回头一看，却是一个挑担的农夫，正站在不远处。这人肩上两个大筐，沉甸甸地不知装了什么，压弯了扁担，可他的腰板却挺得笔直。这人相貌粗豪，五官似曾相识，罗马犹豫半晌，叫道：“是你？”

那人正是当日因罗马传递金牌，而迁怒于他，闯入伤兵营，要斩杀罗马的岳家军焦锋。那时他一击不中，负气而走，想不到，却又在这雪夜中，于临安城中重会，而他又不知为何，变成了农人打扮。

焦锋冷冷道："左边走，遇着大街，沿街直走。"

罗马稍一犹豫，纵马往左而去。行不里许，前面一条大街，沿着大街走了几步，回头一看，地上雪里，铜板的蹄印仍是清晰可见。正自沮丧，忽然间铜铃声响，大街小巷纷纷转出一辆辆木箱小车，臭气扑鼻，汇聚于这条街上，乱纷纷地往前走去。原来是临安城中倒夜香的车子，准时由此路出城。

借车辙隐藏了铜板蹄印，罗马再走两条街，终于得以脱身。虽出不得城，却也躲入城北一座荷田。那荷田占地数十顷，塘边环绕芦苇，又密又高。值此深冬时节，荷田水浅，苇叶枯黄，除了偶有小船在附近打桩、插杆，修整荷田外，颇可藏人。

寒冬腊月，这一人一马在苇丛中躲避三天三夜，铜板有吃有喝，肩颈上的伤口渐渐结痂。到了第四日头上，罗马冻饿交加，实在顶不住了，终于叮嘱铜板在此藏好，便孤身一人，又硬着头皮潜回了临安闹市。

这一回到临安城里，只觉四下里一片肃杀。街上到处贴有垂云党人的画影图形，罗马画像的旁边，甚至还画了匹一脸不高兴的瘦马出来，作为标识。巡查的官兵不时拦人盘查，幸好罗马本就不是起眼的人物，再没有铜板在旁，总算逐一躲过。

他进了一家饭铺，拣僻静的座头，狼吞虎咽地吃了一碗热汤面，这才算缓过来，只觉冻僵了的手脚阵阵酥痒，格外舒服。正出了一点汗，忽听身后脚步声纷乱，一群人走进店来，有人笑吟吟地道："店家，你这里可曾见过什么可疑之人？"

那声音正是卢显臣，罗马吃了一惊，一动也不敢动。有店家赔笑道："大人，先前已有军爷来查过了。"

有骄横的声音道："查过了又怎样？你昨天也吃饭了，今天还吃不吃？"

那店家遭人抢白，不敢还嘴，赔笑道："不敢，不敢！请大人再查。大人巡查辛苦，这里有些新酱的牛肉，大人路上充饥。"窸窸窣窣的，似是塞了个油纸包过去。卢显臣笑道："既然店家这么懂事，想来真有乱党来时，必无隐瞒。我们也不用查了，走吧。"

脚步声又出了门去，卢显臣一行竟就这么走了。罗马又逃过一劫，不敢多待，连忙起身会账。又买了半斤牛肉、二斤大饼，以作藏身的干粮。那店家打量他几眼，两个油纸包递过来，牛肉怕有八两，大饼怕有四斤。罗马待要退还，那店家看也不看他，道："哎，你怕不是老岳家那小谁？带回去给家里吃。"

罗马一愣，稍一反应，才知道那店家已猜到了自己的身份，幸好也是心存忠义，才不曾点破。不由又是慌张又是感动，匆匆道："多谢。"拎着两包吃食，掩面出门。他本待再去高战虎的府上探风，可见眼下的情势，却也不敢冒险，只得又远远地避开人群，躲回那片荷田。

上一回劫牢不成，高战虎、杨勇等忠良遇害，垂云党一败涂地，本已令罗马沮丧万分。可是在这逃亡之中，却先后遇到焦锋与那店家，或明或暗地出手相助，也不禁令他心中温暖。岳家军得道多助，人心所向，岳飞怎可就此冤死狱中？想通了这一节，罗马不由一阵振奋。回到荷田，打醒了精神，从远处钻入苇丛，一路迂回，往铜板处走。

走了几十步，忽听身后似有异响。罗马这时斗志昂扬，一听异响，立时警觉起来，猛地停住脚步。身后芦苇随风摇摆，发出浪潮般的"沙沙"声，毫无异状。仔细观察，那密密的苇秆却又遮住了他的视线。回身再走，走不数步，却又忽然停步回身，寻找异状。如是者三，仍然一无所获。

可是忽然间，有人"嗤"地一笑，道："大宋飞马，你就好好走路，不行么？"

那声音正是卢显臣，罗马大吃一惊，连忙向前逃走。恰在此时，一阵大风吹过，苇叶响声大作，芦花四起，耳目一时尽皆遮蔽。罗马趁此机会，冲出数步，忽然间得隙伏倒，藏匿身形。眼前"唰"的一声，冲过一人，正是卢显臣在追击他时，抢过了头。

大风渐歇，苇叶声越来越轻。“嚓”“嚓”声，左一响、右一响，正是卢显臣施展身法，在这一片苇丛中左冲右突，遍寻罗马不获。罗马伏在地上，身上滚了一身泥，又落了一层芦花，大气也不敢出。

卢显臣找了他半晌，似已气馁，忽然间纵身一跃，已跳上了芦苇的梢上。

他的轻身功夫何其了得，芦苇修长，梢端不过尾指粗细。但他站在几根苇梢上，芦苇只稍稍弯曲，便撑住了他。卢显臣大笑道：“罗马，你还在这附近对不对？”罗马就离他不过三丈，哪敢答话，死死伏在地上，只翻起眼睛，勉强从芦苇缝隙中，看到他的影子。

卢显臣大笑道：“在那饭铺里，我就已认出你的背影了——我们第一次见面时，你和铜板穿过我的家宅，那时我追在你们后边，就已对你的背影再熟悉不过。可是我没让官军拿你，因为我想和你单独谈谈。”

他站在苇秆上，大袖飘飘，出尘不俗，道：“金蟾在到处找你，可却是我先找到了你，这是你我的缘分。我知道你的经历：被长官送给金国、被李纲夺走秦双、被岳家军逐出军营……不知你是否已对这个国家失望？明明自己没有做错什么，却一直被牺牲、被践踏。你是一匹千里马，人人都知道你是一匹千里马，可是没有人在乎你。你的本事、你的苦心、你的幸福，甚至你的性命……在当权者的眼中，都不过是一粒尘埃。”罗马伏在地上，只觉脑中巨震，不料他竟是从这种事开始说起。

卢显臣继续道：“我已对这个朝廷失望了。若是你十年前见我，我赤胆忠心，不让圣贤，力主收复河北；若是你五年前见我，我呕心沥血，为国为民，为百姓奔走呼号，不惜赴汤蹈火；若是你三年前见我，我也还苦心孤诣，尚可支撑——可是你是今日见我，我已为大宋尽忠三十年，却只落得个戴罪发配、家破人亡的结果。这朝廷已没救了，奸佞当道，忠良遇害，那我们还死乞白赖地救它作甚？倒不如索性毁了它。秦亡而汉兴，隋灭而唐盛，这苟延残喘的大宋亡了，下一个朝代，才会出个明君，平金灭夏，光复山河，让百姓过上几十年的好日子。”

他这已是第二次说出这么大逆不道的话。第一次时，罗马只觉得惊骇莫名，全然不及反应。可是第二次听时，却觉颇有触动，一时间脑子里乱纷纷的，竟不知如何是好。

卢显臣继续道：“大宋虽然必亡，但人是可以不死的。我很喜欢你和铜板，你们归顺于我，我们尽快让大宋灭亡，也为你的秦双姑娘，报仇雪恨！”

他再一次提到秦双，罗马只觉心跳如鼓。秦双惨死于炸药之中，那冲天而起的浓烟和震耳欲聋的巨响，又一次浮现在他眼前、耳中。卢显臣所提的那个构想，虽然疯狂，但他只要一想到赵构、阮飞他们气急败坏的样子，便觉得好生解气！一瞬间他几乎便要跳起来，回应卢显臣的邀请，可总算理智尚在，死死地咬住了牙关。

便在这时，远处的苇丛中，传来一声轻轻的马嘶。正是铜板不知为什么，发出了声响。罗马大惊，卢显臣大喜，叫道：“在这里了！”纵身一飘，已向铜板的方向冲去。罗马大惊，一挺身爬起来，大叫道：“等一等……”可是却哪来得及？卢显臣足点芦梢，踢起团团芦花，已瞬间消失在芦苇深处。

罗马不顾一切，向前追去，芦苇高密，遮挡住他的视线，更令他心急如焚。可就在这时，他忽然听到一阵奇怪的尖啸，像是极细极细的鞭子，猛地抽动。“嘶嘶”裂风声里，卢显臣发出一声惨叫，“扑通”一声巨响，似是那轻功高绝的人，跌入到荷田的冰水中去了。

罗马如坠云中，拨开芦苇往荷田中一看，只见荷田中薄冰尽碎。卢显臣跌在一片泥水之中，正自挣扎，可是手脚却不知如何，极是不灵。几乎就在同时，旁边的苇丛中，猛地射出数道黑光，几柄沉甸甸的铁矛，闪电般向卢显臣落水之处汇来，卢显臣闪避不及，惨嗥声中，已被铁矛对穿射过。

那铁矛一根根足有鸡卵粗细，卢显臣给数矛贯穿，登时气绝，半浮半沉地泡在泥水之中，浓稠的鲜血，渐渐洇开。

这人方才还口若悬河，说得罗马心动。可转瞬之间，已惨死眼前，罗马不禁目瞪口呆，却听苇丛中有人气道：“想杀金蟾，却杀了这个奸贼!”

正是：此恨难平身已死，意犹未尽又何妨。欲知后事如何，且听下回分解。

第八回

强扭瓜孽缘美满　自投网忠义东流

人生在世，造化无常。穷途末路之际，常有柳暗花明之时；可登峰造极之处，也需得提防一足踏空，粉身碎骨。月满则亏，水满则溢，多少一败涂地，早在人得意忘形之际，已经暗暗注定。

且说卢显臣，正对罗马赶尽杀绝之际，骤然遇袭，已是惨死于荷田之中。罗马注目去看，苇丛中钻出的伏击之人，一身布衣，满面春风，对罗马遥遥一抱拳，道：“罗马，等你好久了!”居然正是阮飞，带了几个人，七手八脚地将卢显臣的尸身拖回岸边。原来卢显臣的身上缠有许多鱼钩鱼线，因此落水之后，闪躲不灵。

阮飞啐了一口，道：“我只道先找到这的，定是那怪物金蟾，想不到却是这个叛徒。”

原来当日天牢中伏，阮飞、罗马、那桥下击鼓之人，分别逃走，阮飞担心罗马的安危，脱身之后，便已连夜寻找。到第二天下午，已在荷田旁的苇丛里，发现了他和铜板。本待现身相认，却突然发现，金蟾也正四处搜捕罗马。

金蟾此番已是金国使者，专以岳飞的性命，换取两国的媾和，早已是阮飞等人的眼中钉、肉中刺，只是这人凶暴狡诈，一条命又硬得跟什么似的，要杀他着实不易。他对罗马的怨恨，已是这人少有的弱点。阮飞与人商量之下，立刻便决定以罗马为饵，在这荷田中，布下专杀金蟾的机关。

于是这两天来，阮飞等人装扮成荷田的农人，暗中部署。罗马所见的修整荷田的小船，便是他们所乘。荷田中本有入水的桩木，他们又在上面绑了竹片机簧，引出鱼线。待到今日罗马离开，他们立刻便将那一根根鱼线，引至岸边铜板附近的苇丛之中。

卢显臣来到此处时，触动机关，荷田中的竹片崩开，数不清的鱼线登时从苇丛中弹起，织成一张如烟似雾的漫天大网。鱼钩锋利，倒刺入肉，卢显臣枉负绝顶轻功，却闪避不及，只一瞬间，便在剧痛中，被拽入水中。鱼线入水，缠得更紧，再加上铁矛攒射，登时死于非命。

阮飞精心部署，却只误中副车。不过卢显臣此前出卖垂云党，本也是必杀之人，如今见到他的尸体，不由大是得意。

卢显臣的尸体皮开肉绽，惨不忍睹。罗马看了，心有余悸，怒道："你……这样埋伏，若是我和铜板被钩住了怎么办？"

阮飞微微一笑，道："金蟾奸狡无比，我们实在不敢让你提前知道此地的部署，以防露了马脚。不过，鱼线在布置时便已绕开了铜板，无论如何都不会伤到它一根毫毛。至于你的话，你的行踪，我们都看在眼中。能避开你，我们便会避开——卢显臣不就是被我们独自引入埋伏了吗？实在避不开，我想拼着你受伤，能将金蟾杀了，为秦姑娘报仇，想必你也会理解了。"

他的行事，仍是这般破釜沉舟。可是罗马听在耳中，却觉格外异样，道："阮……阮大侠你……你好像有些变了。"

阮飞之前，为了抗金救国，把一切牺牲都看得理所当然。伤及别人，固然毫不在乎，就连对自己，无论是武功，还是声名，也从来弃如敝履，不见半点犹豫。可是这一次，他虽将罗马做饵，但事后却会向他解释缘由，这已是前所未有的体贴了。

再想及之前，他们在天牢中伏，决定撤走之时，阮飞甚至曾经招呼自己，不由越发肯定了。

阮飞微微一笑道："我还是我，哪有什么变化？"

此处诛杀了卢显臣，留下太多痕迹，已不能再伏击金蟾。阮飞便带罗马、铜板转移到自己藏身的地方。荷田有水路通向外边，他们上了一艘小船，铜板通觉人性，跟着罗马进了船舱，随便卧下，一声不吭。常人哪想得到，那全临安悬赏通缉的大宋飞马，却走了水路？

临安城内河流纵横，湖荡密布，小船东停停、西转转，净往人多的地方去钻。临近岁末，家家户户采买年货，各处码头、水市一片繁华，罗马躲在舱中，提心吊胆。阮飞却若无其事，在船头和艄公说笑闲谈，还帮着卖了几篓鲜鱼。到了中午，阮飞回到舱中，给罗马端来了一大碗白饭，上面又放了几片鱼干、咸萝卜。

罗马饿了几天，早上那一碗汤面早就消化没了，怀中虽然揣着大饼、牛肉，却又不敢拿出来，生怕连气味都会暴露自己的形迹。这时拿到阮飞的白饭，登时放下心来，吃得狼吞虎咽。

阮飞在他对面坐下。罗马吃了大半碗，好不容易喘了口气，一抬头，只见阮飞找了个舒服的姿势靠着，两眼看着他，面上带笑。这人一辈子大义凛然，咄咄逼人，这时竟显出些闲适与和善，罗马不由心里发毛，道："阮大侠，你真的与以前不一样了。"

阮飞垂下眼皮，似笑非笑，道："一年未见，我这边也发生了许多事——我确是跟之前不同了。"

罗马道："是……是那女巨人的缘故？"忽然想到阮飞之前说的"拙荆"，不由打了个寒战，道："你……你是和她成亲了？"

阮飞微笑着，瞧来竟有几分羞赧，道："拙荆本是山野之人，只不过天赋异禀，力大无穷，一身横练皮肉，刀枪不入，实乃我平生仅见的高手。她自幼跟随父亲占山为王，终日打打杀杀，性子是粗鄙急躁了些。之前她的父亲病重，说在临死之前，想要抱个外孙，她便下得山来，想要抢个压寨相公。只因听说小岳将军英雄年少，便想在岳元帅归程的路上，拦路抢亲。不料却走错了路，误入山中，而我们又这么巧，和她狭路相逢。"

那时那女巨人口口声声"岳云娶我"，原来竟有这般周折。罗马想到当时的情形，兀自心有余悸，面色如土，道："那你被她捉了……"竟不忍再说下去。阮飞面色微红，神情却终于坦然了下来，道："我在她面前，毫无回手之力，便连寻死，都难于登天。无奈之下，终于是和她成了亲，圆了房。"

这一代名侠，平生傲岸自负，却被那女巨人坏了清白，成了个压寨之人。罗马在他对面听着，一时竟不知道是该同情，还是好笑，一张脸憋得通红，饭粒都从嘴角喷了出去。

可是阮飞轻嗽一声，续道："可是其实她虽然粗鲁，人却是很好的，对我也极尽体贴。我被她囚禁了几个月，反而渐渐地被她质朴单纯所感动，真的接纳了她。我这一生，尽是为国事奔走，从未有片刻停歇，直到此时，才终于停了一停，有了自己的妻子……"

他先前说到"拙荆"二字时，罗马本已有了预感，可是真的听说他接受了这荒唐无比的婚事，却还是目瞪口呆，暗地里狠狠地掐了一把，才确知自己并未白日发梦。

阮飞说到这里，抬起眼来，正色道："直到这时，我才知道，当初拆散你和秦双，是多么过分的一件事。"

罗马脑中"嗡"的一声巨响，眼泪已是夺眶而出。他和秦双一生聚少离多，全因阮飞一厢情愿的牺牲而起。十几年来，他每天怀念秦双，也在暗中一直怨恨着阮飞、大宋的君臣。直到这时，终于听着阮飞的一声道歉，忽然间浑身发软，竟觉得一直以来，支撑着自己的一点什么，一下子崩坍了一般。

阮飞不知他心中思绪万千，兀自道："后来拙荆终于身怀有孕。到了两个月前，生下一个男孩，取名阮宝。我这一生，本以为金人未灭，无以为家，想不到竟能有了一个孩子，延续阮家香火，实在是老天垂怜，此生无憾。"

原来他竟是因此而变得宽厚，罗马心中妒意横生，道："那……恭喜你了。"

阮飞道："我们救了岳元帅，将来扫平金国，老百姓都有好日子过。到那时，你也再娶一房妻室吧。"

如此兜兜转转，耗了一天，直到天色全黑，小船才在一处岸边停住。罗马出舱一看，只见月色明亮，河水如银，一条玉带也似的石阶路，从河边蜿蜒通向山坡上一座寺院的后门。那寺院白墙青瓦，极是雅致。阮飞道："这便是杭州名寺'跃见寺'，我们就在这里藏身。"

罗马犹豫道："那若有什么闪失，岂不是连累了出家人？"

阮飞笑道："此地主持受了那位大人物太多的香火，收留我们，也是义不容辞。"罗马大为好奇，问道："你说的大人物，可是那桥下击鼓之人？"阮飞大笑道："正是！"

天牢遇伏时，那卢显臣也曾在击鼓之人现身时大笑一声，说"你来了"，似是也在专门等候一人。罗马问道："他也是垂云党的人？比卢显臣、高战虎的地位还要高？"

阮飞笑道："他才是创办垂云党的真正首脑，胆量泼天，志向高洁。高战虎和卢显臣与他相比，直如流萤之于皓月。"

那人一心营救岳飞，却不能露面。高、卢已是朝廷大员，而那人的地位竟还在他们之上？罗马挢舌难下，待要再问，阮飞笑道："你还是不要知道他的名号为佳。卢显臣潜入垂云党多时，就是为了确定他的身份，加以构陷。少一个人知道，总是多一份安全。"

罗马唯唯诺诺，这才和他一起由后门进入跃见寺中。

阮飞及其他几名义士，都是住在现成的一个偏院之中。那些人见了罗马、铜板，都觉得新奇，不料这被金国使者大张旗鼓地搜捕，必欲除之而后快的"大宋飞马"，竟是这般潦倒。他们与垂云党的军旅出身不同，都是江湖人士，说起为了营救岳飞，临安武林几番腥风血雨，不胜唏嘘。

这世上有那么多人，在为了一个忠臣良将的死活而抛头颅、洒热血；可是却又有那么多的人，在不择手段地扼杀、压抑、消灭着他们。

罗马便在这寺院之中，安顿下来。阮飞每日行色匆匆，往返于跃见寺内外，不绝带了新消息回来：卢显臣之死，大大地触怒官府，临安城内风声鹤唳，搜捕越发严密；金蟾遍搜罗马不获，越发暴躁，当街无故杀人，引发太学生弹劾，闹出好大的风波；名将韩世忠、大理寺丞李若朴，不绝上疏奔走，誓不令岳飞的冤狱跨过年关。

到腊月二十三，这事终于有了转机。

先前垂云党劫反天牢，虽然未能成功，但却已震惊朝野。韩世忠等名将复出，为岳飞奔走。万民表、陈情书，雪片似的飞上御书案头，劫天牢、起义兵，更令那昏君胆战心惊，寝食难安。压力之下，赵构终于回心转意，宣布在除夕午时临安城西的小校军场内，设下御宴，犒赏所有为岳飞冤狱奔走的“忠良耿介之士”，并正式赦免岳飞。

那无疑是武林中人前所未有的殊荣。皇帝赐下御宴，岳飞面谢众人，到时候酒足饭饱，辞旧迎新，正是在最后的年底，为这冤狱写下一个皆大欢喜的结局。阮飞眼看胜利在望，越发精神抖擞，其他义士也对那御宴满心期待。

罗马心如死灰，却不信那出尔反尔的皇帝，能这么容易放了岳飞。提醒阮飞时，阮飞却道：“这个我们自是省得。只是箭在弦上，我们总不能临阵退缩，让人看了笑话。再说此次御宴，韩世忠大人等也都会出席，陛下乃一国之君，千金之躯，一言九鼎，总不至于诓骗我们这些寻常百姓。”

其他人也纷纷赞同。罗马见众人的兴致高昂，终不敢扫了他们的兴。便只好闭上了嘴，只望是自己多心，一切都能在这越来越浓烈的年味之中，化险为夷。到时候风头过去，自己和铜板好好地离开临安便是。

时间一晃，便到了除夕。

自昨夜起，阮飞已带着跃见寺中的义士离开，到小校军场等待面圣。偏院中没了那些武林豪客的鼾声梦呓，安静得令人心中不安。罗马早早地睡不着，辗转反侧，终于穿衣出来，来到了前面的佛堂之中。

那佛堂中打扫得干干净净，长明灯耀眼生辉，檀香淡雅。罗马走进堂来，但见经幔低垂，弥勒佛金身高高在上，下面一位老僧，正提着一只油壶，为大殿两旁一盏盏油灯点填香油。听见罗马的脚步声，老僧回过头来，笑道："罗施主。"

那正是跃见寺的主持道恒，罗马连忙施礼道："方丈。"

道恒便继续为油灯填油。他身形消瘦，背影佝偻，走起路来颤颤巍巍，可是手中提着油壶，却稳如泰山，在每一盏油灯上只一点，便填油完毕。

罗马心中唏嘘，转身去拜弥勒佛。那佛像笑容可掬，面上金光流溢，望之可亲之中，隐隐竟有几分可怖。罗马心中打了个突，双手合十，微微一拜，默默道："佛祖在上，只望这一次莫要再出什么差池，岳元帅重见天日，大宋朝从此国泰民安！"

那道恒背身向他，忽然笑道："罗施主，你这样拜佛，是没有用的。"罗马一愣，道："怎……怎么？"道恒笑道："你心中其实并不信佛，这样拜佛，佛祖又怎么帮你？"

罗马又惊又怒，叫道："我……怎么不信佛？"

道恒转过身来，顺手在一旁拿了一面法镜，在罗马面前一张，笑道："你不是不信佛，你的脸上，清清楚楚地写着，不信任何人啊。"

罗马大吃一惊，注目向铜镜中一望，只见镜中人额上青筋隐隐，两只眼中正射出极愤怒、极阴鸷的光来。他一向以为自己逆来顺受，老实巴交，可是这时一见自己发怒时的神情，竟也不由吓出了一身冷汗。

道恒笑道："罗施主，到底是在怕什么？"

这一句话，又如当头一盆雪水浇下，罗马激灵灵打个寒战，只觉醍醐灌顶，两脚一软，之前连拜佛都不曾跪倒，这时却是跪坐在地。

出世以来，他的性格不知不觉日渐偏激，别人负他越多，他对这世道越不抱希望。偶尔想起，只道是自己渐渐成熟，洞察世事。这时被道恒一问，忽然恍然大悟，自己的一切愤怒，竟是源于害怕。

罗马嘎道："我……我怕苍天无眼，善恶无报!"一语出口，才发现自己竟已哭了出来。

过去的那一桩桩、一幕幕，在他眼前飞闪而过，而又露出了截然不同的另一面。在每一次被出卖和被抛弃的过程中，他的愤怒、委屈、恐惧，其实从未消散，而是越积越深，令他越来越孤独和阴郁——为什么我是大宋第一快马，却不得重用？为什么我和秦双两情相悦，却不得善终？为什么我所有的奔走，都无济于事？为什么这世界奸佞当道，恶人横行，而我这样的好人，却一世潦倒，一事无成?!

虽然一直在做好人，但他其实一直是恨着这个世界——这个充满了肮脏、悲凉、不公，和无奈的世界。他根本不相信，这世上会有公道，也不相信在他的身上，还会有什么好事发生。

罗马大哭道："我为这个国家已经做了那么多事，可是却什么都没有！岳元帅精忠报国，可是却落得如此下场!"

这才是他一直以来的困惑，一直以来的愤怒。可是他那么老实，却一直不敢问，甚至不敢想——因为那竟已似是居功自傲，甚至将自己和岳飞相提并论了。这一回终于脱口而出，蓦然间，整个人都轻松了下来。

果然只听道恒道："罗施主，你与岳元帅，却是不同的。"

正是：乱世浮萍身何处，一语惊醒梦中人。欲知后事如何，且听下回分解。

第九回

不受报无牵无挂　莫须有是去是留

常言道，杀人放火金腰带，修桥补路无尸骸。这世上的报应之事，本该公正严明，可是却常常黑白颠倒，善恶不分，是以才有那么多的冤情和践踏，总令人气愤难平，只恨苍天无眼。

罗马出身贫寒，遭遇坎坷，这憋了十几年的一个问题，终于在佛前脱口而出，整个人直哭得头也抬不起来。正自难过，忽觉顶上一热，原来是道恒已将一手，轻按在他的头顶上，道："罗施主，你与岳元帅，却是不同的。你，不如他。"

罗马一愣，老羞成怒，猛地一甩头，闪开了道恒的手，叫道："是啊，我自然是不如他的！他是大英雄，我却是个小卒子！"他凶相毕露，道恒却毫不退缩，道："你不如他，与成就无关。只是他已超凡入圣，进入佛国净土；而你，却仍是人间一个俗人，兀自陷在轮回之苦中。"

罗马怒道："什么佛国净土？他身在天牢，那是人间地狱！"

道恒上前一步，双目炯炯，喝道："罗施主，你可知道岳元帅为什么要精忠报国？"

这问题好生简单，可是稍微一想，却又好难。罗马一愣，一时哽住了，不知如何回答。道恒继续道："功成名就，万劫不复，岳元帅的精忠报国，并不计较回报。佛家修行，讲究一个'自信'，岳元帅既然自信自己的选择，那天牢之中即便满地血污，又如何不是净土了？"

那寥寥数语，直如五雷轰顶，直令罗马的脑中嗡嗡作响，一瞬间已是汗透重衣。

一直以来，困惑着罗马的那个岳飞为什么会那么愚、那么傻，非要回京赴死的问题，忽然间在道恒这里，竟已有了答案。他一直在替岳飞不值，甚至以己度人，觉得岳飞比自己还要可怜，被这大宋朝辜负得更加厉害。可是原来他俩是不一样的，岳飞的心是安定的，即使毁掉了北伐大业，即使牺牲了岳云、张宪，即使置中原百姓、大宋基业于不顾，即使他自己万劫不复……但他仍然自信，他奉旨回朝，一定是对的。

——而他呢？他一向想得太多，犹豫得太久。

道恒又说了几句什么，然而罗马却全都没有听清，只觉脑中天翻地覆，良久才颤声道："大师……岳元帅，真的无怨无悔吗？"

道恒这时，却闭上了嘴。

他居高临下地望着罗马，良久，方慢慢微笑道："我又不是他，我怎么知道。"

罗马愣了一下，放声大笑。道恒看他大笑，也放声大笑。大笑声中，道恒颤巍巍地走出了大殿，只留下罗马一人，在大殿中直笑得流出眼泪。

罗马大笑着，气力不继，倒地不起，良久才止住了笑声，重新起身。

这时外面天光大亮，晨曦从门外射入，灰尘在阳光中扬起翻腾。罗马抬起头来，弥勒佛周身笼罩在金光之中，慈祥地望着他。罗马擦擦脸上涕泪，转身出了大殿，脚步轻快。

他牵出铜板。道恒在半路遇见，问道："罗施主干什么去？"罗马道："救岳飞去！"

一语既毕，已飞身上马，离寺而去。

在临安城北小校军场，皇帝赵构的御宴已经开始。

彤云密布，北风漫卷，小校军场角落里的枯草、积雪，黑一块，白一块，远远望去极是脏污。这几乎已是一年中最冷的时候，可是在帅台前，舞乐升平，欢声笑语，这一场为营救岳飞的庆功宴，却正进行得热火朝天。

那帅台背倚一座土山，分为三层平台。最下一层，离地只有三尺，设有一张御案。龙椅上坐着皇帝赵构，裹着一件雪白的狐裘，戴着厚厚的貂皮帽，双手在小腹上抱着一个袖炉，脸色青白，垂着眼皮，也不知是冷，还是怕。旁边随侍着奸相秦桧，手捧酒壶，也是诚惶诚恐，头都不敢抬。

帅台下方，两侧高搭毡棚，挡住了寒风。棚内酒席丰盛，人头攒动，左首衣紫腰黄，是韩世忠等声援岳飞的朝中文武；右首布衣黔首，则是以阮飞为首的武林义士。两棚之间，有三只巨大的火盆，炭火熊熊，为四下取暖。在第一只火盆与帅台之间，又以红毯铺地，正有宫女载歌载舞于其上，为这酒宴助兴。

长达数月的斗争，在这一天终于取得胜利。那么多人前仆后继，也终于换得皇帝的回心转意。

赵构、秦桧，这一对君臣，昔日何等不可一世？如今却在汹涌的民愤前，再也神气不起来。此情此景，怎不令人激动？武林中人嘴上不说，心中压抑不住地兴致高昂，推杯换盏，喜气扬扬；左首朝中文武，总算还小心一些，不少人紧盯着帅台，不敢有一丝一毫的得意忘形。

酒过三巡，武林这边有人大声问道："陛下，岳元帅什么时候出来，和大家见个面啊！"

今日的御宴，一直说岳飞会直接现身。一方面，由皇帝当众宣布对他的赦免，另一方面，也让岳飞亲自向在场众人致谢。

赵构缩在龙椅里，听见这问话，稍稍抬了抬眼皮。他今年不过四十来岁年纪，可是两眉上却已生出了好几根长长的寿毫，颤巍巍地在寒风中抖动。他转过头来，望了望秦桧，那奸相向他稍稍点了点头，他才又望向说话的人。他两眼发红，眼珠极为干涩，转动时，几乎令人听见干枣在碗中滚动的碌碌之声。

赵构涩声道："快了……快了……"一面说，视线已落在左首一个人的身上，笑道："只要有人奏乐相迎，大家很快便可以见到岳飞了。"

众人大喜，纷纷道："谁来奏乐？不知岳元帅喜欢什么曲子？"

赵构"嗤嗤"笑道："岳飞金戈铁马，沙场点兵。你们当然是要用战鼓来迎他……至于谁来击鼓？只怕护国夫人当仁不让。"

左首毡棚中走出一名女子，身量高挑，英姿飒爽，顾盼之间，气魄犹胜须眉。旁边又有一男子，跟她一起走出，身材魁伟，面白无须，虽已不甚年轻，但勃勃然有猛虎之势，正是当世名将韩世忠，及他的妻子梁红玉。

昔日他们夫妻二人曾在黄天荡中，以少胜多，困住了金兀术，险些一举改变宋金局势，其时梁红玉在阵中击鼓助威，扬名天下，之后更被封为护国夫人。

自那之后，梁红玉早已在各种场合多次表演过击鼓。渐渐地韩世忠也加入进来，再表演便都是合奏。这一次有人搬来一面大鼓，梁红玉、韩世忠更不多言，各自闪去宽大的外袍，又用手帕分别扎袖、束发，收拾得紧致利落。只见在这冬日的清冷之中，两人都是上身雪白的短衣，下身分别是红裙、青裤，如雪里红梅，云下青松，矫矫然刚健清新，令人一见之下，不由精神一振。

二人并肩而立，持槌击鼓。梁红玉居中定音，皓腕扬过头顶，每一槌高举高落，直上直下，全都落在鼓心。韩世忠从旁佐之，双腕抖动，一槌槌快如炒豆，全都落在鼓缘，两个声音叠在一起，一强一弱，一缓一急，一疏一密，正如两军阵前，大将领先冲锋，兵士潮水般汹涌跟上，敲的正是行军打仗最常见的催阵鼓。

他夫妻二人配合默契，众人目驰神移，只觉自己就仿佛置身于沙场之上。敌人就在眼前，杀气迫在眉睫，心跳越来越快，仇恨充盈胸间，几乎就要怒吼出来，扑了出去。忽然间一声脆响，是四只鼓槌齐齐敲在鼓沿上，收势止声。催阵鼓一曲终了，众人大汗淋漓，身子不由自主地一晃，竟像是在冲锋时，忽然止住了脚步一般。

梁红玉槌交单手，跪地道："陛下，臣妇击鼓已毕，请岳元帅现身！"

岳飞终于即将现身，众人屏息凝神，都是眼巴巴地望向帅台上的赵构。赵构“咯咯”而笑，道：“鼓声不对，岳元帅如何现得了身?”

梁红玉一愣，道：“不知臣妇哪里击得不对?”

赵构笑道：“你如何不敲出那天牢外、小车桥下的摄魂之鼓?”

此言一出，众人都是一惊。梁红玉脸色一变，道：“臣妇不知陛下是什么意思!”

赵构大笑道：“你暗算金国贵使金蟾，处心积虑，以专门的鼓声针对他的特殊体质，险些坏了他的性命，何其卑鄙无耻？藏头露尾，真以为朕不知道吗?”他的话锋忽然尖锐，隐隐然，竟有问罪之意，在场之人，心中不由都是一沉。

一旁韩世忠急忙道：“陛下，臣这半年来，一直卧床养病，红玉一直于身前照顾，并不曾与金使交恶。此中定有什么误会。”

赵构冷笑道：“韩世忠，你也不必再装了。与岳飞交好，挟兵权自重的人是谁？一力主张与金交战，破坏两国邦交的又是谁？只是你奸狡过人，一见岳飞失事，立刻称病在家，不肯留人把柄而已——可是你暗中又做了什么？垂云党真正的首领是谁？指使得动高战虎的人，除了你还能有谁?”

韩世忠大惊，叫道：“陛下，臣不知什么垂云党，与之绝无关系!”

垂云党在暗中联合朝臣，劫反天牢，虽是忠义之士，但所犯的都是株连九族的重罪。如今岳飞蒙赦，皆大欢喜，在这御宴之中，大家便都有一个默契：垂云党自然不敢居功，赵构一边也该不再追究。可是现在赵构突然重又提起，登时令整个局面，发生了变化。

只听赵构尖笑道：“对，你与垂云党没有关系。可是你让梁红玉这娼妇到处奔走！她便是你，你便是她！你们没有一个是好东西！你们的眼中，一个个只有岳飞，没有朕!”

韩世忠又惊又怒，回望梁红玉，道：“红玉，此话当真？垂云党，是你在组织？你是一直在为岳飞奔走?”梁红玉脸色惨白，道：“那却与你无关。”赵构大笑道：“演吧，你们夫唱妇随，尽管演下去吧。可看看朕，到底信不信你!”

四下里一片死寂，许多人一时反应不过来，竟都不知所措。脚步声中，阮飞自右首毡棚中越众而出，喝道：“陛下，不可听信谗言，请立刻依言释放岳元帅!”

事已至此，他的语气中也已带了惶急。

赵构召集营救岳飞的各路英雄，是否暗存了一网打尽之心？阮飞当面反驳罗马，但私下里却也不得不斟酌。那一国之君，固然不该如此歹毒，可是身边有了秦桧那奸佞小人，又是否会横生意外呢？但艺高人胆大之下，他们终是铤而走险而来。

匹夫之怒，血溅五步，真到了一拍两散的地步，他却也有向赵构动手的狠心。

赵构尖叫道：“你们口口声声，尽是岳飞、岳飞！可是朕放了他，他又能做什么？北伐中原、迎回二圣，他心心念念，要让先帝复位，那朕又算什么？朕是要回去做储君，还是废帝？朕救了他们，他们能不能留朕一条生路？他们丢的江山，朕守住了一半；他们打不赢金人，朕再没有输。这么多年，朕呕心沥血，江南一带，百姓安居乐业，难道天下人全都看不见？迎回那两个昏君，除了名分上好听，还有什么好的？”

阮飞叫道：“陛下，天下事，不是你姓赵的一家、一人之事。”

当此之时，小校军场的土山之后隐隐约约，似有一阵嘈杂。赵构霍然站起，喝道：“这天下就是姓赵，谁都改不了、抢不得！你们犯上作乱，罪大恶极，朕今日到小校军场来，就是要看看你们这些人，到底是谁、到底长什么样子!”

有人叫道：“陛下见到了又怎样？”

赵构冷笑道：“见到了，你们一个一个的，便都不要想活!”

他终于说出这般恶毒的话来。场中一时一片死寂，良久，韩世忠终于沉声道：“陛下，今日在场众人，场中人人见你出尔反尔、戕害忠良。我们但有一人不死，他日传出，你如何挡得住天下悠悠之口？”

赵构大笑道："多谢韩将军提醒，那便是说，只需不留漏网之鱼也就是了！"

话音方落，只听"轰隆"一声巨响，那两侧的毡棚，已炸裂开来。火光暴起，热浪滔天，毡棚碎裂，杯盏乱飞，许多人还没反应过来，已是一命呜呼。而更多人则是被气浪掀开，远远近近地摔倒在地，惨叫不已。

毡棚的地下，竟然埋有火药，赵构竟如此狠毒，一上手便是赶尽杀绝之势。除了阮飞、韩世忠、梁红玉等走出来说话的人外，无论朝臣、群侠，刹那间几乎已是全被波及。总算毡棚离帅台较近，为防止波及赵构君臣，火药并不十分厉害。棚中之人十成之中，死了二三成，重伤三四成，还有数十人，只是烟熏火燎、耳鸣眼花，一时倒地难起。

突遭遽变，阮飞目眦尽裂，眼见对棚中同伴已施救不及，一咬牙，便向帅台冲去。

可是就在那之前，赵构、秦桧已向帅台顶层跑去。

与此同时，两队御林军如二龙出水，忽然从土山后包抄出来。重盾如墙，刚好在阮飞面前合拢。阮飞向前一冲，盾后已有六支长枪，同时向他刺来。

能在此地护驾的，无疑已是御林军中的精锐。那六支枪从不同角度刺来，错落有致，一瞬间竟封住了阮飞所有避让的角度。只见白光如电，如蛟龙经天，"当、当"两声，却是阮飞手中已多了一柄短刀，猛地格开已刺到身前的长枪，却也不得不向后退去。

赵构这时已退到帅台顶层，一回身，大笑道："大胆阮飞，你带刀见驾，罪该万死！"

那是阮飞为防御宴有变，好不容易才带入小校军场的袖中刀。如今刀已出手，却只是徒劳无功。阮飞向后退去，与韩世忠、梁红玉会合，毡棚之中的轻伤者也逃至帅台之前，一个个却已惊慌失措。韩世忠喝道："大家散开，小心再有火药突袭！"

梁红玉也叫道："擒贼擒王，抓住那昏君！"

几个武将、豪侠，便要向着盾墙硬冲。却见寒光闪烁，盾墙后已立起一排弓箭手，张弓搭箭，登时令人不敢逼近。与此同时，小校军场外，短墙之后，那些埋伏的御林军，也在此时现身，一个个弓开如满月，也瞄准场中众人。

赵构大笑道：“你们想见岳飞，我便送你们去见岳飞！”

一旁秦桧笑道：“陛下，何必与他们多言。请陛下移驾还宫，免得被这些贱民的血，脏了眼睛。”赵构仰天大笑，转头欲去。阮飞等人待要阻拦，忽然间只听弓弦声响，小校军场外，已是万箭齐发。

在“嗡”的一声，数不清的箭枝射上空中的闷响中，忽然有马蹄声清脆一响！

一道灰影，自土山上直冲而下，有人大喝道：“昏君，不要走！”

那，正是罗马和铜板到了。

先前时，罗马离了跃见寺，正是一路往小校军场而来。

他仍是不信任赵构的。尤其是被道恒点悟之后，他明白岳飞入狱是出于无愧，而他们要救出岳飞，更是无须瞻前顾后，心里有了主见，越发肯定这次的御宴，酒无好酒，宴无好宴。更令他不得不更快地赶到现场，去提醒阮飞等人小心。

可是他到达之际，却已晚了。入口处有守卫的御林军将他挡住，道：“御宴已开，任何人不得擅入。”罗马无奈，只得牵着铜板离开，却又依依不舍，于是向旁绕开。铜板踽踽踏踏，状甚不屑。才走数步，忽然又有守卫的将领赶来，喝道：“不得靠近小校军场！速速离开！”

他不让罗马进入，固然是情理之中。可现在连靠近都不行，却不由让罗马越发警惕。当下也不争辩，向后退出守卫的监视之后，立即再向旁绕行。小心翼翼地接近小校军场，果然便给他发现，在那短墙之外，刀枪密布，竟埋伏有不计其数的御林军。

杀机密布，事已至此，罗马终于可以肯定，御宴乃是一个陷阱。这才不顾一切，冲入小校军场。短墙外的御林军想要拦截，却又不敢声张，给铜板左冲右突，引得阵型大乱，终于是从土山后突入进来。

赵构在山前，向场中的义侠动手，哪知身后山路上，却有这般变化？铜板一路冲上土山山顶，罗马但见山下硝烟滚滚，箭飞如蝗，虽然不知前后情由，却也看得出情势危急，绝不能任赵构逃走！当下大喝一声，铜板已笔直地从土山上冲下，冲上帅台，又从第一层上，直冲下来。

在帅台后也埋有伏兵，保护赵构；土山上也有先前的追兵，终于赶来，但铜板之快，却根本令他们不及反应。只听“豁啦”一声，这一人一马已跃过伏兵，跳上了帅台顶层。

罗马叫道：“昏君！你还记得我和铜板么?!”

普天之下，赵构最怕罗马！他最狼狈无助的时候，为罗马所救；他最懦弱无用的时候，被罗马见证；就连他雄风不振，房中乏力，当初也是一时激动，说给了罗马知晓。如今一看这人从天而降，一时间往后连退数步，只觉天旋地转，一个人已从帅台的顶层上滚了下去。

正是：无道君坑杀忠义，千里马踏破奸邪。欲知后事如何，且听下回分解。

第十回

碧血丹心风波恶　浩气长存满江红

且说罗马、铜板从天而降，直吓得赵构一脚踏空，当场滚下帅台。正待追击，忽然帅台一侧“叮”地一响，黑光一现，像是一团乌云猛地自地下喷涌而出。一个人以匪夷所思的姿势跃上半空，大笑道：“罗马！你还记得我吗?”正是金蟾到了！

这怪物竟然一直藏身于一旁，直到这时方始现身。罗马又惊又怒，却也早有准备，叫道："铜板，停！"

"嘎啦"一声，铜板后蹄一坐，前蹄支地，火星四溅、石屑崩飞，猛地撑住了身子。可是来势太急，整个身子却已以前蹄为轴，转了半个圈。罗马一手拢住缰绳，稳住身子，另一手在鞍旁一掏，掏出一个物，回手打出，喝道："中！"

那物飞袭金蟾，金蟾跃至半空，原是要从旁截击罗马，志在必得。却不料铜板在那么快的速度下，仍是说停就停，令他一下子已从罗马身前掠过。正想变招，罗马打出那物已至眼前，当下不及思索，手腕的钢钩一分，已将那物绞碎。

"噗"的一声，香灰四溅。罗马打出之物，竟是一个纸包，里面装满了跃见寺的香灰。金蟾一时不查，眼前已是一片模糊。大叫一声，知道不好，正想逃走，胸前蓦然剧痛，整个人已斜斜飞出。

那是铜板在地上滑了半圈，又突然跃起，以前蹄撑地，后蹄尥出，两蹄如同重锤，登时将金蟾石碑般的身子，整个踢出了帅台。

另一边赵构自帅台顶层上摔下，沿着台阶骨碌碌地滚了下去。帅台高二丈一尺，分了四十九级台阶，他这么马不停蹄地滚下来，哪还有半点帝王风范。秦桧在顶层上惊慌失措，高喊道："护驾！护驾！"可下面的御林军原是正在戒备场中的群雄做困兽之斗，忽然之间，却又要回过头来保护皇帝，哪里反应得过来？

那皇帝一路滚到了帅台一层，这才给人七手八脚地拦住了。堂堂一国之君，已是给磕得带懒袍松，头破血流，给人扶着爬起来，口中兀自叫道："杀了他……杀了他……"可是才说了几个字，忽然间乌云压顶，劲风扑面，却是在这一瞬间，罗马、铜板重新调转方向，又已从帅台顶上飞驰而下。

惊退赵构、踢飞金蟾，那老马怒目圆睁，长鬃猎猎，鼻息喷出的白雾，如同火焰，自帅台台阶上冲下，如同索命恶龙。赵构正被人群簇拥着，惊魂未定，抬头一望，已是肝胆俱裂，不顾一切地向下一跪，便想要闪开——

可铜板已到人群近前，有人以身护驾，长枪刺来。铜板在帅台最下层，蓦然间一顿足，铁蹄踏在石台之上，火星四溅，它已腾空跃起，如飞龙一般，从人群上方越过。

罗马人在鞍上，镫里藏身，一手扳住鞍鞯，一手海底捞月，向下一掏——

一瞬间手腕巨震，他探出的右手，只有两根手指搭上了赵构的衣领，勾住了他的领口。但铜板从土山上冲下来，其速何快？那无与伦比的速度，化作了澎湃的力量，透过罗马的手臂，传到他的指尖，又从他的指尖，传到赵构的衣领！

赵构只觉脖子一紧，一股大力仿佛从地下涌来，登时身不由己，腾云驾雾一般，从人群的包围中斜飞而出。

“唏律律”一声长嘶，铜板已如天马行空，越过了人群，越过了前方的盾墙。

而身后跟着一人，手舞足蹈，惊声惨叫，正是皇帝赵构，也飞过了盾墙。

一过盾墙，便已是群雄受困的场内。但见硝烟滚滚，箭落如雨，电光石火之间，阮飞腾空跃起，半空中一把将赵构抓住，袖中刀如灵蛇出洞，一瞬间劈落两支刺向罗马的长枪。与此同时，韩世忠、梁红玉挥手掷出两块用以挡箭的桌面，将正待追击的御林军撞退。

阮飞大喝道：“昏君在此！”

一言喝毕，和罗马、铜板，同时落地，已将袖中刀横在赵构的咽喉上。

箭雨骤歇，御林军一片惊呼。罗马、铜板如同神兵天降，一瞬间，竟硬生生地将赵构从重兵保护之下，抓到了群雄阵中。四下里浓烟滚滚，箭枝插在地上，如同杂草，惨叫呻吟声此起彼伏，众目睽睽之下，那一人一马原地转了三圈，罗马怒目圆睁，铜板抖鬃奋蹄，何其威风！

只听秦桧没口子地叫道：“住手！都住手！不要伤了陛下龙体！”一面说，一面已在帅台上跌跌撞撞地跑了下来。

之前场中群臣、群雄无遮无避，又已被一轮箭雨射伤了二三十人，死了十几人。这时气沮胆丧，眼看就要全军覆没，可是突然间，局面强弱逆转，赵构已落入他们的手中。阮飞叫道：“昏君，我今日便为诸位英雄报仇！”

赵构满面血污，给他拖在地上，奄奄一息，说不出话来。秦桧大叫道：“阮大侠且慢！难道你们不救岳飞了么？难道你们不想活着离开此地，再见朋友家人吗？”一面说，已跑到帅台最下层，分开盾墙，来到场中。

这奸佞小人，卑鄙无耻，可当赵构遇险之时，胆色却是不凡，小心翼翼地穿过了地上的箭丛，叫道：“阮大侠三思！”阮飞一手持刀，手上青筋暴起，几乎便要将赵构刺杀当场。一旁韩世忠道：“阮大侠且慢，且听奸相还有什么说辞。”

秦桧叫道：“岳飞的性命，如今就在你们的手中。难道你们历尽千辛万苦，却要功亏一篑么？”

阮飞喝道：“你们还能放了岳元帅？”

秦桧叫道：“放！放！陛下在你们手上，放上一个半个岳飞，又算得了什么！”

赵构原本闭目等死，这时听他们说话，猛地睁开眼睛，叫道：“可是岳飞……”

秦桧急忙道：“陛下，如今事急权宜，我们不得不说了。岳飞在西城外的风波亭中，虽然一时便死，但他们既然有这快马，却也有救出岳飞的可能！那么岳飞的生死，便留给老天决断吧！”对阮飞、罗马正色道：“今日小校军场御宴，原是要双管齐下，将岳飞及其党羽斩草除根。你们在此地中伏，而岳飞则在西城外风波亭正法。如今距离午时三刻，还有一炷香的工夫，你们若是赶得到，便去救他吧！”

一面说，一面已撕下自己一幅衣摆，道：“请陛下立刻下旨，赦免岳飞！”

赵构把牙一咬，终于把衣摆接过，沾血写道：“赦岳飞不死，钦此。”秦桧将衣摆拿给罗马，道：“你这马若是真的快，赶得到风波亭，就抢在行刑之前，颁旨救人吧！”

他们卑鄙无耻，这边以释放岳飞为饵，引诱朝野豪杰现身中伏，另一边却已对岳飞下了死手。罗马又惊又怒，看一眼阮飞等人，探身接过衣摆，掉头欲走。一旁韩世忠忽道：“那么，在场其他人的性命，又当如何？”

在场的群臣、群雄，原本有八十七人，如今已死了三十五人，重伤三十二人，只余二十人，尚能行动自如。可是赵构如今既已撕破了脸，动了杀心，他们又如何能全身而退？

赵构转了转眼珠，咬牙道：“你们放了朕。只要今日之事，大家守口如瓶，那朕也可以不再追究！”

秦桧也道：“你们虽有死伤，但总算可以救了岳飞，青史垂名，功莫大焉。韩将军，万万不可意气用事，玉石俱焚，让大家白白牺牲了性命啊！”

尸横遍地，血流成河，而这在秦桧口中只是“虽有死伤”。然而事已至此，到底是同归于尽，还是至少可以救下岳飞，让剩下的朝野豪杰保得命在？韩世忠咬牙道：“那么，也请陛下立旨为据！”

赵构怒笑一声，又写下一份血衣诏。韩世忠伸手接过，小心收好。赵构冷笑道：“韩少保，你终于不再藏着了？”韩世忠面无表情，并不答话，而对罗马道：“那么，请这位兄弟，速速去风波亭传旨。”

罗马答应一声，一拉铜板缰绳，铜板摇头摆尾，飞驰而去。

秦桧道：“圣旨已传，血诏已立，你们还不放了陛下？”阮飞稍一犹豫，道：“韩将军，梁夫人，请你们带领大家离开此地。”

韩世忠、梁红玉，于是带领剩下的朝野豪杰，匆匆撤走。一面安顿伤者就医，一面又加紧去风波亭迎回岳飞。半路上，梁红玉竟携血衣诏悄悄离开，一代巾帼英雄就此销声匿迹，下落不明。这才使得后来赵构、秦桧待要报复今日脱身之人时，虑及她的手段及诏书，终究有所忌惮。

小校军场中，渐渐便只剩了赵构君臣手下，及阮飞一人。御林军将阮飞团团包围，秦桧冷笑道：“阮大侠，岳飞陛下也赦免了，韩世忠陛下也放走了。你得寸进尺，到底要将陛下挟持到何时？”

阮飞仰头望天，午时三刻已过，终于长叹一声，将赵构释放。

秦桧连忙将赵构搀扶回来。御林军严阵以待，“哗啦”一声，十几支长枪已抵上阮飞的身子。

阮飞冷笑道：“我阮飞自知必死，又有何惧？”

秦桧手扶赵构，忽然回头冷笑道：“陛下刚刚赦免在场众人，岂会出尔反尔？你们还不放了这位大侠？”

御林军将信将疑，终于将长枪撤下，又让出一条路来。

阮飞孤身断后，本就已做好了牺牲的准备，见韩世忠等人安全离开，便已知足了。这时竟然绝境逢生，不由心头狂跳，将袖中刀一收，举步欲行。忽然秦桧道：“陛下赦免你，那是陛下以德报怨，可是你便真的能这么随便地走了么？陛下是一国之君，无论如何，不应受辱于臣民之手。你以下犯上，有辱国体，传将出去，君不君、臣不臣，上行下效，虽令不行，大宋再无安宁之日，你难道真的不觉有愧么？”

这番话，字字恶毒，却比斧钺加身，更令阮飞寸步难行。想到自己一生忠勇，俯仰无愧，而今日竟然在大庭广众之下，持刀挟君。无论如何，当真是大逆不道。心头一时思潮翻涌，越来越是后悔。

秦桧又道：“早就听说大侠阮飞，追随名相李纲，光明磊落，忧国忧民，原来今日一见，不过如此。”

阮飞给他言语挤对，步步紧逼，终于知道，自己终是无法回去，再见妻儿了。长叹一声，调转了袖中刀，往胸口一刺，直至末柄，一代大侠便就此殒命。

另一面，且说罗马离了小校军场，不敢稍有停歇，直奔西城外而去。时间紧迫，他心似油烹，对铜板叫道：“铜板！铜板！今日岳元帅的性命，悬于你手！无论如何，咱们快一点！再快一点！”

铜板听了他话，果然奔行更快。

风波亭位于临安城西城外，是朝中诛杀不便当众行刑的要犯时，惯常的行刑之地。杀的人多了，也便成了临安一景。罗马、铜板自城北出发，驰行数里，罗马的耳中忽然隐隐传来“叮”“叮”的声音，挥之不去。

罗马心中打了个突，猛地回头一看，便只见距离铜板四五丈的地方，一个方方正正的怪物，正顶在两片细细的刀刃上，一蹿一跳地跟在后面。

正是那阴魂不散的怪物金蟾!

先前时他被铜板踢下帅台，生死不知。便连大宋君臣谈判之时，也再未现身。罗马只道帅台高耸，铜板力大无穷，那一击之下，连踢带摔，终于是了结了那个怪物。却不料，他还是又出现了!

他从跃见寺带出香灰，其实便是做好了与金蟾再战的准备，后来果然也狭路相逢。可是在帅台上的那一击实在太过顺利，不由令他有了大功告成之感，暗暗地松了口气，如今金蟾又追来，仿佛杀不死、打不垮，罗马只觉全身似是浸入了冷水之中。回头再望，只见金蟾满脸是血，狰狞可怖，口中呵呵而呼，如同妖怪，愈发提不起再战的勇气，只叫道：“铜板！金蟾来了！快跑！快跑!”

铜板听他催促，愈发卖力奔驰。只是它跑得虽快，但却常要随着道路迂回转折，不免走了弯路。金蟾却凭着一对刀足，蹿房越脊，一路尽取直线，因此虽比铜板慢了一些，却死死地咬住了。

一匹快马在地上疾驰，一个怪物在空中奔走，临安街道上鸡飞狗跳，惊叫连连。金蟾大笑道：“罗马！你救不了岳飞!”

罗马越发害怕，正自惊慌，忽然眼前一亮，原来已来到城西的主路上，一条青石大道，笔直地直通城外。罗马大喜，叫道：“铜板，甩掉他!”

铜板长嘶一声，脖颈伸长，长鬃下青筋暴起，果然又快了三分。它口中喷出的白雾，浓得竟似是棉絮一般，黏在腮边迟迟不散。它奔出了前所未有的速度，用出了前所未有的力量。罗马伏在它的身上，只觉劲风扑面而来，直令他呼吸艰难，四周一片模糊，而远方的景物，则呼啸着砸向眼前。罗马全身绷紧，拼命喊道：“圣旨到!

让开！让开！”

街道上的行人纷纷避让，数里的距离，竟是一晃而过。临安城门口的官军，远远地看见这一人一马，还来不及阻拦，铜板便已化作一道青光，穿城而出。

城外官道平坦，临近年关，几无人迹。路旁树木萧瑟，风波亭已不足三里之距。罗马回头张望，金蟾那丑陋凶残的身影，终于消失不见。才稍稍放心，忽然惊觉铜板疾驰之际，速度却渐渐慢了下来。罗马大惊，叫道：“铜板！”忽觉铜板颈上毛色有异，伸手一摸，竟是一手的血。

罗马只觉肝胆俱裂，叫道：“铜板，停下！”却已迟了，铜板再跑几步，忽然前膝一软，已是重重跪倒。罗马摔在地上，连滚了几滚，爬起来看时，只见铜板躺在地上，四蹄抽搐，呼呼喘息，却喷出一团团血沫。

罗马叫道：“铜板！”一把将铜板的头抱在膝上，登时抱了一手一身的血，才发现原来铜板的身上，每一个毛孔都在渗出血来。罗马惊慌失措，想要给它止血，都不知该按哪里。

只听“叮”“叮”声响，临安城中那方形怪物一蹿一跳地赶了来。金蟾远远地看到铜板倒在地上，大喜道：“你这贼马，又搞什么鬼？”仔细一看它浑身浴血，更是欢喜，叫道：“哈哈，它可是跑炸了！”

马儿天性耿忠，在狂奔之际，不知惜力，甚至常常突破自己的极限，以至于肺脏、血管都给炸裂开来。铜板浑身是血，罗马见铜板惨状，本就已猜到其中缘故，这时听见金蟾一说，不由越发后悔莫及，大哭道：“铜板！铜板！”

说话间，金蟾已来到他们身前，猛地停下身形，一对刀足深深地插入地下。只见他满脸血污，两眼赤红，一身衣物在地上滚得破破烂烂。而在他那宽阔得不正常的胸前，又有两个碗口大的污痕，衣物碎布深深陷入到肌肉里，不绝渗出血来，正是先前时铜板铁蹄所致，受伤端的不轻。

金蟾大笑一声，口中黑红的污血汩汩而下，道：“你终于是害死了铜板！这么一匹老马，为了你东奔西走，到头来还硬生生地跑死了自己，你的心到底是有多硬，对它是有多狠？可惜，它死得毫无意义，它终究是到不了风波亭，而你的圣旨也终究是救不了岳飞！”

罗马又痛又愧，抱着铜板，仰天大叫。他越难过，金蟾越是开心，笑道：“不过你们即便到了风波亭，其实也没甚么卵用。岳飞不在风波亭，你的圣旨根本没有人看！”

罗马虽在悲痛之中，却也大吃一惊。金蟾见他吃惊，越发欢喜，道：“岳飞根本还在大理寺天牢中，只不过已是一具尸体。你们那宝贝皇帝，岂会让他有一丝一毫的可能获救？今日御宴开始之前，那姓岳的已在牢中受拉肋之刑而死。秦桧是让你去一个错误的地方，去救一个已死之人。你们这群蠢蛋，全让他三言两语，调配得滴溜溜转。”

罗马回想当时情形，秦桧许诺时，赵构果然神色有异。那时他们还道是皇帝不舍得下旨赦免，原来却是岳飞已死，皇帝根本无从赦免。

在那混乱之中，他们全都上了当，竟无一人质疑，皇帝的那一份圣旨是否真的有效。归根到底，无论是罗马也好，阮飞也罢，甚至是韩世忠、梁红玉，他们根本就不会想到，那堂堂一国之君、一国之相，竟会如此厚颜无耻，不仅杀害忠良，更用死人来骗人保命！

“噗”的一声，罗马气急攻心，一口血喷出。与此同时，铜板的身子猛地一挺，原本绷紧的四肢忽然委顿下来，一双铜铃般的眼睛缓缓合上了。

罗马大惊，拼命抱起铜板的头，可是双手无力，却带得自己也摔倒了。金蟾见那素来趾高气扬的一人一马狼狈至此，只觉这一世被他们欺骗、抛弃、伤害、怨憎的冤仇全都报了，这一次忍着重伤，一路追到这里的苦痛全值了。不由仰天大笑道：“呵呵！哈哈！吼吼！”

大笑三声，忽然直挺挺地向后倒去，一摔在地上，径自不动了。

罗马喘息半晌，稍稍恢复力气，踉跄着爬起来一看，只见金蟾满面狂喜，但却也已气绝身亡。

累死了铜板，笑死了金蟾。风驰电掣的骏马，再也无法奔驰；而那怎么也杀不死的怪物，竟也这样一命呜呼。罗马看着他们一人一马的尸身，只觉天地荒谬，无以复加，脱下外衣，将铜板的头盖住，眼泪止不住地流了下来。

他紧紧地抓着那一份赵构血书的圣旨，踉踉跄跄地往风波亭赶去。即使已经知道真相，即使铜板已殁，但他还是要到风波亭去！他要救岳飞，不到最后，绝不甘心！不亲眼确认风波亭内是否有人，铜板就真的白死了！

只剩不到三里的路程，他直走了小半个时辰才到。午时三刻已过，那石亭中远远望去，连半个人影也无。罗马的心中又是害怕又是期待，跌跌撞撞走进一看，石亭地上落着薄薄的灰，应是好几天没有人进来了。

那么，岳飞果然是没有来这里……只怕真如金蟾所说，他已在天牢内遇害了。那高山一般伟岸、光明的英雄，终为黑暗和阴谋所吞噬，那么多人赴汤蹈火，终究没能把他救出来，而铜板奔驰得再快，到底什么也没能改变。

这世上从此以后再无铜板，罗马一想到这一点，便只觉孤独无依，万念俱灰。而他们这样牺牲、奋斗，到底有什么意义？先前时，在跃见寺中，道恒让他“自信而做”，罗马做了，可是除了令自己更加悲惨之外，又收获了什么呢？

罗马再也撑不住，跪倒在地，放声大哭。就在这时，风波亭亭顶之上，忽然有人重重落下，正砸在罗马身前。身上结痂、成冰的鲜血，溅得四处都是。

罗马大吃一惊，定睛看时，只见那人身上多处受伤，一身黑衣，全被鲜血浸透，脸上钉着三枝无羽袖箭，触目惊心。这人五官肿胀，几乎难辨面目，可是手中握着的半截黑刀，罗马看来却十分熟悉。

愣了一下，想起竟是天牢之中，那杀人时，刀刀分尸的“五马黑风”石不全。

可是他既是石不全，他脸上的袖箭，难道是“铁蝎”樊百岁所射？然则他二人同是天牢守卫，又怎会火并起来了？

石不全受伤太重，在风波亭顶上藏身，已至油尽灯枯之态。这时摔在地上，仰面向天，却已目不能视，颤声问道：“风波亭中恸哭之人，可是大宋男儿？”

罗马稍一犹豫，道：“是。”

石不全道：“我是大理寺天牢守卫石不全，岳元帅今日已在狱中遇害，我的身上有他的遗物。”罗马大吃一惊，道：“那是什么？”

石不全颤颤巍巍，在怀中一掏，掏出了一把碎纸，攥得死死的，道：“今日凌晨时分，岳元帅已在天牢狱中遇害。行刑之前，佞臣万俟卨命岳元帅再写供状。岳元帅乃拿来笔墨，写词一首。万俟卨阅毕大惊，将此词撕碎，又将岳元帅铁锤击肋而死。我在旁得到机会，偷偷捡起这些碎片。可是却被人发现，九死一生，逃到了此处。”

原来岳飞死时，还有这般周折。罗马心头狂跳，蹲身将他扶住，道：“你不是天牢守卫吗？五马黑风，你之前不是曾杀过许多营救岳元帅的好汉？”

石不全这时神志恍惚，倒在他的怀中，全没注意罗马原来是认识自己的，道：“我做天牢守卫，原就不是什么好人，手上沾满鲜血……可是关押岳元帅这些天，耳闻目睹他的高风亮节，我终是不忍他不能留下只言片语于后人。岂料良心发现了这一次，便搭上了自己的性命。”

他将那一把碎纸颤抖着举起，道：“这首词名叫《满江红》……岳飞写罢，石牢震动，鬼神皆惊……一定是首好词！”

他的手上满是血污，连从指缝中露出的纸片，都沾满了血。罗马伸手去接，石不全的手指握得死死的，却不松开。罗马只好托住他的手，问道：“你为什么要给我……你为什么会相信我？”

石不全微笑道：“风波亭所杀的好人多，坏人少。能在今日到此一哭的人，总不会与朝中奸党沆瀣一气。”他将那把纸片又举得高了些，颤声道：“你一定保住这首词，它是岳飞遗作，必是他一生的写照！万俟卨、秦桧他们会怕这一首词，必是因为这首词在，岳飞便在！”

他说得如此郑重，罗马的一颗心本如死灰，却又被他点燃。正想再说什么，石不全的身子一震，手指松开，却已死了。碎纸从他的手中落下，罗马连忙将它们一一收好。石不全之前神志不清，怀中的纸片并未掏净，罗马又在他的怀中，找到剩下的五六片。

纸上沾满鲜血，碎裂的笔迹，铁画银钩。罗马心中激荡，向石不全的尸身拜了一拜，将这《满江红》的碎片揣入怀里，转身离开风波亭。

彤云密布，阴风四合，樊百岁等追捕石不全、缴回《满江红》的人，似是随时会自暗处出现。而韩世忠等忠良志士，也不知何时才能赶到。那首词写的到底是什么，是不是真有石不全所说的那么神奇，罗马还并不肯定。但在石不全交托这一首他用生命换来的雄词之际，罗马终于知道，也许铜板牺牲，自己来到风波亭……还是有意义的。

千百年以后，也许一切都将归于尘土。沧海桑田，便连大宋也早就不复存在，皇帝也没人会去跪拜。铜板也好，罗马也好，秦双也好，阮飞也好，金蟾也好，杨勇也好，卢显臣也好……也许都将湮没于历史的长河中，但岳飞一定会被人记住，他的忠诚、耿直、勇敢、遗憾、愤怒、悲情……一定要被人们记住！

所以即使已经没有了铜板，他也一定会保护好这首词；而即使将来只有他一个人，他也会将这首词传遍天下，让更多的人知道，更多的人传诵！因为有这首词在，岳飞便在。而岳飞若在，则无论千年百年，无论华夏神州又遭怎样的侵略涂炭，一定会有血性男儿，抗击强仇、重整河山！

他踉踉跄跄地向远方走去，怀中的纸片，如同一粒滚烫的火种，伴随着他，走进渐浓的暮色中。

正是：

过眼溪山，怪都似、旧时相识。还记得、梦中行遍，江南江北。佳处径须携杖去，能消几緉平生屐。笑尘劳、二十年来非、长为客。　　吴楚地，东南坼。英雄事，一人敌。被西风吹尽，了无尘迹。楼观才成马已去，旌旗未卷头先白。叹人间、哀乐转相寻，今犹昔。

（改自辛弃疾《满江红·江行和杨济翁韵》）

满江红

番外

番外一

铁未销

一　将军百战死　烈士十年归

南宋绍兴十五年，抗金名将岳飞已经死了四年；皇帝赵构向金国称臣，也已经有了三年。“还我河山”的呼声渐渐消失，淮河以北沦陷敌手这一事实，似乎已经为人们所接受。淮河以南的百姓生活，又恢复于平静安逸。

七月末，老张拐着脚，慢慢走进郭家庄。

说是老张，其实他的岁数，才不过四十而已。只不过他面目平庸，小眼睛，扁鼻子，嘴唇极厚，看上去木讷笨拙，而显得老成罢了。他背着一只灰布的包裹，拄着一根不知是从哪捡来的藤杖，风尘仆仆地出现在村口的时候，高大的身躯并没有引起人们过多的注意。

老张抬起头来看了看。与他六年前离开这里时相比，郭家庄几乎没有什么变化：村口一座牌坊，一条人走车轧、板扎崎岖的土路直通庄里；往里边走，几个荷锄挑担的村人，好奇地看着他。路边是老孙家的饭铺，老店特有的油腻腻的味道，令人熟悉。前面白光耀眼，新刷的白墙反射阳光，包围的一片大房，正是郭家的宅子。

老张快步走过郭家朱漆大门，心里略觉忐忑。他家与郭家相距不过百步之遥，篱笆歪倒，满院荒草，那两间破屋的窗户完全脱落，一扇木门歪在门框上。

他的心提了起来。老张拖着自己的瘸腿，尽可能快地往屋里赶去。

——如果不是在濠州挨了那一刀的话，他当然可以走得更快些；但是如果他没有挨那一刀的话，他也就不会回来了。而如果他当初没有离开这里……不，这世上绝没有“如果”二字，与其回首自怨，莫如奋然前行。

老张拉开木门，整扇门板都突兀地歪倒下来。老张连忙将它扶住，双手扣着门沿，将它放到一边。屋里的人马上听到了外面的异常，一个苍老的声音道：“谁呀？”

老张的心脏剧烈跳动，他张开嘴，可是一瞬间竟然说不出话来。他踉跄着往里屋走，屋里又黑又乱，便溺的气味扑面而来。

“娘！”

看到里屋硬炕上的人形时，老张终于能发出声来。他的老娘平躺着，大热天的，身上还盖着一床破棉套。阳光从窗口照进来，一片方方正正光亮，不偏不倚地压在她的身上。

老娘听到老张的声音，愣了一下，想欠身起来，却力不从心，只能勉强抬起头，侧脸相望，叫道：“大……大成？”

老张扑到炕沿前，将老娘的身子慢慢扶起。叫道：“娘，我回来了！”

他当日离家从军，一去就是十载。如今终于回来，老娘花白的头发，已经全白了。

“娘……娘，我不在家，你受苦了！”

“苦什么呀……不苦……就是担心你，”老娘摸着他的脸，“你在外边出生入死的，娘一晚上一晚上地睡不着啊。”

“没事，我回来了。”老张鼻子发酸，“娘，你的身子？”

“瘫了。”老娘笑着说，“去年下雨的时候，过门槛滑了一跤，门槛硌在腰上，就不行了。”

老张的眼泪一下子就流下来了。他硬下心来，把老娘一个人留在家里，在外边打仗、奔波，几乎没有时间想家，可是这时眼见老娘这般贫病交加，怎不心如刀割？

“那你……那你吃饭咋办？”

“多亏了李瞎子啊，”老娘笑着指指炕头上的一只脏乎乎的青花大海碗，“他每天下午铺子没人的时候，就把客人吃剩下的给我送一大碗来，足够我吃一天的了。”

“李瞎子？”

“哦，你还不知道呢。老孙在你走后不久，就没了。他老婆把饭铺盘给了个外地人，姓李，一只眼是瞎的，大家都叫他李瞎子，习惯了。”

老张点了点头，心中凄苦。房子破败至此，李瞎子只能用剩饭接济已经瘫痪了的老娘，而自己年过四十，却还一事无成……世道艰辛，一切都在变得更加糟糕，而他们就只剩了苟延残喘的份儿而已。

“娘，你想吃点什么？我去给你买。我有钱了，几年的军饷，我现在有二十多两银子呢。”

“别走，”老娘拉住老张的手说，“别走……把剩下的热一热，还能吃……别走……”

老娘是怕他再一去不回啊。老张擦了擦眼泪，道：“行，娘！我去热饭！”

老娘却犹豫了：“都是人吃剩了的，你吃不惯，要不你还是去买点吧……”

“不了，”老张拍了拍老娘的手，“这几年当兵，什么我都吃得下。”

这几年老张吃过很多东西。被困牛头山的时候，他吃过老鼠，山里大得快成精的老鼠，老兵把它开膛扒皮，烤着吃了。老张分到一小块，没油没盐，可是肉很滑，嚼久了会有一种甜甜的香味。发兵郾城的时候，他吃过蝗虫，开始时还是吃大腿儿与背上的肉，后来实在没有时间慢慢撕着吃了，就把整只整只的蝗虫塞到嘴里嚼，蝗虫柔软多汁的肚子爆开的时候，一股腥臭气能从嘴里直接冲出鼻子。蝗虫坚硬多刺的腿在他的唇齿间翻滚，时时提醒他正在吃的是什么。还有后来的朱仙镇，他又累又渴，于是吃路边的野果，结果中毒几乎死在路上。

老张摇了摇头，他已经回到郭家庄了。刀口舔血的日子，已经过去了，他应当变回一个普通人，好好过日子，好好孝顺老娘。

老张洗锅热菜，喂老娘吃了一顿热乎的，然后他开始收拾这个破败太久的家。他将院子里的杂草拔了，在墙角找到了那两扇脱落的窗户。其中一扇还相当完整，另一扇则散架了。老张把散架的那扇彻底拆掉，于是得到了两根还不错的木头，和十几根没锈死的钉子。

掉下来的门扇是因为门轴腐朽，老张把门轴槽挖了挖，发现还将就能用。于是捡起刚才得着的窗框木头，用菜刀砍下一段，重钉了门轴，开合之际虽然不那么平滑，但是这个家，至少是有了门的。

老张穿着一件被汗水完全濡湿了的单衣，沉默地忙碌着。老娘被他抱出来，坐在院子里，看着在他的手上荒芜许久的院子飞快地恢复应有的样子。老张以前在家的时候，虽然也算得上手脚勤快，却总是干干停停，不时返工。可是这时他的一举一动，却从容专注得多了。活儿干了就是干了，就像一块烙饼，吃一口就是一口，干净利落，连渣儿都不掉。

“大成……”

“娘。”

“嗯……真的磨炼出来了。”老娘笑道，“小老虎似的。”

老张笑了笑，没说话。

庄子里渐渐有人注意到老张家的变化，远远地张望。但是没人过来招呼他。就像此前没有人帮他和老娘说一句话一样，在郭家的人发话前，没有人会来向他们示好——这一点，也和六年前没有任何变化。

“娘，老郭家后来没找你的麻烦吧？”

“没有，我一个糟老婆子，人家老郭家也不爱理。”老娘犹豫了一下说，“不过，村里人确实是不敢登咱们家的门了。”

“那李瞎子怎么敢来？”

“老郭家嘴短呗，整天吃人家的喝人家的，从来不给钱。李瞎子真拉下脸来给我一口饭吃，那他们也不好说什么。”

“完了我去谢他。”

“别急着谢他，老郭家那边怎么办？”

“我会和他们讲和。”老张简单地说。必须讲和，这是他和老娘想继续住在庄子里，就不能绕过的坎儿。

他拖着一条伤腿从老娘的身边走过，沉默坚强。老娘问道：“大成，你的腿……”

老张将刚才打下来的荒草堆成几堆，用草绳扎好。他在用力勒紧草垛时，臂上肌肉块块隆起，虽然隔着衣服，也可见他的力量。他一边忙碌，一边道：“打濠州的时候，被金狗的马刀划了一下，伤到了筋，就瘸了。不过还好，要不是瘸了，军中也不会这么快就让我退伍。”

“现在还有仗吗？”

老张的动作迟疑了一下：“有吧……金人生性贪婪狡诈，即使和议了，朝廷也不能掉以轻心。”

“回来了，就别想了。”

“嗯。”老张点了点头，“不想了。”

他用力扎紧那一捆荒草，脚下踩的，好像不是草垛，而是金人的俘虏。草绳深深陷进草垛，如果是捆人的话，他应该捆一个插花双鱼扣，但现在只是草而已，所以他只需要打一个活结就好了……

老张回过神来，意识到自己又回到了过去，于是提起手来，“啪”地打了自己一记耳光。

“呦，怎么自己打自己啊？”他的身后突然传来一个不怀好意的声音，“打不了金人，拿自己撒气啊？”

老张正在打结的手一下子僵住了。多年来一直藏在他心里的恐惧一下子爆炸了，他几乎要从地上跳起来，去面对后面的敌人——可是他还是镇定下来，慢慢把那个活结打好了。他的手指颤抖，那个简单的结扣，费了好大劲才完成。可是等到绳结打完，他也镇定下来了。

老张慢慢站起身，然后才不慌不忙地回过头来。在他刚树起的篱笆墙外，站着的是一个如蛇一般恶毒的男子。

郭延寿，与六年前相比，他的变化不大，还是一样瘦。他的眉毛很淡，大而努出的双眼，在转动的时候，几乎令人怀疑他的眼珠子会掉下来。有的人天生来就兼具残忍、卑鄙和下流，而郭延寿，无疑就是这样的怪胎。

——怕什么来什么！

“三哥。”老张拍了拍手上的草渣，“我回来了。”

郭延寿从篱笆口绕进院子。他牵动嘴角，露出满口黄牙：“去你妈的三哥，谁他妈的是你三哥。你个张王八，你还敢回来……”

他满口污言秽语，老张皱了皱眉，道：“三哥，事情都过去这么多年了，我当兵……”忽然间腹上剧痛，不由自主地弓下身去。

郭延寿垂下手来，拇指一松，吞在袖子里的铁尺无声滑落，再一握，握紧尺柄，高举过头，狠狠地砸下来。老张刚才被他的尺头顶在胃上，这时满嘴的苦水，眼冒金星，突然被这一尺砸在肩膀上，顿时半身麻痹，一个踉跄跪倒在地上。郭延寿的膝盖提起，“砰”的一声，正撞在他的脸上，老张闷哼一声，整个人僵硬地向后折去，仰天躺倒时，鼻中两管鲜血才蜿蜒而出。

“过去这么多年，我大哥就白死了？”郭延寿啐了一口，一口清痰准确地落到老张的额角上，“过去多少年，你也得给我大哥陪葬！”

老娘“扑通”一声从椅子上摔下来，哭叫道：“延寿，你别打大成了，是我们不好，大成一会就想去找你们呢……你高抬贵手……”

郭延寿挥舞铁尺，狂风暴雨般往老张的身上打去。老张闷声不吭，双手抱头，屈膝含胸在地上滚动忍耐。郭延寿骂道：“你当兵？你当兵！你当兵又能怎样？你当兵还不是孬种？当兵还不是打败仗？

都说金人厉害，怎么才敲断你一条腿?”

庄中闲人听见打骂声，纷纷在墙头房上看热闹。可是慑于郭家的气焰，却并没有任何一个人过来拉架，反而指指点点，颇有兴趣。郭延寿越发得意，骂道：“打不了金人，跑到郭家庄来逞威风了。你当兵的？你当兵的回来，照样是个废物！”

突然“啪”的一声，铁尺落入老张的手里，老张单腿跪地，反手握住了铁尺尺头，嘎声道：“郭延寿，你别欺人太甚！你大哥会死，我也没料到。元帅刚正不阿，对他用刑是重了些，可是你也要想想，你们自己做了什么！”

六年前，老张与郭家争地。两家的耕地本就挨着，郭家的田垄越来越往外歪，老张去与他们理论，被郭家五个儿子一顿毒打。老张为人木讷懦弱，郭家五虎却个个都是滚刀肉、愣头青，庄里根本没人敢说一句公道话。刚好这个时候庄外有过路的官兵驻扎，老张受逼无奈就去告官。一般的将官怎么会管他这样的琐事，自然没人理他。郭家五个兄弟大肆嘲笑，老张越发想不开，坐在大营外闷着头哭，刚好有位带军的大将回营，这才知道他的冤情。

那将军也是农家出身，爱民如子，便带了两个亲兵出营，来到郭家庄，一番考察，已知道善恶。于是找来郭家五虎，敕令他们修改田垄，赔偿老张汤药。又定下每人五记脊杖之刑，由他的亲兵用刀鞘执行。

郭家的老大郭有福是个混人，开始时还嬉皮笑脸地求情，待得见那将军不予回圜余地，顿时耍起赖来，叫道：“行，你是官，你想打谁就打谁！你多威风啊，我们老百姓可没话说。不就一人五下么？有本事全冲我来?”

那将军一向赏罚分明，最恨人推搪耍赖，当下冷笑道：“好啊，那二十五杖，就看你的了。”

两个亲兵便各持刀鞘，将郭有福摁在磨盘上便打。郭有福咬牙撑了七杖，哭爹喊娘地叫起饶来，撑到十三杖，连叫都叫不出了。

他四个弟弟一起来求情，那将军冷笑道："好啊，你们替他。他撑了十三杖，你们也一人挨十三杖好了。"

郭延寿几人一时都有些踌躇。亲兵又打了两杖，二哥郭天禄叫道："好，不就十三杖么？我接！"

那将军拈须冷笑，道："现在是十五杖。"那亲兵又打一杖，将军道："十六杖。"叮嘱那两个亲兵道："打慢一点，让他们有时间想想。"

原来他们越是逃避，惩罚就越是严苛。郭家兄弟面面相觑，不敢答应。亲兵又打了两杖，郭有福抬起头来，哀求道："老二……你们……你们救我……"

郭家兄弟不约而同往后退了两步。亲兵又打两杖，郭延寿道："大哥，二十杖了，你再撑一下就好了，何必大家都伤得动不了！"

郭有福两眼瞪大，恨恨瞪着自己四个兄弟，渐渐眼神涣散，垂下头去。两个亲兵二十五杖打完，收刀复命。郭有福伏在磨盘上，昏厥不醒，气息奄奄。那将军道："为非作恶、寻衅放赖，这就是教训。"带了亲兵回营而去。

不料当天夜里，郭有福竟然挨不过杖伤，一命呜呼了。郭家兄弟怒气冲冲，又不敢去找那将军赔命，一腔怨恨便全撒到老张身上，放出话来，军队离开郭家庄之日，便是老张给郭有福偿命之时。

村人畏惧郭家的凶恶，越发疏远张家。老张四面楚歌，在家躲了两天，惶惶不可终日，幸好他老娘还冷静，便让老张趁着官兵还在，赶紧去投军。老张这才连夜出庄，得了那将军的收容。

郭延寿飞脚将老张踢倒，恨道："刚正不阿？我呸！他要刚正不阿，又怎么会被朝廷杀了？仗打得那么紧，朝廷会无缘无故地杀大将么？还不是有小辫子让人抓了？"

老张躺倒在地，放松了四肢，呼呼喘息。

郭延寿笑道："你们把他吹得超凡入圣，实际上还不是个烂肚子的狗官。'莫须有'这个罪名杀他，真是再合适不过……"

突然间老张一跃而起，他腿脚不灵便，可是这时的动作却快得惊人。只见他向前一扑，双手已将郭延寿拦腰抱住，推着往前冲去。他的力气好大，郭延寿不由自主后退两步，腿一蹬，撑住了身子，一手扶住老张的肩膀，另一手挥起铁尺，猛击老张后腰。

腰上剧痛，老张用力咬紧牙关。他的左腿又酸又痛，抽筋似的抖动不已，而右腿则因为用力过猛，膝盖滚烫，肌肉绷得快要裂开。他用力再向前一推，感应到郭延寿往回顶的力量之后，猛地跪下来，郭延寿收不住力，往前一扑，老张抱住他的双腿，拼命向上一掀，“呼”的一声，郭延寿从他的肩膀上，一个跟头摔了过去。

“砰！”郭延寿一个狗吃屎撞倒在地，老张反身一扑，单肘卡在郭延寿的颈后，将郭延寿死死摁在地上，然后将他右手圈住，别在背后，这才爬起身来，在郭延寿挣扎前，用右膝顶住他的腰眼。

周围围观的乡亲隐隐发出几声惊呼，郭家横行乡里二十多年，敢与他们动手的人，多少年都没见过了。张大成过去三十多年在庄里都是蔫老实得有名，这出去当了几年兵，真的变得不怕死了。

老张呼呼喘息，眼前金星乱冒。他的腰后一阵阵刺痛，又有黏糊糊的感觉，不知道是汗还是被铁尺杵出了血，可是比后腰更痛的，却是刚才被郭延寿刺伤的心。

“你打我骂我没关系，可是如果你敢再说岳元帅的坏话，我绝不放过你！”

不错，当初收留他的将军，就是后来精忠报国的岳飞岳少保，老张加入的，也就是曾令金兀术感叹“撼山易”的岳家军。这几年老张随军南征北战，出生入死，战无不胜，岳元帅根本就是他心目中天神一般的人物。

郭延寿扭动挣扎，奈何老张压的位置巧妙，刚好让他浑身使不出力。

“郭三儿，你记住，我不是那个任你们欺负的张大成了。”老张把郭延寿背后的手往上提了提，满意地看着他马上疼得直用左手捶地，“我见过的死人比你们见过的活人都多，我杀的金狗哪一个不比你们凶恶？你这种庄户人家的村霸，还是少来献丑吧！”

——他在说谎。事实上，老张从来没见过比郭家兄弟更可怕的人。金人残暴、凶恶，可是老张从来都没有害怕过，他们是遥远的敌人，可以被杀死和赶走的野兽。可是郭家的人不一样。他们是老张的邻居，对老张知根知底，他们知道他害怕什么、珍惜什么，能躲到哪里。他们擅长死缠烂打、得寸进尺和赶尽杀绝，他们有一生的时间可以耗着老张，折磨老张，他们是老张此前四十年挥之不去的噩梦。

可是老张现在必须表现得毫无畏惧。就像岳元帅曾经说过的：“如果我们不害怕的话，就轮到敌人害怕了。”

二　绝路兔咬手　檐下人低头

郭延寿伏在地上，勉强回头，笑道：“不错呀，当了几年兵，果然有种了些。”

“我一向比你有种，只是不屑与你们争斗。”

“真会吹牛啊！”郭延寿大笑道，“可是你完了！”他趴在地上，右手给老张扳在身后，左手却好整以暇地伸向前面，在他自己的眼皮底下撩拨着一根不到一寸长的草根，“你要是能当上官就好了，哪怕是个芝麻绿豆大点的官，我们也会怕一怕你，可是你不是。你没有升官进爵地回来——那你就完了！你以为这六年，你学会了打架，我们就没有长进了么？”

老张突然感到呼吸困难。一只大手抓住了他的后衣领，猛地向后一甩，老张倒飞而起。他的单衣承受不住这样的巨力，“嘶啦”一声裂成两半，老张破衣而出，一溜跟头摔倒在墙根之下。

不知什么时候，院子里又多了一个大个子：他大概有八尺开外的身高，膀大腰圆，穿着一件黑布坎肩，敞怀没系扣子，露出一个沉甸甸的肚子，犹如倒扣一口铁锅。他这么胖，以至于五官都被脸上的肥肉挤到了一处，要仔细分辨才能看出其中与郭延寿的相似。

老张倒吸了一口冷气，是郭家的老五，郭进财——他怎么长成这样的庞然大物了？

老张扶着墙站起来，墙根上斜靠着他带回来的那根藤杖，老张反手抓紧，然后拿到身前，双手攥紧。他残废了的左腿滑出虚步，身子沉低，前把与胸齐高，后把收于肋下，那根底部沾满了泥土的藤杖突然化为岳家扎枪，充满了威胁。

郭进财把郭延寿扶起来，兄弟俩一起向老张逼过来。郭延寿活动着刚才被老张扳疼的右臂，把铁尺抛起又接住，抛起又接住。铁尺打在他的手心上，“啪啪”作响：“我要当着你老娘的面，把你打得屙一裤兜屎，然后让你这个残废老娘来给你洗裤子。‘大成、大成，你怎么这么大了，还拉裤子。’”

老张沉住气，眼珠转动，不动声色地扫过周围——郭家的老二和老四确实不在。

郭进财从腰间解下一条六尺长的铁链，左手抓住铁链一端，右手将铁链一圈一圈地紧紧绕上拳头、前臂。他的左手因此变得越发粗大，晃动时发出“咯噔噔”的铁声。

“老五会把你的头捶扁的，就和捶扁一个核桃没什么两样。不过我不想让你死得这么轻松，敢惹我们哥儿几个的，十几年来就你一个。我得好好地玩玩你，你知道我们为什么不把你老娘干掉？因为我们等着你回来呢。”

老张的呼吸响亮，一呼一吸，绵长不乱。他眼睛死死盯住郭延寿的胸口。只有赢下这一场，他才有机会和郭家谈判讲和。

“我得让你死在你娘面前，或者你娘得死在你的面前……”

老张突然开口，说道：“娘儿们。”

郭延寿一愣，旋即明白了老张是在嘲讽他话多。他的脸一下子涨得通红，把铁尺一扬，就向老张打来。同一时间，郭进财挥起左拳，猛击老张的耳门。

“杀！”

老张蓦然大吼一声，一杖猛向郭延寿胸膛刺去。他的那一声吼好生洪亮，凛凛杀气随音而至，全然不像以前的低沉温和。郭延寿被他劈面一震，顿时恍惚了。回过神来，老张的藤杖已经刺到胸前半尺不到的距离。

郭延寿心里一慌，连忙回尺来格，可是临时变招，哪里来得及？眼角瞥见郭进财的铁拳已距老张的头颅不远了，心中不由又闪过一丝侥幸：老五的拳头极重，张大成必然要撤招格挡。

他却没看见老张眼里的决绝。“笃！”青藤杖准准点上郭延寿的胸口。几乎在同一时间，郭进财的铁拳重重打在老张的头上。

老张只觉得耳中“轰”的一声巨响，他刚才只来得及稍稍偏了偏头，避过了耳门，而用右脸颧骨挨了这一下重击。他横飞出去七尺开外，落在地上连打两个滚，这才坐住了。他的颧上被绷紧的铁链刨掉一大片皮肉，半张脸霎时就被血染红了。

老张单手支地，想站起来。可是才一欠身，便觉天旋地转，脚下一软，又坐回地上。郭进财天生一身蛮力，这一拳打得竟比老张预料的还要重。他努力睁眼，只见另一边郭延寿跪倒在地上，双手抚胸，以头抢地，口中嘶嘶倒气，正是被老张那一枪捅得不能呼吸。

——如果他还想在这个庄子住下去的话，他今天必须向郭家兄弟证明自己的不可轻侮。

——必须得在郭延寿站起来之前解决掉郭进财！

老张一手撑地，一手撑着藤杖，慢慢站起身来。他的脑中轰轰作响，好像有一万骑金人的铁浮屠来回践踏，老张喃喃道：“元帅……元帅……”

——他等着元帅下令，“攻”或者“守”。可是命令久久未到。老张这才想起，这回没有岳元帅来发令攻击了。郭进财看了看自己的三哥，看了看老张，无声地大吼一声，向他跑来。他身躯庞大，步履沉重，老张能看到他在咆哮时上唇与下唇之间亮晶晶的唾液黏涎，一根、两根地断掉。

嘴里是最没办法防备的，对付重甲包围的铁浮屠的时候，一枪从那些大张着的嘴捣进去，钉断金人的牙，枪头可以从他们的后脑穿出去。打断他们耀武扬威的吼叫和结果他们的性命，这两件事都让人热血沸腾！

可是现在即使郭进财露出了这样的破绽，老张也没有足够的力量发动那么快速的攻击。他的手臂沉重，几乎难以移动分毫。

郭进财抖开铁链，甩开一片黑光，往老张身上抽来。老张拼命往右闪去，瘸着腿跳开一步。铁链抽在老张身后的墙上，溅起石屑火光。老张往前一抢，一杖往郭进财的胸口戳去。他的脚下无力，这样一枪刺出，根本是整个人都扑上去了。这一杖于是越刺越低，终于落在了郭进财的肚子上。

杖头深深陷入胖子暄软的肥油里。郭进财面目扭曲，踉跄往后退去。老张拄杖跪立，眼巴巴地看着他墙一样的身体前后晃动，热切盼望着他倒下去——就像过去，无数次倒在他面前的那些草靶和金人一样。他刚才的这一枪，杖头杖尾、双手双肩、腰眼，七点斜平，因此又被称作是“七星枪”，无疑已经将他现有的力量，完全释放出来了。

可是郭进财终于还是慢慢地站住了。他因为疼痛而失神的眼睛慢慢又清醒起来，只不过眨眼之间，那里边的神智就又被令人心悸的疯狂代替了。

如果老张用的是真正的岳家大枪，这大块头早就死了！如果旁边有弟兄帮忙的话，补他一下子，郭进财就是壮得像牛，也该倒了……

“啊！”郭进财的大吼终于传进老张的耳朵，巨人猛扑过来，一手叉着老张的脖子，一手扣住老张的手臂，将他平举起来。两人一起撞向老张身后的屋墙，“轰”的一声巨响，老张后背几乎裂开，手中的藤杖也终于落地。

郭进财的头用力后仰，然后一个头槌向老张面门撞来。老张横手一挡，手背撞上自己的额头，手指却戳在郭进财的眼睛上。郭进财大叫一声，缩回头来。老张蜷起脚，一脚蹬在郭进财的肚子上。

郭进财闷哼一声，倒退数步。老张落下地来，歪靠在墙上，喘得直不起腰来。自从岳元帅蒙冤，他便被并入其他军队，金宋合议，他有快四年都没有上过战场了。平时的操练锻炼，果然还是和真正的性命相搏不同。

这种胜负一线的时候，就是要比谁的牙咬得紧一些，谁挺得久一点而已。老张憋住一口气，伸手一推身旁墙壁，借着这个势道，拼命向郭进财撞去。“扑通”一声，两人翻倒在地，老张压住郭进财，左右开弓，挥拳猛打。

郭进财一脸肥肉，被老张“啪啪”几拳打得皮肉乱颤。可是老张的拳头越来越没力，突然间郭进财反手一挡，抓住了老张的左拳，用力一扯，老张再也摁不住他，一下子摔倒在旁边。郭进财坐起身来，把脸上鼻血一抹，捶胸怒吼。

老张连滚带爬地离郭进财远了些。这巨人皮糙肉厚，真的好像不知疼似的，可是他这时却已经筋疲力尽了。老张的头脑一片混沌，双眼死死盯住郭进财，心中模模糊糊地想道：“干掉他……干掉他！”

蓦然间耳后恶风不善。老张不及回头，就已觉后脑一炸，给什么东西狠狠砸中了。老张眼前一黑，往前踉跄一步，一低头，血从耳后宣泄而出，瞬间糊住了他的眼睛。老张捂住伤处，勉强睁眼去看，郭延寿单手提尺，恶狠狠地道：“你敢动我？你敢动我！”铁尺“啪啪啪啪”如雨而下，老张双手抱头，挨了七八尺，再也支撑不住，一下子摔倒在地。

他与郭家兄弟恶战，局势瞬变，院外的观众个个目不交睫。他的老娘在地上撑身哀叫，道：“别打了。别打了……”叫不到两声，老张就已被彻底击倒，再没有还手之力。老娘越发惊慌，以手爬行，挣扎着想要过来，哪里用得上力？

郭进财也挥动铁链，来抽打老张。眼看老张就要被这兄弟二人活生生地打死。忽然有人悠悠然道：“郭老二，你兄弟打算在我的面前打死人么？”

郭延寿回头观望，只见身后不知何时已经站了四五人，乃是自己的二哥、四弟，以及几位缁衣黑帽的县上捕快。其中一人手上拄着水火棍，笑眯眯地看着他们，正是捕头孙清。郭延寿吓了一跳，这些人不在自己家里喝茶聊天，怎么跑出来了？

他们为恶乡里，当然要打点衙门上下，与这孙清也算熟悉。可是“官面”“官面”，当官的最好面子上的事，孙清下来调查案子，本就怀疑自己兄弟，现在自己当众行凶，扫了他的面子，恐怕麻烦不小。

郭延寿赔笑道：“孙头儿，怎么不在家里坐着了？”

孙清并不理他，迈步来到老张身边，伸脚踢了踢老张右腿，道：“死了没有？”老张满头满脸的血污，连话都说不出来了，伸出手来勉强摇了一摇。孙清又问：“这两个人打你，你告官不？”

老张又把手摆了摆。

孙清笑道：“都像你似的，我们衙门倒也省事。”

郭延寿问道：“孙头儿，你管他呢，烂命一条。怎么不在家里坐着了？”

孙清回过头来，眼望郭延寿，道：“问完话了，要回县里了，行不行？要不要我上哪都跟你这三爷汇报一声？”

他这么不给郭家面子，也是少见。郭延寿被他一噎，闭上了嘴。孙清冷笑道：“怪不得话说到一半，就跑出来了，敢情是来打架逞威风来了。”他环顾一下郭家四兄弟，叹了口气，这才平静下来，“四位大哥，王月荣这个案子还没完呢。你们的嫌疑仍没洗清，拜托你们安分一些，别再闹事了！别让咱们保都保不住你们好么？”

三天前，郭家庄王逊到县上报案，说他女儿王月荣已经失踪月余，他的未婚女婿刘文俊从外地赶来，去找自己的未婚妻，不料也于中途离奇失踪。按王逊的说法，郭家老四郭双喜一直对他的女儿有意思。而后来刘文俊失踪前，也是要去调查郭家。

郭双喜“嗤嗤”笑着，道：“王月荣啊，可惜了，那么漂亮的丫头。”

“是啊，远近闻名的一枝花嘛！”郭延寿也挑衅道。

“孙头儿，”二哥郭天禄面无表情，“说我们有嫌疑的，根本是在诬赖我们。那个叫刘文俊什么的，最好别被你找到。他敢走出来，我非把他的舌头拔了。”

捕快和疑凶四目相对，电光火石间试探交锋多次。孙清忽地笑道：“好啊，不是你们干的，那是最好。大家都好办。你们兄弟想起什么，来跟我说。”

“一定。”

“这事就先放在一边。”孙清看了看老张，“这个人怎么办？我已经在这儿了，你们还敢对他怎么样？这个人，”他环顾四周，看了看远处的村民，把水火棍稍稍顿了顿，“今天你们再动他一下，就等着吃牢饭吧。”

郭延寿眼珠转了转，道：“好，‘今天’我们不动他。”

郭天禄也道：“对，总要卖孙头一个面子。”他走过去最后踹了老张一脚，“这次算你走运，下次看谁救你！”

老张蜷缩在地上，辗转呻吟，喘息不已。

老张周身疼痛，血腥味充斥他的鼻端。杀声阵阵，天旋地转。他似乎又回到了濠州战场上，岳家军三千弟兄仰天齐吼，猛地冲向金人战阵。大家的脚步在纷乱中形成了独特的急促鼓点，催着每个人又跑得更快了三分。旌旗蔽日，一种铁腥味莫名泛起在老张的舌根，激发了他更大的杀性。他的大脑一片空白，只知道握紧手里的扎枪，和着弟兄们攻击的浪头，猛地拍向与金人相互格杀的战场。

一个又一个金人在他面前哀号着倒下，扎枪前端四尺，全被鲜血染红。突然眼前混战的人马向左右两边裂开，马蹄声狂暴如同雷阵雨，一员金将突兀地出现在老张面前。人不过七尺，马不过五尺，锯齿狼牙刀不过三尺。

老张旋身跃起，半空中腿上先挨一刀。可是他的扎枪也准准地从那金将的胸甲之下斜刺而入。冲撞产生的巨力在扎枪的两端同时炸开，老张被斜弹出去一丈多远，而那金将则从马上倒撞而下，脖子折断，倒地不动。

老张大声惨叫，疼得在地上直滚。金人的狼牙刀是双刃的，两排锯齿参差的刀刃中间，约有一指宽的缝隙。这一刀砍在他的左腿上，老张的大腿从膝盖内侧向外，斜拉左髋，被刮出一条深达寸许，一尺半长的血槽。末端没来得及撕断的肉条在他的左髋下耷拉着，像一根红色的肠子。

银盔银甲白马银枪的岳元帅从他的眼前疾驰而过。他举枪冲锋，背影巍峨。老张想要追赶，可是腿上的剧痛却让他大叫一声——

“啊！”

老张猛地睁开了眼。四下里一片寂静，这里并非是濠州血战的修罗场。他左腿上那刚才还清楚得像是钢锯锉骨的剧痛，也突然散去了，反倒是身上其他地方，不约而同一起热热地疼起来。

老张忍不住呻吟一声。

“嗯，醒了。”有一个苍老的声音说，“我就说，大成不愧是上过战场的，闪躲灵敏，虽然被打得惨，但是受的都是皮外伤，没有大碍。”

老娘哽咽着说道：“吓死我了，吓死我了。”

老张努力欠身，马上有个人探身过来，右臂揽住他的后背，手从后边扣住他的左手上臂，只一掀，便将老张稳稳地扶得坐了起来。

即便如此，身上的骨节也几乎在这一瞬间一起碎了。老张疼得眼前发黑，喘了几口气，才渐渐习惯。屋中油灯昏暗，他也想起来，这是在家里，自己是在被郭三、郭五，狠狠地修理了一顿之后，昏迷过去。

他的眼睛肿得厉害，尤其右眼，因为右颊整个胀得老高，因此要用力瞪，才能睁开一条小缝。与之相比，左眼看东西还清楚一些。老张用左眼看去，刚才扶着自己坐起来的人，这时候正笑眯眯地站在床边。

这是一个老头，个子不高，微微驼背，穿着一身灰衣裤褂，腰上扎着油渍麻花的一条白围裙，瞧来像个馆子里跑堂的。老头的脸上满是皱纹，醒目的是在他的右脸上有一道从额头拉到唇角的伤疤。伤痕竖着跨过他的右眼，老头的眼皮向眼眶里塌进去——很明显，那只眼睛，是瞎了的。

“你是……”老张说道。一开口，声音的低沉沙哑，把他自己先吓了一跳。

“我是现在庄口上饭铺的掌柜，大家伙儿都叫我李瞎子。”李瞎子笑笑说道，“早就听你娘说过，你当日是随了岳少保从军。我就知道，肯定不简单。今天能一个人独斗郭延寿、郭进财，把郭延寿放倒两次，真是了不起。”

老张叹了口气，没有说话。

“这可不是捧你，”李瞎子正色说，“老郭家这四个小子，真的是不简单。这几年他们拜师交友，个个都学了一身的本事，再加上天生的浑劲儿，一般人还真动不了他们一根汗毛。”

老张抿着嘴唇，牙关在嘴里松开，一股悲愤之情充溢胸膺。李瞎子看着他，忽然长叹一声：“我知道，你不服气，郭家是兄弟俩以二对一。可是你不服气又怎么样？在郭家庄，你就是没有帮手。退一万步说，你就是有帮手，又能怎么样？他们是滚刀肉，油盐不进，有理说不清，你打不服他们的……或者你能杀了他们？那你的日子还想不想过了？”

老张阖了一下眼，再张开时，眼里炽热执着的光芒已经黯淡很多。

“再者，我想你也该知道，”李瞎子毫不犹豫地摧毁老张最后一点自欺，“你杀不了他们。你所仰仗的，只不过是来自岳家军的狠劲，和几招简单熟练的枪法。这种打法，第一次郭延寿还会吃猝不及防的亏，可往后他们若加上小心，你根本连一个人都打不过。”

老张这才彻底绝望。李瞎子字字句句都说中了他的要害：郭家四兄弟，确实是他打不赢、杀不了、耗不起的克星。稍不留神，他就会把自己和老娘一起，推上绝境。他的老娘辛苦一辈子，若是最后还不能过上几年好日子，他这一生，又于心何安？

他垂下头，勉强不让自己落泪，道：“那、那我该怎么办？”

李瞎子看了一眼老张的娘，道：“我带你去郭家登门赔罪。”

老张抬起头来。

“郭家的人吃我喝我，我平时尽力维护，关键时候，他们多少要给我一点面子。我带你去，他们总要给你个说话的机会。其实他们这些混人，所争的不过是一个面子、一个钱财，哪个不是顺毛驴。你多说软话，他们肯定爱听——说到底，他们真的不知道郭老大之死，与你无关么？只是他们闹事的一个借口而已——到时候你再上点礼，说不定他们一高兴，就不再难为你们母子了。”

老张低下头去，深深地吸了一口气。即使早有准备，当听李瞎子清清楚楚说出这样的计划的时候，他还是忍不住哽咽了。

当日自己去投岳元帅的时候，元帅曾对自己说道：“我虽然能够收你，但我岳家军中，不要懦夫。从今日起，你绝不能畏惧任何敌手——握紧拳头，大丈夫死则死耳，有什么妖魔鬼怪是你一个赳赳七尺的男子汉，赢不了，打不过的？”

老张用力握拳，握到指甲抠进掌心，这才又慢慢松开。掌中空无一物，唯余几点指甲血印。连说这番话的岳元帅都不明不白地死了，他一个普通士卒，又有什么可执着的呢？岳家军已经解散，有些耻辱没有侥幸，必须面对。

老娘道：“大成……大成……别犟了，咱们本本分分过日子……”

“好，”老张听到自己说，“我当兵多年，攒下十多两银子。买些什么，您帮我看着办。”

“钱你收好，”李瞎子挠了挠自己已经瞎了的右眼的眼皮，“拿个红纸包起来，到时候，直接拿出来以示诚意。至于礼物你不用担心，郭家兄弟懒惰贪吃，我已经烫了一个最肥的猪头，又备了六坛老酒，两只烧鸡，半只黄狗，应该是足够投其所好了。”

“这……这些东西多少钱？”老张嗓子发紧。如果把所有的钱都挥霍在这一件事上，他和老娘以后的日子可怎么过？

“这些礼物的钱你就不用管了，”李瞎子拍拍他的肩膀道，“将来你就知道，钱财都是身外之物，过日子，咱们得先把眼前的难关熬过去。我的意思是，你要是还能动，咱们也就不能等到明天了。趁着你白天刚给郭三一个下马威，趁着孙捕快的话还没过期，趁着你现在被打得这个惨样子，咱们连夜把这件事办了。”

老张去看老娘，老娘点了点头说：“去了多说点好的，乡里乡亲的，他们不至于逼死咱。”

老张咬一咬牙，慢慢挪到床边，顺腿下床，道：“好，我们这就去郭家。”

三　忍辱残声笑　含恨一声悲

李瞎子带来的酒肉，是装在竹箕里，用个扁担挑来的。两人从老张家出来，老张想把担子接过来，李瞎子笑道：“算啦，老头子也比伤兵有劲。”老张头上手上，包扎得白雪也似的，苦笑一下，道：“这次全靠老哥了。”李瞎子点点头道：“乡里乡亲的，别客气。”

两人一个瞎，一个瘸，踏着月色，往郭家而去。

这时已近亥时，庄中一片寂静，只有到了郭家门口的时候，方能听见隐约喧哗。老张不由又露出畏惧神色，李瞎子笑道：“老郭家每晚聚赌，最是热闹，官府也不敢管。你这时候来跟他们赔罪，众人面前，他们更有面子，何愁不饶你。”

老张咬紧牙关，点了点头，想了想，道：“老哥小心些。”

李瞎子看着他，微微笑了，伸手拍拍他的肩膀，道：“能帮你，我一定帮你。”

他指指道旁树影：“你现在那边等着，等到大门第二次开，你再过来。”老张愣了愣，道：“好。”于是找了个树影藏身。李瞎子上前打门，拍打几下，院内“唰”的一下静了下来。有人不耐烦地应道：“三更半夜的，谁呀！”

李瞎子应道："我是李瞎子，来给二爷送点酒肉。"

院里又沉默片刻，终于传来脚步声。"哗啦"一声，大门半开，郭延寿一脚门里，一脚门外，道："李瞎子？今天这么孝顺？"

李瞎子笑道："临庄昨日刚杀的肥猪，猪头刚被我精心炮制，鲜得很，香得很！"小心挤开郭延寿，叫道："烧鸡、美酒，我都送来啦！"

只见院子里一张大桌，围聚了十几个满面油光的赌徒，桌子上骰盅、碎银一应俱全，显然是正赌到兴浓。这时被打断了赌局，一个个目露凶光。可是听说李瞎子送来酒肉，顿时一阵欢呼，肉还罢了，烈酒助长赌兴，可是赌桌一宝。

这些混混最贪便宜，一见李瞎子送来酒肉，哪管其中有什么内情？能吃到自己的嘴里才是真的。当即乱纷纷地叫道："二哥，也给弟兄们解个馋呐！""嘿，老郭家今天还管饭啊？""谢啦，我要只鸡！"

众人一起哄，骰盅前坐庄的郭天禄也不由笑了起来，骂道："李瞎子，你个老狐狸，大半夜的装什么孝子啊？"

郭天禄是郭家老二，大哥死后，一直都是他当家。这人身高八尺，却不像郭延寿那么瘦、郭进财那么胖。他赤裸上身，胸前两块大肌，又方又厚，脸上虽然也是汗水油光，可是一双眼却出奇地比其他人冷静得多。

李瞎子笑道："都是好东西！"把担子放下，一手抱起一坛酒，一手抓起一只烧鸡，一边上前，一边拍开泥封，道："二爷，喝口酒，润润嗓子。"放下烧鸡，来给郭天禄身边的空碗倒酒。他的烧鸡在放下时，稍稍靠外，正正摆在众赌徒里嘴最馋的"黄猴"面前。

黄猴喉头耸动，吞了口口水，再也忍不住，伸手就掰了一根鸡腿下来。众混混都盯着呢，一看他动手，生怕自己落于人后，立时都伸出手来争夺。有手慢胆大的，更绕开赌桌，直扑李瞎子的担子。

郭天禄把刚端起来的酒碗往桌上一墩，喝道："都他妈的给我放下！"

一众混混顿时不敢造次，酒肉拿在手里，却不能下口，一个个地撒起赖来，“二哥”“二哥”地乱叫。郭天禄板着脸吊了片刻，心中受用，也知道酒肉既给这些家伙看着了，非不给他们吃也怕不行，才挥了挥手道：“两只烧鸡、两坛酒留下喂这些兔崽子，其他的，老三、老五送到厨房去。”

郭延寿和他五弟郭进财答应一声，从那些混混手里抢过猪头、狗肉，和四坛酒一起，抱到后边。李瞎子怀抱扁担，双手捏着竹箕边沿，站在一旁嘿嘿赔笑。

郭天禄喝了一口酒，道：“李瞎子，好端端地送酒送肉，到底想干什么？”

李瞎子笑道：“这不是我送的，我是帮人挑进来罢了。”

“当然知道你没有这么大的手笔。你的东家是谁，再不说就给我滚蛋。”

“我的东家，”李瞎子环顾周围，眼看众混混都已吃了喝了，这才继续道，“是张大成。”

“呼”的一声，郭天禄把酒碗脱手掷出，直砸李瞎子，李瞎子慌里慌张拿竹箕一挡，酒碗弹到地上，碎片乱溅。郭天禄骂道：“去你妈的！喝酒的都给我吐出来！谁他妈敢喝，我弄死他！”他手指李瞎子，骂道：“你真有种，敢来给张大成说话。不打死你个老东西，你不知道二爷的厉害！”

一众赌徒十有八九都知道郭、张两家的仇怨，这时知道事态严重，也真不敢再继续吃喝了。一个个虽还执肉端酒，但都微微垂下手来。

李瞎子用那竹箕挡碗，缩头抬腿，金鸡独立，狼狈得可笑，哭丧着脸道：“二爷、二爷，张大成是诚心赔罪来了。他现在就想在大爷灵前好好磕头上香，你们兄弟要打要罚，他都愿意。”

“他愿意，他算个屁！”郭天禄道，“害死人，跑了这么多年，回头来空口白牙说个诚心赔罪，就能一了百了？吃的东西都给我拿走，这么些破酒烂肉，就想买我哥哥的性命？”

李瞎子作揖道："二爷，张大成哪敢有那样的奢望。只求给大爷磕个头，一慰大爷在天之灵罢了。二爷，你们兄弟情深，当然是不能轻易饶他，可是有什么话，干吗不等他磕了头再说呢？"

郭双喜喝道："磕个屁！他在哪？我一刀剁了他，用他的人头来祭我大哥吧！"

这郭双喜站在郭天禄的身后，长得高大漂亮，一身雪白的皮肉，在油灯照耀下闪闪发光。李瞎子作揖："四爷，你杀了他，你解恨了，可是他心里不服，怎么算得上告慰大爷在天之灵？你让他自己拜祭，他是发自肺腑痛改前非。大爷地下有知，也能出这一口气了。怎么做对大爷好，你们自己琢磨琢磨。"

一众混混儿口中含着酒肉，根本舍不得吐掉，听见李瞎子努力说服郭家兄弟，纷纷连忙帮腔道："就是，就是，张大成固然该死，可是看看他还能玩什么花样，也是个乐子。"

这时刚好郭延寿、郭进财从后边回来，听说老张来了，抱着膀子看李瞎子左右哀告。看了一会儿，郭延寿对郭天禄道："二哥，张大成这回回来，可是有点意思。"

"你今天丢人丢得还不够么？"

"是啊，太丢人了。"郭延寿笑了笑，一口利齿森森，道，"所以不做个了断，我可不甘心。"

郭天禄瞪他一眼，手指轻轻拈着几粒骰子，终于决定道："好，我也想见识见识，这只蔫狗当了六年兵，能有什么长进。"他望向李瞎子，"他人在哪？"

"就在外边等二爷赏脸。"

"好，让他进来。"郭天禄拈起一粒牛骨骰子，两指一捻，骰子粉碎，雪白的骨粉簌簌落下，"不过，我可不保证，他进了这个门之后，还能出去。"

老张进了郭家的大门，只觉得眼前阵阵发花。院子里虽然只点了两盏油灯，但竟晃得他几乎站不住。赌钱的混混们嘴里还嚼着肉，可是眼里寒光，却全都是敌意。

郭家四兄弟站在一张赌桌后。郭二骄横、郭三恶毒、郭四暴躁、郭五凶狠，四个人似笑非笑，八只眼亮得像饿了六年的狼。在他们四人的注视下，老张后颈汗毛倒竖，几乎感到了利刃架颈的森寒。

“二、二哥、三哥、四哥、五哥……”

虽然老张其实只比郭天禄略小，但在这种时候，他也只剩了卑微：“我……我来为大哥的事赔罪……”

“我听老三说你回来了，只是还没来得及去看你。”郭天禄冷笑道，“你有什么错啊，都是我们不对。都怪我们手贱，我大哥命短，连累张大哥有家不敢回，还得去当兵。你去告官吧，这么重的罪，我看又够打死谁的了。”

“我……”老张张口结舌，汗流浃背。他突然后悔起来，他不该来这里的。郭家四兄弟绝不会放过他。他会被杀死，唯一不同的是，他会在死前，被这些混蛋好好地羞辱一番。

“跪下，”李瞎子低声提醒，“你跪下呀！”

老张“扑通”一声双膝着地。他不敢再有任何反抗，李瞎子指给他的希望，就像随风飘起的柳絮。可是柳絮虽轻，毕竟还是有的，他现在别无选择，只能努力伸长手臂，专心去抓。

“二哥，我……我对不起大哥……我不是人……你们大人不计小人过，饶我一命，我做牛做马，都记得你们的恩情。”

郭有财之死固然不是他的责任，可是现在的局面既然是郭家兄弟说了算，他再怎么分辩，又有什么意义呢？还不如自轻自贱，或许还能让他们鄙薄轻忽，当屁一样地放了他。

老张用力磕头，从怀里掏出被焐热了的一个红绸小包，战战兢兢地捧过头顶：“这是我这些年来当兵攒下的所有积蓄，给大哥……给大哥买几炷香。”

郭延寿摸着下巴上的胡茬，慢慢走来，突然飞起一脚，踢在老张的手腕上。那红包脱手飞出，落在地上滚得散开了，露出里边两锭大银，三四粒碎银。郭延寿冷笑道：“就这么点钱？”他快步回到桌前，从庄家的位置上一把抓起四五个银锭，左手捧住，右手一一抓起，猛朝老张掷来。老张不敢躲闪，只能单手遮住眼睛。“啪啪”几声，银锭砸在他的头上颈上又掉在地上“骨碌碌”滚动，老张扑倒在地，再爬起来时，耳廓上滴下血来，手上的裹伤布也洇出红色。

“我对不起你们兄弟，要打要骂，全都随你们！”老张又挨了打，脑子却更清楚了，“只求你们留我一条性命，让我给老娘养老送终，下辈子，我做牛做马也报答你们。”

他咬紧牙关。那些毫无骨气的话，听起来又陌生，又熟悉，虽是从他的嘴里说出，却几乎全然与他的头脑无关。他好像听到了岳元帅的一声叹息，又好像是自己金蝉脱壳了一般，站在一旁，看着张大成毫无骨气地乞求哀告。

郭家四兄弟面面相觑，郭延寿对郭天禄道：“哥，你怎么说？”

郭天禄扫视院中赌徒，冷笑道：“这么多人看着，我们总不能真的把他的脑袋切下来。人家既然划下道儿来了，咱们总不能孬种了。你们是要打要骂，可都要想好。”说着话，他已绕过赌桌，来到老张面前，活动手脚，道：“撑不住了就滚蛋，咱们的账有的是时间算；能撑我们一轮，以后老大的事，我们再也不提。”

老张慢慢站起来，咬牙道：“好！”

李瞎子急忙插口道：“二爷，不能用家伙啊……”

郭天禄仰天大笑，将双手平举，慢慢握拳道：“我这套拳，二十四式。”

“啪”的一拳，先打在老张的胸口上。老张踉跄后退，郭天禄双拳一翻，反打老张两边耳门，老张抬起双拳，及时护住了要害。郭天禄抬起腿来，当腹一脚，老张一个趔趄，连退两步，虽然几乎摔倒，但举起的双手，却未落下。郭天禄两臂伸开，拳头如同狂风暴雨打来。老张双手护头，眼睛紧紧盯着郭天禄的拳头，双臂或提或放，努力兼顾头颈与胸肋。

当初岳元帅曾经说过，岳家军一旦站上战场，则决不放弃。可以死，不许败；可以死，不许降！杀不死敌人，也要拖住敌人，只要尽心防御，总有一击制胜的机会。老张现在固然不能反击，可是专心挨打，却也有挨打的门道。

众人只听皮肉碰撞之声不绝于耳，老张被打得如同陀螺一般团团乱转，不由都叫起好来。不一刻郭天禄二十四式打完，收势站定。老张慢慢放下手来，只见他双臂一片殷红，蜿蜒血痕顺着手指慢慢流下。随着呼呼喘息，血沫“噗噗”四溅。

这二十四拳他挨得绝不轻松。郭天禄拳头之硬、之猛、之巧，是战场上金人肉搏时，绝打不出来的。他即使能防住其中的绝大部分，从他的手臂上传来的力量还是让他磕破了鼻子、嘴唇。

众赌徒咋舌道：“二哥好拳！”

郭天禄突然欺身又是一拳，干净利落地打在老张的腮侧，“啪”的一声，血光四溅。老张原本已经松了神，硬生生挨了这一下，原地一个趔趄，身子一晃、再晃，终于站不住，“扑通”一声跪倒在地。他垂下头来，失神地张大嘴巴，鼻血和涎水混在一起，哗哗淌下。两点白硬的颗粒落在地上的血洼里，是老张被打断的牙齿。

郭天禄曲张一下自己双手，微笑道：“好，我这算你过关。”他回头对郭延寿挑眉道：“老三，看你的了。”

“放心。”郭延寿嘻嘻笑道，“收拾他，我有心得。”

老张昏昏沉沉地跪倒在地，隐隐约约地感到绝望。郭天禄的二十五拳已经让他筋疲力尽，双手、胸骨都疼痛欲裂，左腿的旧伤更是酸得发麻。如果剩下的三兄弟都这么打的话，恐怕到了郭进财的时候，他就是有九条命也不够死的了。

如果他这时候放弃的话，郭家兄弟在众目睽睽之下，一定还会让他走出这个大门。可是今天他出去了，明天郭家四兄弟找上门来，他和老娘，又哪有容身之地？当日岳元帅曾经说道：“岳家军可杀不可退。前边是亟待收复的故国，后边是我们的父母亲人，进一步，山河重整；退一步，国破家亡！”

现在对于老张来说也是这样：撑过去，他和老娘，就有未来；

现在放弃，此前所有的努力，全都白费！他无路可退，他是岳家军，他一定要守护老娘！

“抬起头来。”

老张慢慢抬头，只见郭延寿满面春风，一字一顿地说道：“我不打你，我不骂你，我只要你在众人面前，大声地说一句‘岳鹏举通敌卖国，死不足惜’，我就算你过了我这一关。”

众人都吃了一惊，老张茫然瞪大眼睛，几乎不能相信自己刚才听到了什么。

“我说，”郭延寿的笑容渐渐变冷，道，“只要一句话，我就放过你。”

老张仰着头，瞪着眼睛，鼻子以下被血涂成了全红。

“一句话，‘岳鹏举通敌卖国，死不足惜’。”郭延寿轻轻拍着老张的脸，“不用再挨打，不用再担心，只要一句话。”

老张的脖子蓦地一软，他的头颅猛地沉下去。

“真有你的，”郭天禄笑道，“一句话就把他逼住了。”他给自己倒了碗酒，一口喝了，又去吆喝老张，“哎，说不说？不说就转身、滚蛋，门在那边。”他看了看周围的赌徒，大笑道，“明天大家一起跟我去老张家，他们害死了我大哥，大家跟我去吃他喝他！”

老张低着头，喉间咯咯作响，几乎要吐出来。突如其来的挑衅和冒犯令他无比紧张和愤怒——岳元帅通敌卖国？岳元帅死不足惜？是谁在郾城、临颍与金军死战，一举挡住金人南下的铁蹄；是谁高言“直抵黄龙府，与诸君痛饮耳”，岳元帅背上所刺的“精忠报国”他们看不见，可是难道连老天爷也看不见么？

被奸相陷害，遭同侪诬陷，不明不白地惨死狱中，到如今已经过去了这么久，还要在这偏远乡庄里，被一群不知廉耻、不知好歹的混混羞辱。老张抬起头来，哭道：“岳元帅为了大宋江山，披肝沥胆呕心沥血……如今他已冤死数载，你我大宋子民，怎么忍心再向他泼脏涂垢。三哥，你还是打我吧，打死我我也认了。”

郭延寿环顾周围的赌徒，混混之中，也有人微露不豫之色。郭延寿冷笑道："我管他什么大宋江山？岳飞杀了我大哥，我偏要骂他！我就是要听你这岳家军的人，来骂这位岳爷爷。"他拍了拍老张的头顶，"打你手疼，骂你口干，你把刚才那句话清楚洪亮地说这么三声，我就放过你。"老张抬起头来，郭延寿看着他的表情，越发知道自己找着了他的要害，笑道，"怎么样，我绝不改变主意。你说是不说？不说，马上滚出去，有什么账，咱们明天再清。"

老张以手捶地，泣不成声。元帅对他有救命之恩，又是他心目中最忠义的大英雄。如今元帅已经死了，岳家军也散落四方，如果现在他说上这么一句，那么，他还算是活着的么？

"何必呢？你也说了。岳鹏举已经死了四年了。你说他什么，他能知道？你说一句，他真能脏了是怎么着？全是骗人的。咱们乡里乡亲的，我出这道题给你，我是在帮你。"

"我不能说……我不能说……"

老张的拳头打在地上，血花四溅。如果岳元帅面临这样的难题，他会下达什么样的命令呢？他老人家冷静睿智，一定知道取舍。而老张只知道，只要是元帅的命令，他一定能够完成。

"所以你愿意你娘白发人送黑发人么？"郭延寿仍是一副笑眯眯的样子，"你死之后，你娘孤苦无依，即使死在家里，烂在炕上，恐怕也没人知道吧？"

"我……我……"老张突然含糊地说道，"……通敌卖国，死不足惜。"

——是了，岳元帅一向以百姓为重，若是他知道自己是为了救老娘，也一定不会责备自己。

"谁？谁通敌卖国？"

"岳……岳元帅……"

——是了，岳元帅身正不怕影子歪，他说一声假话，并不能对岳元帅造成任何伤害。

李瞎子侧过头去，不忍再看。

"岳元帅怎么了？"

“通、通敌卖国，死不足惜。”

“去你妈的！”郭延寿突然飞起一脚，将老张踢倒，“你是兔子拉屎啊？一挤一个屁！”

老张扑倒在地，放声大哭道：“岳……岳元帅……通敌卖国……死不足惜……”

“大声点！”

“岳元帅通敌卖国，死不足惜！”

“再大声点！”

“岳元帅通敌卖国死不足惜！”老张把头抵在地上，嘶声大吼。他什么也不想看，什么也不想听，什么也不想想，只拼命吼道，“岳元帅通敌卖国死不足惜！岳元帅通敌卖国死不足惜！岳元帅通敌卖国死不足惜！岳元帅通敌卖国死不足惜！”

他的声音完全劈开了。沙哑之中，往往带出一两声奇怪的哨音。血全涌到了他的头上，原本郭延寿只让他喊三声，可是老张却不住声地喊了下去。就在那句话一出口之后，他的整个人，就都已经崩溃了。

四　伤兵求玉碎　老卒不瓦全

老张放声大哭，声音闷在胸口，呜呜凄厉。满院混混面面相觑，他们哪一个都不是善茬，打架伤人，最是平常不过。哀号、哭泣，他们都听多见惯，可是像这么绝望空洞的号叫，真的令人毛骨悚然。

郭延寿哈哈大笑，回身抢过一坛酒，仰天长饮。老张的精、气、神，已被他一句话击溃，接下来郭双喜、郭进财，随便谁的一拳，都可以把老张弄死。

可是就在这时，众人突然听到一阵“砰砰”的撞击之声。郭家柴房紧锁的木门轰然塌落，柴房内一个人跌跌撞撞地闯出来，几步来到老张面前，一个踉跄扑倒在地，临倒下时，仍是一肘打在老张的头上，骂道："你……你算哪门子的岳家军？"

这人一身衣衫破烂，血渍斑斑，声音却还是年轻的。郭天禄一见他出现，登时脸色大变，叫道："老三老四！"

郭延寿、郭双喜同时扑来，却见这人双手猛地在地上一撑，翻过身来，仰面朝天地躺着，双脚蜷起，净往郭家兄弟的脚踝上蹬去。郭延寿他们赤手空拳，弯腰来抓他，手臂却没有他的腿长。抓了几下没抓住，那人得着喘息的机会，大叫道："我是淮阴刘文俊，是王逊家的女婿！王月荣被郭家畜生劫掳，殉节而死，尸体就在后院马槽的下面！"

这消息如同惊雷一般响起，郭家兄弟想要制止都来不及，众混混本就听说过王月荣失踪之事，这时不由都惊呆了。郭延寿、郭双喜停下手来，郭双喜急得满脸通红，回头叫道："二哥，这可怎么办？"又责备郭延寿道："都怪你，我早就说，把他杀了就好，你偏要留他将他关着，现在可好，他逃出来了吧！"

当初刘文俊夜探郭宅，被郭天禄抓住。本想杀之灭口，但郭延寿却看出这个人的举止非凡，恐怕来历非凡，因此主张留个活口。他们兄弟胆大包天，便在柴房地窖里，将刘文俊绑了一藏，连官差来搜，都被糊弄过去了。

郭延寿根本不搭理老四，郭天禄也镇定下来，道："刘文俊，这样你都能逃出来，也算一条好汉了。"

刘文俊放平四肢，彻底放弃抵抗，笑道："去你妈的，你也配评点好汉？"

郭天禄在整个郭家庄说一不二，哪个和他说话不小心翼翼？可是这人已经破釜沉舟，一开口就是脏话，气势炽盛，不由令人注目。

"你挣断捆绑，悄悄跑你的就是了，这么窜出来。你这是找死？"

只见这刘文俊双腕上一片血肉模糊，脖子上还套着挣断的绳圈、拉脱的封口布带。显见此前是身上绑缚，嘴中堵塞，好不容易挣脱捆绑，这才拼死冲出了柴房。

"你要是有本事，"刘文俊挥手一指院中众人，笑道，"你就把这些人的嘴都封住。”他哈哈大笑道：“十赌九滥，你杀人的事，他们一天不捅破，一个月也熬不住；一个月不捅破，一年也绷不住。从此之后，你们永远得防着在场的所有人！”

郭天禄脸色阴沉，道：“老四、老五。”

郭双喜应道：“干吗？”

郭天禄把眉一皱，骂道：“蠢东西！”

“四哥，”郭进财犹豫道，“咱们把门堵住。”快步越过众人，把守住了院门。郭双喜一愣，道：“哦，对了！”赶紧也与郭进财并肩站着。

众赌徒都害怕起来，可是郭家兄弟个个能打，这时虽露出威胁的态势，他们却也不敢抗争。老张被这刘文俊一肘打醒，挣扎着坐起身来，向郭天禄叫道：“二……二哥！”心里害怕起来，生怕因为这人的一番捣乱，郭家兄弟出尔反尔。

郭天禄根本不理他。刘文俊笑道：“这个人也知道你们身上的人命，你要是够胆，今晚就放了他。”

郭延寿拍了拍手，沉吟道：“刘、文、俊——你出来不是想逃，你是想借刀杀人——你想杀掉张大成——你也是岳家军的人？”

老张大吃一惊，猛地回头来看这刘文俊。只见这人只约摸二十来岁，个子不高，虽然也是鼻青脸肿，但仍可看出容貌清秀。岳家军人数众多，他熟悉的不过几十人、有印象的不过上百人，眼前这个年轻人，他在岳家军里见过么？

刘文俊大笑道：“不错！老子便是岳家军中箭营第五队的快手刘。张大成诋毁岳元帅，岳家军中，不留这样的懦夫！”他猛地侧过头来，与老张四目相对，恶狠狠地道：“到了下边，咱们在岳元帅帐前，再来算账！”

老张如同五雷轰顶。他刚才昧着良心，说出诋毁岳飞的言语，实在是在心里开脱，岳家军已经解散，即使做了错事，也没人知道。可是这刘文俊突然出现，顿时令他羞愧难当，悔断肝肠。

“老四色迷心窍，迷奸王月荣不遂，弄出人命，”郭延寿瞟了一眼郭双喜，暗恨这个兄弟的不争气和没出息，回过头来仍然看着刘文俊，“你是王月荣的未婚夫，潜入我家，被我们抓住，打了七八天。你不报仇，不惜命，只想为一个死鬼争一口气?”

“值了!”

“我真为月荣感到难过。”郭延寿笑道，“她为你守节而死，而在你看来，她的性命甚至不如岳鹏举一点虚名来得重要。”

刘文俊愣了一下，原本蓬勃自信的气势，眨眼间就泄了个一干二净。

“郭延寿……你……你不是人!”

郭延寿搓着下巴，嘿嘿笑着:“不过你放心，我会如你所愿，杀掉你和张大成。好啊，老天爷有眼，看岳飞打死我大哥，我们找不了他报仇，于是就送给我们两个他的岳家军。父债子偿，你们也就替你们的宝贝元帅，给我大哥偿命吧!”

郭天禄一愣，截口道:“老三，你胡说什么?这么多人呢!”

“二哥，就要这么多人在才方便结果他们。”郭延寿森然道，“在场的各位朋友，一人一刀，给我做了地上躺着的这两位，大家谁都不背人命，谁都脱不了干系。杀了他们，今晚大家每人二十两银子的赌本；谁不动手，就是与我郭家为敌，别怪我们翻脸无情。”

郭双喜到厨房去，拿了一把牛耳尖刀，递给郭延寿。郭延寿把刀子在手里掂了掂，眼睛在一院外人中扫过。众赌徒都畏缩害怕，不敢看他。郭延寿笑嘻嘻地来到李瞎子面前，把刀柄倒递过去，笑道:“李瞎子，你先来。”

李瞎子吓得一哆嗦。郭延寿笑道:“怕什么，先下刀子的才占便宜。你总不会第一刀就把他们弄死了吧?随便捅一下，罪很轻的。”

李瞎子吓得把拿着竹箕扁担的手背后，左顾右盼，嗫嚅道:“我……我……”

郭延寿慢慢沉下脸来，道:“你怎样?张大成是你带来的，满院子的人，我最不信的就是你。你要是再不动手，我先把你的老胳膊老腿撅了。”

李瞎子满脸是汗，把右手的扁担放在地上，左手的竹箕却不知不觉地还捏在手里。他木木然接过郭延寿手上的刀子，把刀柄握紧了，身子一晃，顿时直向郭延寿跌去。郭延寿吃了一惊，伸手去抓李瞎子的肩膀，突然间腿上剧痛，低头一看，李瞎子已把尖刀从他右腿上拔出。郭延寿又惊又怒，挥拳来打李瞎子，只见李瞎子左手一抬，不知何时，已将竹箕绷在左臂上，“啪”的一声，像个盾牌似的，接下了他的这一击。郭延寿越发意外，李瞎子右手一抹，短刀贴着竹箕滑过，“嚓”的一声，削在郭延寿的手上，顿时血光飞溅，两根断指斜飞数步落地。

李瞎子大喝一声，拥着竹箕一撞，郭延寿站立不稳，顿时摔倒。李瞎子屈膝顶住他的胸口，尖刀一横，架在他颈上，喝道：“都别动！”

声音洪亮，凛凛生威，哪还像是饭铺里唯唯诺诺的掌柜？郭天禄本来已经扑出桌子，这时也只能硬生生止住去势，停身道：“李瞎子，你吃了熊心豹子胆了？”

李瞎子哈哈大笑道：“熊心豹子胆，本来就在宗家军的肚子里。”他傲然睥睨四方。“我是老将军宗泽麾下刀牌兵李武。既然你们一条活路都不给，就别怪爷们杀出一条血路了！”

老将宗泽，毕生为抗金奋战，亲手提拔岳飞，至死犹呼“过河”。只是他在统兵时，不断为时事掣肘，麾下人马虽然最多时超过万数，但多是拼凑而成，“宗家军”的名号并不响亮。这时李瞎子突然宣布自己的身份，不禁大出人们意料。

老张与刘文俊不料事情突变，都挣起身来。李瞎子喝道：“火烧眉毛了，你们两个岳家军的再咬咬牙，咱们一起杀出去！”老张在地上摸起李瞎子的扁担，支撑着站起身来，又伸手去拉刘文俊。刘文俊脸一沉，拍开他的手，自己挣扎着站了起来。

“你们一个也别想活！”郭延寿疼得满脸是汗，却并不服软，“有种的就杀了我。我看你们能出这个大门？一人一拳就打死了你！”

李瞎子低下头来，独目里寒光一闪，刀子快起快落，快进快出，已在郭延寿的左肩上深深刺了一刀之后，又用刀尖顶住他的喉咙。郭延寿疼得大叫，李瞎子森然道："你们这些混混，只知道打架斗殴，在邻里面前要狠。喊打喊杀，汪汪乱吠。我要杀你，根本是弄死了你，你才知道。"

郭天禄急忙叫道："李瞎子，你到底要怎么样？"

李瞎子笑道："让我们走。"

"你走得了今天，走得了明天？"

"给我们三天时间，我们离开郭家庄。"

"你怕了？"

"不想杀人。"

"你吓唬谁呀？"

李瞎子不屑地摇摇头："再说一遍，你们这些流氓混混，横行乡里还行，和宗家军、岳家军比起来，根本屁都不是。以前我们不与你们计较也就算了，逼急了，我们三人联手，我怕你哭都哭不出来。"

"你吓唬我？"

"总之，你最好老老实实地看着我们走，然后继续当你们的土皇帝。"

郭天禄微微迟疑，穷的怕横的，横的怕不要命的。这平日赔笑软弱的李瞎子的身上，这时真的有一种不要命的狠劲。

眼看三人就可以全身而退，郭双喜却偷偷摸了过来。他突然连跨两步，猛然间已扑到李瞎子背后，飞起一脚，横扫李瞎子左耳。他的速度好快，即便李瞎子耳听八方，也已不及回头，只能把竹箕一抬，"啪"的一声，被郭双喜这一脚，扫得向右翻倒，一个筋斗站起来，喝道："走！"

老张、刘文俊连忙往大门退去，可是他们每个人都是伤重力乏，哪里走得快？郭进财双手搬起一把长凳，挥舞开来，将二人去路拦住。郭天禄跳过来，与郭双喜双战李瞎子，李瞎子单腿跪地，左手竹箕，右手短刀，虽然攻少守多，但是郭家兄弟却也轻取不下。

郭延寿爬起身来，龇牙咧嘴："杀了他们！"

刘文俊突然接口叫道："听见没有，赌钱的？还不跑，等着姓郭的灭口么？"

众赌徒这时早就蒙了，突然有人提醒，根本来不及细想，争先恐后地往大门抢去。郭天禄大急，纵身跳过张、刘二人，赶上一众赌徒，一个一个抓住他们后脖领，往身后抛去。他力大无穷，只见人影翻飞，赌徒在惊叫声中滚了一地，跑在最前面的赌徒才刚把门闩拉开，就已经被他扔了回来。

郭天禄大喝道："我看谁敢走！"

回头看时，院子里一片混乱。刘文俊跌跌撞撞领路，老张乱挥扁担，李瞎子持刀断后，三人竟格住了郭双喜、郭进财，一路往他们院子后边逃去。郭延寿在后边叫道："拦住，拦住！"可是说得容易，那瘸子、瞎子、青年，虽然不是残就是伤，这时搏杀起来，竟然都有不顾一切的悍勇，从赌桌到厨房，二十几步的距离，居然一眨眼，就已经撞门而入，占据了厨房。

老郭家四个兄弟，游手好闲，虽然不怎么做饭，但是有时抢来好猪好羊，也会让人上门炮制，因此家里厨房柴房一应俱全。厨房有门，李瞎子据门而守，短刀一扬，喝道："进来啊，多了杀不了，第一个进来的，我一定捅他一个透心凉。"

他的短刀用得凌厉凶狠，守在这样一夫当关的地方，即使郭家兄弟，也不敢轻易逼近。郭天禄喝道："李瞎子，你是跟咱们耗上了？"

李瞎子笑道："二爷不给面子，咱们当然只能奉陪了。"回头一看，刚才郭延寿收好的猪头、狗肉还在，不由笑道："原来我早有先见之明，这些美酒佳肴，还得是落在我的肚儿里。"

郭延寿一瘸一拐地来到前面，恨道："李瞎子，你砍我三刀，你给我记住。"

李瞎子笑道："好，不过我到底老了，你别让我记太久。"眼见刘文俊已经将窗口守好，这才轻轻把门关上。后边老张已将米缸滚过来，将门顶住。

李瞎子回过头来，脸上笑容早已消失，低声喝道："刘文俊，你千万看好外面。"

刘文俊站在窗后，单眼闭起，左臂伸出，把三指虚握，只把食指、拇指岔开竖起，右手食指如箭，轻轻搭在眼前。整个人凝如扣弦，单眼向外望去，微笑道："放心。一两个时辰，我不带眨眼的。"

老张道："老哥，你、你是宗家军？"终于明白了李瞎子为什么这么照顾自己母子。

"是，"李瞎子肃容道，"有宗元帅和岳将军的情谊在，宗家军和岳家军就是兄弟！"

刘文俊笑道："想不到小小的郭家庄竟然藏龙卧虎，一个垂头丧气的岳家军，一个老骥伏枥的宗家军。我来的时候，倒是看走了眼了。"

"夹枪带棒的话，以后再说。"李瞎子道，"我们不能在这等死，找找看，有什么合手的家伙吧！"

老张瞪大眼睛，只觉此事渐渐失去控制，离自己的初衷越来越远，叫道："家伙……"已被李瞎子一把掩住了口。

李瞎子喝道："让外面听见，你想死么？"

"真、真要打么？"

"岳将军没教过你们什么是审时度势么？什么时候打什么仗——"李瞎子冷冷道，"现在你还做那白日梦。"

"你想摇尾乞怜，当条听话吃屎的狗，"刘文俊斜倚在窗前，脸上笑嘻嘻的，嘴唇不怎么动，声音却清清楚楚的，"可惜，却被我搅了局。"

"不错！"李瞎子扳住老张的肩膀，"事情全搞砸了！'王月荣死了'这件事，咱们听到耳朵里，就回不了头了。老郭家绝对不会放过咱们，尤其是刘文俊和你，让你们去告官。没有退路了，再不反抗，就只能被杀！打一场，到时候你是逃跑还是自首，起码还有一线生机。”

“宗家军的老哥，”刘文俊道，“不带这孬种玩了，我和你联手！反正我这条命是捡回来的，拼掉一个姓郭的，也算我给月荣……”他哽咽了一下，“给月荣报了一分仇！”

老张身子颤抖，两腿发软，一屁股坐在地上，捏着拳头，用力捶打自己的额角。刘文俊恨他没用，啐道：“你真的是岳家军么？岳家军里怎么有你这么一号窝囊人物？要不然你现在就把我宰了，出去给郭家四条狗挨个舔个屁眼，也许他们还能留你一条命？”

“还不懂吗？”李瞎子恨声道，“今天不做一个了断，连你老娘恐怕都活不过天亮！”

老张的身子震了一下，抬起头来，脸色惨白。他好像被什么东西魇住了，眼神空洞，眼睛亮得吓人。他轻声说：“我要一支大枪。”

五　袭凶脱柙虎　伤心彀里人

“李瞎子，再不出来，老子豁出房子不要，烧死你们！”郭双喜在外面大叫。

“烧啊。”李瞎子不慌不忙地说，“等到四邻八舍的来救火，你看我们喊不喊？今天我们三个有一个死不了，你们兄弟四个就等着坐牢吧。”

外面郭延寿低低地骂了一句，最后一个字拐腔拖调，好像是触动了伤处。

三个人检视厨房，老张在灶台底下拣着一根烧火棍，棍长五尺有余，约有鸡蛋粗细，光滑匀称，看样子以前是个锹把镐把来着。老张把他前端黑焦的一截敲掉，发现它的木质相当坚硬。

要是再有一把刀的话，他就可以把它做成一把扎枪了。可是遍寻厨房，老郭家却再没有带尖的铁家伙。李瞎子拖着一张破渔网走过来，把手里的牛耳尖刀递给他。

“好。”老张说，“我削一个木头尖出来，就还给你。”

“不用。”李瞎子抓过扁担，“我有家伙。”他在扁担的底部拧了一下，于是扁担从末端半尺处裂开，李瞎子从扁担里抽出一把长刀，那截半尺长的扁担就是刀柄。

刘文俊吹了一声口哨，道：“好家伙。”

老张吃了一惊：“还有这种机关?”

李瞎子笑道：“我让你羊入虎口，总要做一个万一的准备。”轻抚刀锋，感叹道：“这是我当初在宗元帅军中所用的军刀。后来要离开老家的时候，我把它改成直刀，藏到扁担里。这么多年只是暗中擦磨，想不到今天，到底是派上用场。”

“你是宗家军里的什么兵来着?”

李瞎子指了指地上的竹箕，道：“刀牌手。”

老张借过李瞎子的长刀，将那木棒一端纵着劈开，然后用牛耳尖刀掏了掏，挖出一个凹槽来。他很久没有自己做兵器了，可是被困牛头山，打得枪断刀折时，学的手艺还在。

刘文俊突然道：“等一下，这短刀我得先用。”他扬了扬下巴，“那个孬种，刀给我，你来替我站一会儿。”

老张犹豫一下，没有说话，径直走到窗边。他左手倒提着木棒，背在臂后，右手将短刀递过去。从窗口看去，外面的赌徒被郭天禄呵斥，一个个的拿起锹斧棍棒，围住了厨房。郭延寿包扎了伤口，坐在磨盘上，在和郭双喜说着什么，郭双喜连连点头。

“你刚才干什么只断他两根手指?”老张不安起来，“郭家四兄弟，数郭延寿最坏。”他也最怕郭延寿。这个人向厨房看过来时，老张几乎觉得自己刚被毒蛇舔了一下。

“怎么了？刚才你们还没准备好，我不能太惊着他们。”李瞎子凑过来看了一眼，正看见郭双喜带了两个人出门去了，“你担心他们去你家挟持你娘?”

“这主意，”老张几乎不敢去想，“郭延寿想得出来。”

李瞎子皱起眉来，盘算了一下：“你娘腿脚不便，他们抬着人来，至少也需要半炷香的工夫。”他们不约而同地望向刘文俊——决斗必须在半炷香内完成，不然的话，郭家有人质在手，他们这仗，就越发没办法打了。

“咔”一声绽裂的轻响，刘文俊从房顶上拉下一大条竹片：“半炷香？我的武器，足够出炉了。”

郭家庄庄后的山上长满毛竹，当地房顶多数是以竹片、竹席，甚至整根毛竹铺就。刘文俊站在灶台上，双手就能够着厨房的竹顶了。他用牛耳尖刀刺断几根竹筒，再以刀背将之撬裂，用力一剥，几乎没弄出什么动静，就拉下来几大片竹子。

他跳下地来，检视各片材料，快手快脚地选了一根又长又韧的、一根短而宽的留下，其余几片则给他劈成二十余条二尺长细枝。他用渔网线将那根短宽的竹片顺向绑在另一根长韧的竹片中央，增加了它的弹性，然后就拗弯长竹，用三股渔网线拉弦，制成了一张长弓。

“好利索。”李瞎子赞道，“岳家军，了不起。”

“了不起又怎样？”刘文俊将弓弦绞紧，用力时，因为牵扯伤处，疼得脸都扭曲了，“现在还不是在家里卖豆腐？早知道宗家军的老兵是开店的，我也做做你的生意。”

“哼，刀枪入库，马放南山，当兵的一个一个的都回家来了。”李瞎子冷笑道，“不知道的，还以为真是什么太平盛世了。”

“张俊陷害岳元帅，我被并到了他的帐下之后，找个由头，把他最宠爱的一个侍卫打尿了裤子，张俊想杀我，被岳家军的弟兄们大哄了一回，只好把我打了三十鞭，赶出大军。正好，爷还巴不得呢。”

“打，嗯，”老张嗓子发紧，道，“打得好。”

刘文俊厌恶地看了他一眼，没说话。

“生活不易。”李瞎子用长刀将猪头肉都片下来，又切了两只狗腿，细细剁烂，然后将肉和酒分成两份，端给两个人，“岳家军散了，大成没了盼头，才会向郭家人低头。现在你来了，岳家军就在，我敢肯定，大成绝不会给岳元帅抹黑。”

“嗤，我算老几？有人要做狗，我能拦得住么？”

“你能。”李瞎子郑重点头，“就像大成回来，我才变回宗家军一样。”李瞎子看着老张，“我们未必需要千军万马来支持自己，但总需要一个同伴，来证明自己，我到底是谁。”

老张咬紧牙关，嘴唇抖得几乎闭不上，委屈和解脱同时涌上他的喉咙，他根本说不出话来。

刘文俊看着他，用三根手指拈着牛耳尖刀，递过来：“拿出岳家军的样子来。”

老张用力点头，接过刀，将刀柄塞进槽里，再用摘出来的渔网线将两片木棒牢牢扎紧，于是一支像模像样的短扎枪出现在他的手里。

岳元帅曾经说过：“岳家军，齐心同力，无人可敌。”

肉，在肚子里化成力气；酒，不知不觉麻痹了身上的痛楚。

三人在灶台里掏出锅黑，抹在自己脸上，郭家兄弟个个武艺过人，要想取胜，他们只有一击而胜的机会。

“杀出去，我们还有得活！”

老张和刘文俊站在窗前，而李瞎子则站在门后。米缸已经被挪开，李瞎子的手扣住门框，而老张的手则扳住窗棂。

旌旗猎猎，岳元帅的白马纵横奔驰：“还我河山！还我河山！”

刘文俊弯腰探头，单眼吊线，从窗上的破洞，观察外面动向：“郭延寿坐在磨盘上，郭天禄坐镇赌桌，郭进财在门口督促赌徒包围我们。赌徒门前面六个，窗前面四个，大门口把风的一个，赌桌旁听差的一个。”刘文俊沉默了一下，手中的竹箭上扣搭弦。这是无声的信号，老张和李瞎子一起警惕起来。

“杀！”刘文俊喝道。

从这一刻起，这院子里发生的不再是庄户人家的械斗——

老张猛地掀开窗子。刘文俊挺身侧立，拉弓松弦，几乎瞄都没瞄，就一箭射出，竹箭穿过窗前四个赌棍露出的缝隙，笔直地飞向郭延寿，正正钉在他的脸上——原本是要射他的眼的——郭延寿好端端地坐着，突然遭袭，大叫一声，捂着脸从磨盘上滚了下去。

与此同时，李瞎子“呼”地拉开门，一个健步，蹿了出去。守在门口的几个赌徒忽然看见有人闯出来，本能地挥舞手中的家伙乱打过来，李瞎子就地一滚，左手架着的竹箕接住了三锹两杠，右手的长刀一扫，顿时将最近的两只脚砍断了。

没伤的赌徒都大惊，连忙向后跳开，郭进财在后督阵，一看赌徒不堪一击，马上亲自迎战。他已经拿来了自己合手的铁链，正想居高临下抽死李瞎子，突然间胸口剧痛，戳上了一根木棒。

那是老张的扎枪，他掀开窗子之后，马上抢步来到门口。郭进财全神贯注防备地下的李瞎子，全不提防上面老张脱手掷出的一枪！这一枪比箭更快，比箭更狠，正正扎中郭进财的胸口，上面牛耳尖刀的刀身全没了进去，一眼看去，竟像郭进财的胸口长出了一截镐把。

老张垫步跳到郭进财面前，双手拔枪，单腿在巨人的肚子上一蹬，郭进财大叫一声，胸口喷出鲜血，激溅数步，淋了老张、周围赌徒一身，赌徒都吓傻了，便站在那让李瞎子砍。

这时郭天禄才反应过来，眼看五弟是活不了了，不由五内俱焚，快步冲过来，还没说话，“嗤”的一声，已有一枝竹箭扑面而来，正是刘文俊在远处引动弓弦。郭天禄眼疾手快，一把抓住，喝道：“你们……”老张已经一枪当胸刺来，郭天禄挥拳格挡，下面一脚正要踢，突然竹箕滚动，李瞎子团身到了他的脚下，用竹箕逼住了他的腿。这竹箕是李瞎子亲手所编，竹条又厚又韧，这么多年盛肉担肉，又浸透了油，实在是坚不可摧。郭天禄踢腿未遂，重心不稳，挓开手才找平衡，“嗒”的一声，胸口已中一箭。

那一箭虽不致命，但却已令郭天禄心胆俱寒。他的眼前，三个黑面人起伏错落，招招都是杀手，连绵不绝。他们哪个是张大成、哪个是李瞎子、哪个是刘文俊？他根本分辨不出来，只知道这三双眼睛里，这时射出的全都是冷冰冰毫无怜悯的光芒。

他突然想起李瞎子此前的威胁，原来他们横行一方，真的只是没有见过世面的村霸而已。

“嗒”，又中一箭！郭天禄再也不敢犹豫，转身欲逃，忽觉腰上一热，已被长刀砍中，一个踉跄还没站稳，胸口上又突出一点闪闪寒芒，整个人已被扎枪贯穿。

郭天禄“扑通”跪倒，口中“咯咯”作响，却实在说不出一句话了。血沫子和着他的气息喷出来，他皱起眉，瞪大眼，直挺挺地扑倒了。

忽然，郭家大门被“轰”的一声撞开，一队官兵手持刀枪，押着郭双喜蜂拥而入，几乎与此同时，院墙上一队弓箭手齐齐现身。火把照得院中一片光亮，地上尸体断肢清清楚楚。捕快孙清面皮抽搐，道：“这……这……到底还是晚了？”

他调查王月荣失踪的案子，尽心尽力，白天一边与郭家兄弟虚与委蛇，一边暗中搜集线索。离开郭家庄时，已经确定王月荣就是死在郭双喜手里，而刘文俊也是陷在郭家，生死未卜。他回到衙门之后，马上向上峰请令拘捕，带了大队人马星夜再赶回庄，正碰上郭双喜去老张家抓人。孙清哪里还有个客气，当即将之拿下，略一刑讯，顿时知道老张三人，已被困在郭家厨房里。

他连忙带队赶到，可是……却还是晚了。

院中杀红了眼的三个黑面的伤兵呼呼喘息，竹箕直刀、大扎枪、竹弓，微微颤抖。老张咬着牙，原本想的杀出郭家，马上远遁避祸的如意算盘，一下子被打破了。

所有努力都白费了，他们得坐牢、得被杀头。

娘谁来照顾？

老张心口憋得发疼。他看着官兵，委屈得想要大声叫喊：“你们为什么会来？你们为什么不早来？郭家的人要杀我们的时候你们不来、郭家的人欺负我们的时候你们不来！我们无路可走了，我们的最后一条路被你们堵死了!”

“二哥、三哥……”郭双喜哇哇大哭，他本就是个娇纵无能的人，一向被两位兄长——有时甚至是弟弟——翼蔽，这时三个兄弟都死了，他顿时不知所措起来。

“你们……”孙清又气又急，“放下你们的兵刃，马上认罪服法，我在大人面前为你们求情……”

老张气得想哭、想叫。李瞎子拍了拍他的肩膀，说：“放下吧……仗打完了……我们……我们又输了。”

“嗒、当啷”，竹箕、直刀、扎枪，都跌落在地。输了！又输了！就像宗家军没能改变靖康之耻、岳家军没能迎回二圣一样，他们又输了；就像宗老元帅大叫“过河”而死、岳元帅蒙冤风波亭一样，他们又输了。

“输你妈!”刘文俊突然叫道，“他们杀人害人的时候，你们当差的又不出现!”

他突然抬手，手里的弓，箭已在弦!

“老子才不信邪!”

孙清大叫道：“住手!”

可是已经晚了，高处的弓箭手眼看刘文俊反抗，顿时一起发射。箭落如雨，院中的三个人：老张、李瞎子、刘文俊，还来不及反应，一瞬间就变成了一只大刺猬。他们彼此依靠，僵持了一会，才沉重地倒了下去。

孙清闭上眼睛，拳头捏得“咯咯”响，从下午救老张时开始，他就对自己承诺，一定要保住这个人，这个岳家军的残兵——可是现在不光老张死了，连刘文俊、李瞎子也都窝窝囊囊地死了！

他没保住他们，两个岳家军、一个宗家军。他们过去为国杀敌，征战沙场，到头来没能堂堂正正地死在战场上，却为了几个无赖死在自己的家门口；而他，曾经向少保大人说过的，“定让自己治下的退伍将士老有所依”的承诺，也显然未能完成。

官兵领队过来问道：“孙头儿，现在怎么办？”

孙清睁开眼来，勉强控制，道：“伤的治，活的抓；死了的，停在东边，等仵作验尸！”

那领队答应一声，带人忙去了。旁边的郭双喜还在“爹呀妈呀”地乱叫，他被刘文俊最后那一箭射在了大腿上了。

孙清侧过身，一把抓住郭双喜的脖领子。他满腔怒火，恨不得一下就把这个无赖的脖子扭断。他压低声音，在郭双喜的耳边一字一顿地道：

“我是韩世忠元帅帐前校尉，铁面孙清。你害死我三名友军，这笔账，咱们有的算了！”

番外二

箭头歌

一　孤城·冷箭

南宋绍兴十七年，抗金名将岳飞已经死了六年；皇帝赵构向金国称臣，也已经有了五年。“王师北望”的黎民泪，终于风干在北方的冷风里。金人治下的河北河南、山东山西，越来越多的人开始安定下来，种地、交税、娶老婆、过日子。

七月末，老李挑着一担柴，汗流浃背地走进立阳城。

立阳城地处南北之交，绍兴二年，沦陷金人马蹄之下；绍兴七年，又为岳飞收复；然后，绍兴十三年，再次为金人占据。城中原有人口三万人，可是连年战乱之下，便只剩了四千人在册。城分南北二门。为了防止汉民闹事，金人便只开北门，每日又只开巳、午、未三个时辰。进出城门，都要出示告身文书，一队官兵对过往百姓逐一验身，刀剑兵刃固然不可携有，食盐药物，也不能私藏。

这群忙碌盘查的士兵，其实全都是汉人。金人人少，治下的土地一大，人就不够用了。便只能收编宋人降兵，变成了金人为将、汉人为兵的局面。

今日带队查人的金将，名叫沙利青。方才在盘查路人时，给他意外看见一个汉人少女，娇美可爱，便找了个由头扣下。色心起处，在城门洞里铺了条狼皮褥子，便将那女孩糟蹋了。女孩哭号不止，她的老父亲在一旁磕头求饶，过往行人都加快脚步，不忍稍闻。沙利青身强力壮，精力过人，蹂躏那女孩，反反复复，全无止歇之意。

老李大步来到城门前，老远便堆了一脸谄笑，一边伸手入怀去掏告身文书，一边迎向一个正闲下来的守兵。那守兵没好气地等着，不料老李伸手在怀里掏了两掏，蓦然间脸色大变，肩上的柴担一松，“哗啦”一声，翻倒在地。老李双手齐上，把自己上上下下摸了个遍，胸口衣襟都撕裂了。

“怎么了?”当兵的不耐烦，问道。

“丢……”老李脸色惨白，嘴唇颤抖，“丢了。”

“丢了”两字一出口，好像他自己也明白过来了，一下子哭了出来。他的哭泣几乎没有声音，只是张大了嘴，眼泪就一串一串地落了下来。那守兵吓了一跳，老李的唇齿之间，亮晶晶的唾液水线逐一断掉，他抽了一口气，哽咽着说：“俺的告身……告身丢了……”

告身便是他家在立阳城，奉公守法，拥护金人统治的身份证明。如今告身丢了，按照金人的律法，他不仅不可以进城，甚至可以被当场格杀。老李哽咽哭道：“俺出城时还有……砍了柴下山还有……咋没了呢……咋没了呢……”

他的声音沙哑，反手“啪啪”打了自己两个耳光，哭道：“俺真没用啊……俺怎么对得起老娘啊……”

他的口音，绝对是立阳城的没错。那守兵看他如此自责悲恸，不由也生了恻隐之心。突然问道：“你家住哪里?”

“俺叫李大喜!”老李听出这守兵话里回旋的余地，连忙抹了一把鼻涕，抢着回答，“俺家住在西街牌楼下面，老槐树底下第三家。俺老娘七十了呀，这世道能活到这岁数忒不易……”

“行了!”那当兵的猛一挥手，止住了老李的絮叨。他回头偷偷瞄了沙利青一眼，那金人肥大的身躯还在那汉人女孩的身上耸动不已。

“走!”那守兵不动声色地给了老李一个手势。

老李一时没反应过来，旁边另一个守兵却听到了：“哥，是不是还得问一下沙利青?”

“要问你问！”那守兵没好气道，“扰了他的兴致，你有几条命够死的?”

“俺……俺把柴火送给你们！”老李死里逃生，破涕为笑，“不过扁担俺得拿走，还得靠它吃饭呢！”他手忙脚乱地去解柴火，可是绳子扎得太紧。一时半会，却解不开。两个当兵的等了一下，意识到等这个笨蛋解下柴火后，可能那边沙利青都办完事了。不由又气又怒，其中一个狠狠踹了他一脚，骂道：“快滚！”

老李爬起来，玩命鞠了两躬，挑起柴担就跑。城门洞里，女孩的哭号和她老父亲的哀求都已经断断续续，只有沙利青的喘息像野兽一样，充满残酷之意。老李偷偷看了一眼，女孩的脸被掀起的裙子挡住了，他能看见的，只有女孩两条惨白的、沾了血污和泥土的腿，好像已经没有了知觉似的摊在地上。

李大喜闭了一下眼睛。这样很好。他暗暗咬紧牙关，想，这样我进城才有意义。

立阳城城分四块，东城的财主，西城的穷户，南城的买卖，北城的军营。老李进了城，挑着柴担先向南再向东，很快便来到东城的富贵坡。

东城的风水故老相传，那是最好的，所谓“一坡聚财气，三星点荣华”。昔日这里一面山坡上，三口清井，立阳城里有钱有势的人家，尽都在此置房。各处宅院，全都是碧瓦红墙，宽敞明亮。后来时局混乱，金兵进攻中原。财主们消息灵通，很多人就在靖康之变时，都随着高宗皇帝过了黄河。

房子带不走，就一拨一拨的便宜了外人。开始是跳墙进去的小偷，后来是撞门进去的金人，然后是半偷半捡的穷苦人，最后才是占用房舍的金人官吏。金人马背上得天下，粗俗浅薄，哪知什么是好，什么是坏？往往为了方便马匹出入，便将巧匠描绘的照壁打碎，又将白玉铺就的门阶垫平。

昔日奢华整洁的东城，如今已是马溲人矢，气味熏天。更有三成以上无主的房子，彻底破败成了废墟瓦砾。老李在断壁颓垣之间，隐藏形迹，不到一炷香的工夫，就找了间空空荡荡的破屋藏身。

那破屋周围院墙都倒了，房子没顶，东墙上一个大窗口，西墙上两个小圆窗，南墙裂了一条大口子，北墙塌了半边，远远看去，似乎整个屋子内部都一览无遗。但实际上，在这个屋子里，有一块地方，是人在外面无论从东南西北任一角度，都不见的死角。

老李便在这个死角里坐下来。先把其中一担柴放到身后，倚着坐好。另一担则在身前打开，从几十根粗细不一的柴枝里，先挑出一根杯口粗细的木棍来。那是一根长满节瘤的木棍，长不过五尺，像一株夭折的小树，底部根须宛然，还沾着黄泥。老李倒持木棍，在地上敲了几下，黄泥碎裂，露出木棍上的刀痕，老李抓着树根一拧，树根就像塞子一样，被拔了下来。

中空的木棍里，窸窸窣窣地滑出几枚大小不一的精铁箭头。

老李从中拣出一枚带勾齿的狼牙箭箭头，将其他的箭头又封好。然后他又从柴枝里挑出一根弯曲如蛇的鸡蛋粗细的木棍来。木棍上滚满泥巴、牛粪，老李就用这枚狼牙箭箭头，一点一点地刮着这根木棍。

泥土、树皮、麻绳、糨糊簌簌落下。老李给它糊上伪装，用了三天，现在要把它刮干净，却只用了不到一个时辰，宝弓“长河落日”重新现出真容：柘木为干，犀角为衬，鹿筋贴背，雨胶黏合，明丝缠手，朱漆涂臂，弓长四尺七寸，在夕阳的余晖下，散发出莹莹光芒。

老李解开腰带，在布带之中，抽出牛筋混蚕丝的弓弦。他一脚踏住弓足，用力将长弓扳弯，右手飞快地将弓上弦。长河落日屈身而绷弦，足以将一枝箭射出五百步的力量，登时充盈在新月形的空间里。

李大喜，立阳城土生土长的庄稼汉，家住西街牌楼下面，老槐树底下第三家，家中有老母一人，发妻一人，稚子二人。可惜这些资料，都只到十五年前有效。绍兴二年，金人南下，立阳城沦陷。

金人屠戮一番之后，继续进军。李大喜妻儿老母，尽在这一场大难中遇害。

后来岳飞北上，收复立阳城，李大喜就投了军。他有一个长处，以前自己都不知道，就是双目最能看远。两百步的蚊虫，五百步的铜钱，原来并不是每个人都看得到的。他被编入弓箭营，由军中第一神射“小流星”花明亲自授艺，迅速学会了射箭，在一次次的战斗中，磨炼得越射越准。岳飞死前，他已是弓箭营第七队的队长。

如今他回来了。岳飞已死，岳家军已散，立阳城已彻底落入敌手。一切都比十四年前要来得更糟，也许唯一的利好就是，李大喜终于不是一个只会抡锹把子的庄稼汉，一弓在手，他的目的，是要把这满城的金狗射杀！

他在柴担里挑出那些作为箭枝的备料，用箭头刮去树皮，刮成白枝之后，笨拙地在那上面刻下三个小字。

他不识字，连“李”“大”“喜”这三个字都不会写。可是这三个字，这些年来，他日日夜夜地念叨，照着画得太多了。

箭头被他的手指捏得温热。尖儿上也磨得发亮，像镶上了一层银边。

“莫、须、有！”

李大喜咬紧牙关，嘴里满是一种冷冰冰的铁腥味。就是这三个字杀死了岳飞，解散了岳家军，毁去了他所有的希望。

三更，立阳城里一片死寂。宵禁的长街空空荡荡，夜雾遮月，映出一片青惨惨的颜色。

城北的县衙像一只未眠的猛兽，瞪着门口的两盏气死风灯，沉沉蹲踞。“咣当”一声，朱漆大门忽然打开，三个人大摇大摆地走了出来，后边又跟着四个人，抬着一口箱子。

借着他们手中的“衙”字的灯笼看去，当先一人身材魁伟，青面黄须，正是金将沙利青；其后左侧一人，身高不过五尺，勾首塌胸，是个汉人，乃是衙中的师爷，“金牙”林曲文。林曲文的手中提着一盏灯笼，照清中间那大胖子的脚下之路。

三人出了门，往道旁稍稍一让，后面那四个抬箱子的，已走到了街上。

那大胖子名唤粘尔罕，身高九尺，膀阔三停，时任立阳县知县。金人开化未久，占了河北江山，一时不及另立新制，因此官职多数全照大宋旧例。粘尔罕本是马上勇将，偏被调来当这父母官，在任数载，所有政务弄个一塌糊涂，只有贪污一技，却练得炉火纯青。

那四人抬的雕花木箱，装的便是他一个月搜刮所得的皮毛药材，金银珠宝。正要趁着宵禁，无人知晓，送到他的家里去。

可他们刚一出来，衙门左侧的石狮子阴影里，便忽然有人翻身坐起，向前一扑，已然跪在粘尔罕的脚下，叫道："大人！大人你把熊皮的钱给了我吧！"粘尔罕吃了一惊，往后一退，那一边林曲文已把灯笼移来。

只见粘尔罕脚下跪着一条彪形大汉，虽是衣衫褴褛，却端的是虎背熊腰。林曲文问道："你是什么人？"

那大汉顿首道："回大人，小人乃是城西的猎户王二虎，前几日在山上捕杀打了一只黑熊，剥下熊皮，本待卖个好价钱为老娘看病……"

原来他得着那熊皮，满指望卖个十两八两的银子，为老娘看病抓药。哪知拿到集上才一摆开，便给巡逻的金兵强征去了，送给了粘尔罕。王二虎又怕又急，忍了两天，终于决心来衙门要钱。只是他一介草民，又是汉人，哪里进得去？因此便不顾宵禁之令，死守在外边，指望能见着粘尔罕本人，跟大老爷讲讲道理。

现在，果然见着了。

粘尔罕道："滚！"

王二虎吃他一喝，雄赳赳的一条汉子登时又矮了半截，讷讷道："大……大人……"

一旁沙利青已经一脚踢来，喝道："滚！"

"啪"的一声，这一脚正踢在他的下巴上。王二虎往后一仰，摔出三四步去，口中鲜血淋漓，牙齿都断了两颗，爬起身来，哭道：“大人……你打我骂我……都没关系……我娘快病死啦……”

他含含糊糊地说话，说的是什么，其实除了他自己，几乎没有人能听清。

不过在每个人的耳朵里，倒都听到了另外一个声音。

“嗖——噔！”

沙利青身子突然打横踉跄了两步，然后才又站住。他高大的身体，原本魁梧如同半截铁塔，不可撼动，可是这时却如得了疟疾一般，簌簌发抖。

“沙……”林曲文叫道，“沙大人……”

只见沙利青粗如车轴的脖子上，打横贯穿一枝白色羽箭。

绛色的血，滴滴答答地从狼牙箭头上点落。沙利青哆哆嗦嗦，一把抓住箭羽，用力一拉，拔出三寸，对穿对过的狼牙箭头，于是重又卡在了伤口的皮肉上。

一股一股的血泉，从箭枝挤住的伤口里“嗞嗞”滋出来。

沙利青身子一挺，轰然倒下。

粘尔罕、林曲文、王二虎，四个抬箱子的兵丁，都是大吃一惊！

“噔！”

黑暗里突又传来一声弓弦弹动，几乎就在弦响同时，一道白光划破夜色，又一枝长箭已出现在粘尔罕的身前。

“大人小心！”师爷林曲文虽是个文职，却有个绰号，叫做“铁蛇”。一手北派擒拿的功夫出神入化，此时不及多想，把腕一翻，便已拿住了箭杆。可是这箭去势好猛！落在林曲文的手中兀自不停，向前一冲，林曲文只觉手中像握了块火炭一般，又热又疼。他身子给带得一歪，箭已在他手中又滑出两尺许远，“噗”的一声，箭翎切在他虎口上。

那箭翎是羽毛制成，膨大好抓，林曲文大喝一声，沉腰拧步猛地往回一夺，总算稳住了箭枝。抬起手来看时，一枝长箭好似血洗一般，粘满他掌心的皮肉。借着左手灯笼的光芒一看，隐约可见白木的箭杆上刻着三个小字：莫须有。

——莫须有？

——也许有？

林曲文一愣，这三个字他很熟，只是一时竟想不起来，在哪儿听过了。可这时候哪容他愣神？耳边似乎又有弓弦一响，他胸口忽的凉飕飕一痛，已给一箭贯穿。

箭，穿透他的身体，射在他身后的石阶上，发出“叮”的一声脆响。

林曲文几乎难以置信，艰难回头，还想要看看那枝要了自己命的箭，却已被粘尔罕一把抓住后脖领子，一把抓住腰带，举了起来。

林曲文回不了头，便愣愣地看着箭来的方向。远处黑洞洞的，那可怕的箭手，不知藏身何方。

他吐了一口血，垂头而死。

粘尔罕举着林曲文的尸体，迅速往县衙大门退去。

林曲文刚才扔下的灯笼，此时呼呼地烧了起来。抬箱子的几个人扔下箱子，四散奔逃。王二虎看傻了，瘫坐在沙利青的尸首旁，裤裆湿冷，连站都站不起来了。

粘尔罕已经退到了大门前，不及叫门，便只用脚后跟狠踢大门。

“咣咣咣！”

粘尔罕大吼：“开门！”

“噔！”

一箭射穿了林曲文的身子，箭头蹿出，在粘尔罕的腰侧狠狠划过，撕开他的袍服，刮开他的皮肉。粘尔罕冷汗淋漓，在林曲文的遮挡下，着了魔似的寻着冷箭射来的方位。

他的心跳加速，眼前发花，左耳一阵阵撕心裂肺的疼痛。这样狠辣的箭术，他似曾相识。当初郾城大战，他就曾被这样狠辣的箭，带着尖锐的风声擦面而过，失去了左耳。

“嗖！”

——那是来自地狱的狂风，可以一“吹”，就吹走人命的狂风！

“来了来了！”门里门房叫道，“来了！”

“噗！”

一箭射穿林曲文的脖子，箭头狠狠钉穿了粘尔罕举在他颈后的那只手。

“岳飞！”粘尔罕疼得手一松，“岳飞！”

是的。他已经认出来了，这是属于岳飞的箭法，是岳家军的破竹穿云箭法！可是岳飞已经死了六年了，岳家军早已不复存在。这黑暗中一枝一枝飞来的，宛如催命一般的冷箭，到底从何而来？

林曲文的尸体“咕咚”坠地。

县衙的大门终于打开。

粘尔罕的尸体，像一堵墙一样，重重地拍进门去。他的额角插入一枝羽箭，他的双眼圆睁，兀自满是不信、怀疑……以及发疯一般的恐惧。

门房吓得发出一声惨叫。随着他这一声叫喊，外面街上的王二虎也终于回过神来，发出一声绝不逊于任何人的怪叫，连滚带爬地跑了。

二 神像·鬼甲

进了十一月，下了两场雪，天气冷得冻掉人下巴。立阳城里金人如惊弓之鸟，四处搜捕李大喜，稍有嫌疑，便非捕即杀。百姓们人心惶惶，恨不能个个躲在家中，空街衰草，断壁鸦啼，一座孤城，几乎不见半点人气，其萧瑟破败，竟类鬼域。

李大喜从东城的破屋中爬出来，瑟缩着将身上的单袄破布裹得紧些，慢慢地沿街走着，去找吃食。他蓬头垢面，饿得头重脚轻。走在街上，撞见两回官兵，都忘了躲避。所幸那些如临大敌的金人，也没有任何一个人能够想到，眼前这半死不活的乞丐一般的汉子，便是在三个月内，连杀他们二十一人的神箭手。

自从那一夜箭杀粘尔罕、沙利青以来，已过了三个月。李大喜以东城那破屋为据点，昼伏夜出，不时出去杀人。有时是射杀恶名昭著的金将、汉奸，有时就只是射杀临时碰上了的落单金人。他的“莫须有”箭，几乎从不落空，早就成了立阳城里的一个传说。

不过，现在，这个传说，也该结束了。

当初他进城，还是盛夏，为了不露破绽，只穿了一件单衣。天冷之后，虽也在左近的废墟中，捡了一些破布烂衫，胡乱裹在身上，可是毕竟不是正经棉衣，不免走风漏气。天气实在太冷，现在往往他活动一天，手指头还是僵的。

而射箭是一项极精密的手艺，手指不灵活，是没办法射得准的。

不过那还不是他即将被迫收手的，最主要的原因。

最主要的是，他带进城来四十三颗箭头，已经快用完了。还有三颗，也许只够一次出动。金人严格控制民间持有武器，他进城以后，箭枝的木杆还可以再捡，可想得到箭头，就已经是痴心妄想。他又不敢在每次杀人后，现身去回收箭头，因此那些铁件儿，就成了射出去一个少一个的宝贝。

他尽量节省，从不放空，用到今天，终于是要用完了。

——然后呢?

老李嘿嘿地笑起来，他没打算活着出城。反正岳飞已经死了六年了。他等了两个三年，每天苦练箭术，等待岳家军重新组建，等待朝廷光复中原……可是等不到!

所以呢，这次自己好不容易重回战场，就索性死在这里吧!

兵荒马乱，人人不得温饱。多少人家里没米下锅，路边的垃圾里，哪还会有浪费的粮食?老李好不容易在一片污冰里抠出一个芋头根儿，啃了两下啃不动，便整个塞进嘴里含着。

他踽踽向南，开始时，寒风吹得他浑身冰冷，走着走着，筋肉活动开，身子就暖和了。可是再走下去，肚里没食，那点热乎气到底是无源之水，不知不觉就被冷风刮没了。手脚渐渐没了知觉，老李头晕脑涨，一抬头看见眼前已是城南关帝庙，连忙转了进去避风。

这关帝庙他小时候常来玩耍。那时关羽金身金甲，香火鼎盛，何等威风。如今城破国亡，汉人的武圣，自然也难逃劫数。一座庙宇早给捣毁，断壁颓垣，蛛网荒草。神台之上，周仓、关平的神像早已不见踪影，剩下一座关羽的坐像，也是斑驳陈旧，磕碰得帽裂臂折。瞧那痕迹，似乎是多次给人推倒，又多次给人立起来的。

老李看着关羽神像，突然间愤怒起来。

汉寿亭侯面如重枣，美髯垂胸，掌中青龙偃月刀，胯下赤兔千里马，人尽皆知。可是现在神台上的这尊坐像，面上红漆却已剥落，眼鼻五官，竟全是重新画在白泥之上的；塑像的长须已断，只留下短髭；一旁捧刀侍立的周仓已经不见，便只在神像的臂弯里，插了一根雪白的、一端削尖了的长棍。

——白面、短须、亮银枪！

——这不是关羽，而是岳飞！

——原来是立阳城的百姓，借着拜关羽的机会，在拜岳飞！

老李登时只觉火撞顶梁。

——岳飞！岳飞！

——他平生最恨的人，就是岳飞！

“腾”的一声，老李跳上了供桌。岳飞的神像严肃地看着他，看得他越发气愤。

“岳飞！”老李低吼道，“你这王八蛋！”

他两眼血红，飞脚将供桌上的香炉、供碗都踢飞：“你有什么脸在这里吃供？四万弟兄跪着拦你，都拦不住，十万百姓哭着留你，都留不住。十二道金牌就能让你乖乖地去死了，那么多和你出生入死的弟兄、把你当救星的百姓，在你眼里，就不如皇帝的一个屁！”

老李的拳头捏得“嘎巴嘎巴”地响：“为了一个忠君爱国的名声，你把我们都卖了！张将军、小岳将军、岳家军、大宋朝的百姓……你把我们都卖了！你落了一个好名声，我们呢？我们亡国了呀！我们成了没人要的狗了呀！”

他猛地一低头，用肩膀扛住了岳飞的神像。

“你不配让我们拜!”

他猛地发力——也不知是哪来的力气——“轰”的一声，那神像被他顶得向后一仰，重重摔下神台。老李直起腰来，哈哈大笑，脚下一软，也摔了下来。

他伏在地上，止住了笑声，绷紧了身体，摔得又胀又疼的手指慢慢收拢，在满是灰尘的地上，刨出道道沟痕。他喘息着坐起身，在这个角度上，他一下子发现了神台下奇怪的一样东西。

老李愣了一下，爬到供桌底下去看。神台下供着另外一个小小的神位，只不过这个神位没有塑像，没有灵牌，而是斜立着三枝黑红色的箭。而三枝箭的前边，又有一只大海碗，碗里边插着一支断香。

老李抓起那三枝箭。箭身上的黑红色，是已经干了的金人的血。血痂下隐约可见的花纹，是三个歪歪扭扭的字：“莫”“须”“有”。

——是他的箭?

老李的血，“呼”的一下，全涌到了头上。他转头再去看那插香的海碗，碗里黑乎乎的，又奇妙地泛着点点亮光。那支断香……它并不是插在香灰……或是细沙里……而是插在……几十枚各式各样的箭头上!

老李把左手覆在碗口上，慢慢握紧，一枚枚箭头，在他的手里支棱起来。箭尖、锋牙，轻轻咬着他的手指，咬着他的掌心。他仿佛看见了立阳城的老百姓们，如何在金人的狂怒之中，小心翼翼地偷来自己的凶器，在这破庙中，立下这么一个神位。然后，又冒着杀身灭门的危险，收集箭头，供奉于此。

——他做了什么?

——他只不过是杀了几个金人而已!

老李狠狠抓起一把箭头，血从他的拳缝中汩汩流下。岳元帅，你看看！睁开你的眼睛，你好好看看！这就是我们的百姓，给他们一点希望，他们就把我们当神来拜。可是我们，却让他们的等待，一直落空！

立阳城里下起第三场大雪的那一天，十字街菜市口，来了一个奇怪的人。

那是一个十五六岁的少年，一身衣裳，连头上的帽子，身后的斗篷，脚上的靴子都是火炭样的红色儿，在雪地上分外地扎眼。他长得白白净净，一双大豹子眼，眼睫毛老长，一眨一眨地透着机灵可爱。他鼻子尖冻得通红，一张小嘴时时在笑，呵呵地呼出团团白气，简直像个冰雕的善财童子。

他空着两手，带了一个仆从。那仆从身材高大，背了木杠、柴火、麻绳、铁锹、铁锅之类的杂碎儿。来到菜市口后，那红衣少年在十字街的中心指了一指，那仆从便把东西都卸下。架锅煮雪，用开水化开冻土，拿铁锹挖了个深坑。

然后，那红衣少年又指点着仆从，将根杠子绑成一个十字栽在坑中，填上土，再化些水浇了。不一刻，那十字木架，便冻得结结实实，如同生根了一般。

这时，那少年才突然出手，只一掌，便将那仆从打晕了，随后又用麻绳，将他绑在了木架之上。

立阳城虽然凋敝，但菜市口总算还有些买卖路人。这少年刨坑时，就已经引人注意，这时骤起伤人，不由都感意外，纷纷把眼望来。那红衣少年眼见众人关注，哈哈大笑，团团拱手，道："好叫各位得知，在下哈勒该，是大金国虎贲亲王第十七子，有个汉人的外号，叫做哈哈儿。今奉圣上之命，来立阳城剿除那暗箭伤人的'莫须有'杀手。借诸位之口，帮我传话给他：王二虎现在在我的手里，我会慢慢地折磨。他要是看不过眼，就尽快来救吧！"

一众汉人听说他的身份，哪里还敢围观，"哄"的一声便散了。那哈哈儿哈哈大笑，便在火堆旁坐下，一边添柴烤火，一边等着那"莫须有"的到来。

有金兵闻讯赶来，哈哈儿却嫌他们碍事，亮明身份，便将他们打发走了。

那给自己挖坑下套的仆从，正是当日“莫须有”神箭初现立阳城时的见证者王二虎。他为讨熊皮，莫名卷入那一场刺杀，亲眼看着几个金人及汉奸中箭惨死，当时就吓得尿了裤子。其后一两个月，生怕再惹上什么祸事，甚至怕得连门都不太敢出。

他的娘终究是病死了，草草下葬之后，王二虎的一颗心，便全在他的老婆、儿子身上。眼看家中实在没有下锅的米了，这才乍着胆子出来给人打零工。昨日哈哈儿找上他，说花三钱银子，要让他帮忙挖坑立架。王二虎只道是个好赚的买卖，岂料临了，原来被吊上去的，乃是自己。

朔风横吹，王二虎渐渐醒来，头脑之中反应不过来，对哈哈儿叫道：“东……东家……”

哈哈儿回头笑道：“你醒啦！”来到王二虎的身边，左手抓住王二虎右手食指，右手从腰间掏出一把六寸长的小铲刀，往王二虎的指尖一刺一挑，血光溅处，“啪”的一声，已挑下他的一片指甲。

十指连心，王二虎猝不及防之下，已疼得五脏六腑都缩成了一团，没命地惨叫。哈哈儿用铲刀挑着那一片血肉模糊的指甲，往腰间一个锦囊里一倒，小心收好，笑道：“对了，叫得再大声点。”

他笑起来，仍然像个什么都不懂的孩子。

王二虎叫道：“为……为什么？”

哈哈儿笑道：“因为我要用你做饵，来抓那个‘莫须有’的箭手啊。”

他把铲刀在王二虎身上蹭了蹭，插回腰间，笑道：“到今天为止，‘莫须有’杀了我们二十九个人。其中二十六个，都是纯粹的暗杀。只有第一次，杀粘尔罕时，显得特殊。那时现场还有你吧？他杀粘尔罕，是为了杀人，还是为了救你？”

王二虎没口子地叫道：“我不认识他！”

哈哈儿天真地笑了笑，道：“反正钓鱼需要饵食，把哪个汉人挂在这里都一样。万一他就是喜欢你呢？是吧？”

忽听一阵哭喊声远远传来，一个妇人拖着个孩子，正拼命赶到。原来正是王二虎的老婆刘氏及他儿子胖牛儿，得了旁人的报信。王二虎一见，吓得魂飞魄散，叫道："快走！快走！"

却已晚了。哈哈儿笑道："这是你的家人？"待到那母子来到近前，忽然抽出小铲刀，闪电般连刺两下，分别没入那两人的心窝。

那母子二人哼也不哼一声，已即倒毙。王二虎只觉五雷轰顶一般，眼前一黑，又再昏倒。

等到他再醒来时，天色已经擦黑。四下里白雪皑皑，反映出一片雾蒙蒙的白光。哈哈儿刚好又在他身边忙活。王二虎一睁眼，正好看见他用小铲刀将自己的右手大拇指指甲揭下来。

只是他的手脚已经冻得失去知觉，这时眼睁睁地看着那片莹白的指甲脱离指尖，拉出条条血丝……却是不觉得疼的。

他的右手，五根指头，已经掀下四片指甲。血红艳艳的冻成了冰，将他的手指冻在了木杠上。

在他的正前方，刘氏和胖牛儿的尸体，已被薄雪覆盖。可是刘氏伸出的右手上，点点殷红，似乎也被掀掉了指甲。

王二虎哽咽道："你……你连她们……她们都不放过……"

哈哈儿笑道："你还能用来钓鱼，她们却是只有指甲，才有点用的。"

王二虎流泪道："岳爷爷……岳爷爷一定不会饶了你……"

哈哈儿赞许道："这句话相当不错。那'莫须有'真来了的话，你应该再大声地说一遍。"

——就在这时，"莫须有"来了！

"噔"的一声轻响，一条黑光自东街街角直射而出！在这片银白的雪地上，这黑线快得恍似虚影儿一般，拉出丈许长的虚像。哈哈儿张口结舌，似乎根本来不及反应，已给这黑线射中。

"啪"的一声，黑线正中哈哈儿胸口。立时变短、变实了，变成一枝黑色箭头的羽箭。白木的箭杆上，刻着三个歪歪扭扭的小字——

莫、须、有。

王二虎叫道："岳爷爷到了！"

可是这一箭虽中哈哈儿的胸口，哈哈儿的身子却只是一晃，那箭在他身上一停，便掉了下来。哈哈儿伸手一抄，接住了，拿在眼前看了一看，冷笑道："莫须有，嘿嘿，莫须有。"指上用力，将箭折成两段，信手抛在地上，道："那就是不需要有了！"

王二虎曾在县衙前亲眼见到这"莫须有"之箭将人射穿的威力，这时忽见哈哈儿竟能接箭、折箭，不由惊得呆了。

"哧哧"连声。街角上又发两箭。两箭快若奔雷闪电，一中腹、一中腿，全都钉在哈哈儿身上。哈哈儿给这两箭的力道撞得退了一步，挺腰一站，那两枝箭便掉了下来。

哈哈儿将箭拾起，箭镞上干干净净，根本滴血全无。哈哈儿笑道："岳爷爷，你在给我挠痒痒么？"甩手将两箭抛开，狂笑道："你出来吧？你这些木枝残铁，伤不了少爷我分毫！"说着话，把斗篷一扯，扔在一旁，反手抓住自己的衣襟，两下一分，"刺啦"一声，将自己的上衣撕成两片，露出内里的一件衣服来。

那衣服像是件鱼鳞细甲，一片片银白的薄片层层叠叠地串起来，包住了哈哈儿的全身。微风拂过，那些银片似乎甚轻，给吹得如同海浪拂过沙滩，发出清脆悦耳的"哗哗沙沙"之声。

哈哈儿在胸前一拍，"哗啦"一声，笑道："这件软甲，名叫'千人甲'。乃是我精选几千人、上万片的指甲炼制而成。刀枪不入，水火不侵。你想射死我？做梦去吧！"

街角寂然无声。王二虎又气又急，忽然眼前一花，哈哈儿已来到他的身边，伸手捏住了他的下巴，将他的脸扳向"莫须有"箭射来的方向，叫道："岳爷爷，你是救国救民的大英雄，这个人，我已经揭掉他右手四个指甲，连伤带冻，他是已经残废定了。可是他这半条命，你救是不救？"

王二虎拼尽全力，叫道："岳爷爷，杀了他，杀了他！"

哈哈儿嘎嘎大笑，模仿王二虎的语气，叫道：“岳爷爷，杀了‘我’，杀了‘我’!”

忽然把脸一沉，道：“行了，别再装了！你可不是什么岳爷爷。岳飞那蠢蛋早就死了，死在秦桧手里，死在你们的皇帝手里。罪名便是‘莫须有’这三个字。你用这三个字杀我金人，是因为你替岳飞不值，想替他出一口气罢了。”

街角那边，静静的。

可是哈哈儿却已经感受到了，那个人的动摇。

“立阳城的汉奴，都把你当成岳飞再世，把你吹得神乎其神。私下里，日盼夜盼，就等着你一箭定乾坤，光复中原、光复立阳。可是，呸，别说你只是一个小小的见不得光的杀手，便是你真是岳飞转世又怎么样？真岳飞都是个没用的废物，你这转世的，又能掀起什么风浪？你的皇帝都服输了，你的同僚都孬种了，你的百姓早就认命了！你一个人，能杀我们二十人又怎样？能杀我们二百人又怎样？我们大金铁骑万千，你这寸铁箭头，射得完？拦得住？”

街角仍是全无动静。哈哈儿大笑道：“呸，真没劲，缩头乌龟。”适逢一阵寒风吹过，不由打个冷战。原来是方才过于激动，出汗太多，虽有宝甲护身，竟也微微冷了。哈哈儿慢步走到方才甩下的斗篷旁，弯腰拾起，道：“你救不了大宋，但是你可以救眼前这个人。只要你出来投降，我向你许诺，不杀他，不杀你。”

他把斗篷往身后一兜，道：“不然，你就看着他死吧。到了明天，全立阳城的人就都知道了：他们的‘岳爷爷’，救不了他们，他们的岳爷爷，是个胆小鬼。”

“嗖”的一声，又一箭自街角射来。

哈哈儿早提防这一手，手上系着斗篷的袢带，暗暗运劲于胸，“啪”的一声，又若无其事地接了这一箭。

哪知这一箭，正中方才第一箭射中之处。那宝甲虽然无伤，但劲力渗透，到底将胸口震得一痛。哈哈儿不由自主地“哼”了一声，不去硬扛，借势向后一退，想要化解那箭上的巨力。

可是他这样一分神，手上的动作自然就停了。袢带没有系好，斗篷整个往下垂去。他向后一退，两脚正踏在斗篷边缘上，脚下一绊，“扑通”一声，已摔了个四脚朝天。

灰蒙蒙的天空，甩起来雪花纷纷落下，哈哈儿躺在地上大笑道：“好，好！这才有意思！”斗篷一甩，甩在一边，两脚向上一打，便要使一招“鲤鱼打挺”，跳起身来。

可是突然之间，远处又传来一声轻微的弓弦颤动。几乎就在同时，他只觉胯下一痛，一道彻骨的寒气已由他那宝甲无法缝合的裆部直刺而入，钻谷门，破丹田，裂五脏，直贯咽喉。

他张口欲呼，可是这道寒气却在他的嘴里，化作了热烘烘的鲜血。

哈哈儿高举的两腿沉沉地砸了下来。鞋底带起的两片雪花落下，飘进他大张开的嘴里，落在那沾满热血的箭镞上。

一闪，化了。

三　弓箭·风雷

春天渐渐临近，天气渐渐暖和。老李进城以来，手上的金人人命，已经攒到五十一条。关帝庙里不断上供的箭头，足够他用。如此一来，他每天要考虑的东西，一下子就轻松了许多。

——只是找吃的，和杀人而已。

他身上的衣衫，早已破成碎布。他的头发胡须，早已长成一窝乱草。从在关帝庙推倒岳飞神像之后，他已经有两个多月没有开口说话。有时在外面与人迎头撞上，他不知闪躲，不知避让，不知反应，只会直呆呆地看着人，看到对方掩鼻逃走。

现在的他，简直就是一具行尸走肉。

可是，却是射箭的最好状态。

在他的破屋之中，只有那张“长河落日”宝弓，干净如新，被他保养得几近一尘不染。有时旭日初升，阳光穿过破窗落在弓背上，一条漆线亮如火蛇，直似要破空飞走一般。

老李越木，宝弓就越亮。好像他所有的精气，全都转移到了那张弓里。晚上出去杀人时，他甚至可以一眼看过，瞄也不瞄，抬手就射。可是箭箭皆中，直如神迹。

立阳城的金人被他吓破了胆，天色一黑，没事的打死也不敢出门。县城之中，对汉人的欺压，也几乎不见了。

惊蛰日。老李今晚的目标，是立阳县新上任的知县赤穆尔。

午后的时光，老李缩在墙角打盹。每天的这个时候，阳光穿透屋顶的破洞，刚好可以落在他的身上。他中午时偷了一把金人喂马的黑豆，又捕到一只麻雀，全都吃了。这时腹饱身暖，正是几天来，难得的满足。

他一动不动，宛如一截枯木。没有鼾声，绝不会翻身，安静得像是并不存在于安身之处。

可是突然间，他醒了。一种只属于弓箭手的，纤细微妙的触觉，一下子惊动了他。他一骨碌坐起身，来到破屋屋角，从砖缝扭曲的空隙中望出去，富贵坡上，正慢慢走来一队骑兵，全都是铁盔铁甲，将人、马，全都罩住了。

——如同一座座移动的黑色铁塔，那居然是金人的重甲骑兵，“铁浮屠”。

富贵坡上住满金人官吏。骑兵往来，分属寻常。可是铁浮屠这样的战场杀神，却从未出现过。老李眼角微跳，郾城大战时，铁浮屠所过之处，血肉成泥的惨状，又在他眼前浮现出来。

这一队铁浮屠，却并不像是来打仗的。他们来到富贵坡上，稍一逡巡，便聚拢在一栋废宅前。十几个骑兵，各自从鞍桥摘下一条钢链飞爪，甩得几甩，都搭到了废宅的柱上、梁上，然后一声唿哨，铁甲马同时用力，马蹄蹬踏，泥土翻花，飞爪铁链绷得笔直。忽然间“哗啦啦”一声巨响，已将那废宅，框架拖垮，彻底拉塌。

老李在破屋中吃了一惊。不觉往后一退，已是心头一沉。再弯腰去看，果然那一队铁浮屠就已经到了下一栋废宅处，又依样画葫芦，飞爪勾搭，铁马拉扯，三下五除二弄塌了它。

“轰隆、轰隆”声不绝于耳。老李直起腰来，心中一阵愤怒：这些金人，竟是专门来富贵坡上拆房子的。

拆了这所破屋，他的藏身之处就被毁了。躲到别的地方，总不如富贵坡的灯下黑安全。老李一伸手，已抓起了“长河落日”，另一手在腰后一抽，已拔出一枝“莫须有”的羽箭。认扣搭弦，两臂一张，“轧”的一声轻响，已将宝弓张开。

他的箭头在十几名骑兵中间游移。铁浮屠重甲全盔，就连眼睛上，都有铁枝保护。老李的箭势虽强，可是要贯穿铁甲，不由也没有信心。

——在岳家军里，对付铁浮屠本来就是藤牌兵、麻扎刀的事。

老李如磐石一般的张弓瞄准，良久，终于无声无息地收了弓箭。毕竟是光天化日，一箭射出，不免暴露自己的行藏。真给铁浮屠盯上，只怕再也休想逃脱。

他不怕死，可是他还有弓、有箭，明明可以杀死更多金人的。

老李叹了口气，卸开“长河落日”，用破布包好；拔下羽箭箭头，全灌入一个盛水的竹筒。然后将竹筒挂在腰间，夹着宝弓正要离开破屋，突然间，脑中恍如闪电划过，蓦地发现了这件事的不寻常之处！

——为什么铁浮屠会来富贵坡拆房子？

——为什么是铁浮屠来拆房子？

老李激灵灵打了个冷战。以上两个问题，全都指向一个答案，那便是：金人已经知道了他藏身于此。因此才派不怕他冷箭的铁浮屠，来拆房毁屋逼他现身。

——可是为什么金人会知道他在这里的？

——他若是不反击，而只是遁走，金人又能拿他怎么样？

老李许久不曾开动的脑子，艰难地运转起来。长久以来，他一直靠本能猎杀金人，可是今天，当他成为猎物的时候，他必须要有更全面的思考、应对才行。

——他为什么会从“猎人”，变成“猎物”？

老李猛地瞪大眼睛，一个他不愿相信的答案清清楚楚地浮现在他心头：要让“猎人”变成“猎物”……除非，是更可怕的“猎人”来了。

——在金人那边，有一个高手。他不知用什么手法，推断出了老李的位置；并且能够确保，识破老李的伪装，击杀老李于一瞬！

老李猛地扑回断壁之下，从墙壁裂开的缝隙中，望向危机四伏的外面。

铁浮屠还在拆房子，烟尘滚滚，惊天动地。可是在老李的眼里、耳里，他们早已被抛诸十万八千里开外。

阳光渐渐黯淡，天空聚集乌云。早春清冽的风，凉飕飕地吹过富贵坡。野草发芽，远远的，一片茸茸绿意。几只燕子飞来，被房倒屋塌的声势惊动，一飞，钻入云间。

而在这天地间，有一点杀意，若有若无地飘浮在远方。

老李仔细分辨，冷汗涔涔。他手忙脚乱地又把“长河落日”上好了弦，然后再将水筒里的箭头捞出。他先前把箭枝和箭羽都埋在墙角了，这时慌里慌张刨出来，一枝一枝地装好，一共组成了七枝箭。

他的手，抖得厉害。造箭时，居然被箭尖划破两次。

——那儿有一个高手。

——那儿有一个比他更狠的神射高手。

那个人，是李大喜。

花明第一眼看见那刻着“莫须有”三个字的羽箭，就知道，在立阳城里大开杀戒的人，正是自己的得意弟子，李大喜。

那一瞬间，花明还不由自主地笑了一下，想：“岳家军里，果然还是我俩，最有始有终。”

“小流星”花明，祖上是梁山好汉花荣。家传的一手神射箭法，在岳家军里，就连岳元帅，都输他三分。经他一手调教的岳家军弓箭营，神箭手比比皆是，在历次大战中，屡挫金兵，何其威风！

可是这一回，花明却是受金帝委托，来立阳城，清理大宋叛党的。

他藏身于铁浮屠队列之外。在一个绝不引人注目的地方，静静等待机会。他裹在一件鼓鼓囊囊的灰色大氅里，连头带脸，全都蒙住，只在面罩上，挖出两个眼睛的窟窿。那大氅千针百纳，破得全然没了形状。以至于将他罩上之后，他整个人都像是一堆垃圾一样，与身边废墟瞬间就融为一体了。

可是这堆垃圾，却是绝顶危险的。如果需要的话，只需一瞬间，他就可以射杀在五百步内的任何目标。

他的手垂在腹前，一手持弓，一手扣弦拈箭。弓、箭，都在大氅之外，绝不会被大氅影响瞄准、发射。在这一点上，花明比老李做得更绝：老李还忍不住要让“长河落日”干净漂亮，而他，甚至连自己的家传宝弓“冰弦”，都可以做脏做旧，堂而皇之地暴露出来。

——只留下那冰蚕丝织就的弓弦，还被他保养得纤尘不染，晶莹剔透。偶尔被阳光一晃，莹光一线，如针如刃，锋利得好像能切下任何人的脑袋。

面罩之下，花明微微笑着，说：“李——大——喜。”

他开口说话，只动嘴唇，却绝不发声。这是他自己和自己说话的一种习惯，一个弓箭手要狠、要忍、要静。有时他会这样自言自语，如果他发现对手值得他全力以赴的话。

李大喜，这个人当然值得他认真对待。初进岳家军的时候，还是个毫不起眼的庄稼汉。岳元帅安排了对新兵的几项考察，李大喜不识字、没武艺、力气一般、跑得不快、反应又慢、岁数也不小了，原本是要编入步兵营，练习枪法，到时候用血肉之躯去挡金人的铁骑的。

可是刚好当时花明的弓箭营缺人，于是就又加了一项考眼力的比赛。

结果李大喜就脱颖而出了。

就连花明也不得不说，李大喜真是个练射的奇才。这庄稼汉眼力好，手稳，心沉，被他教了几个月，就已经射得有模有样；再练一年，几乎就是百发百中的神射手了。花明常想，若他不是这么多年被庄稼活儿练僵了筋骨，拘束了眼界，而是像自己一样，从小得名师指点，也许他的成就，会比自己更高。

郾城大捷，花明射死了金将六人、金兵无数。李大喜则射死了金将一人，金兵十一人。花明缴获了一张新弓，虽不及他的“冰弦”，却也是百里挑一的好家伙。

他把它送给了李大喜。而岳元帅巡营时，则亲自为那弓起了名字，叫做“长河落日”。

“长——河——落——日。”花明无声地说，“你——也——很——寂——寞——吧。”

李大喜冷汗淋漓。他拼命地回想，当初在军营里，花将军教他的那些射箭技巧。

——心要沉。

没错。

——手要稳。

没错。

——眼要快。

没错。

他在断墙后边，一双利眼，反复扫视着富贵坡上的一草一木。他熟悉这里了，这是他的优势。哪里可以藏人，哪里能够威胁到他，如果不是铁浮屠的破坏，他原本是一清二楚的。

三百步内，他可以肯定没有任何危险；四百步内，似乎有几个地方多了几个不该有的筐头、草垛；五百步内，有几个地方看不清楚。

老李口舌发干，努力眯眼去看，反而看得更加花了。

于是，心，也就更乱了。

这是他的老毛病：平时练习的时候，他可以从容不迫地发挥本领。一箭箭射出，准头甚至不输给花将军。可是真到打仗，他却差得多了。他要想射箭要诀，要小心敌人的攻击，他生怕自己的心不沉、手不稳、眼不快，结果越这样想，就真的越射得差。

花将军说，这是因为他练射太晚，半路出家，学什么都是夹生的，永远不能身心合一之故。

——所以他可以毫不费力地射杀沙利青、粘尔罕、哈哈儿，却绝无可能战胜眼下这名劲敌。

老李猛地放下弓箭，左右开弓，给了自己两记耳光。

——再这么想，就真的要输了。

他努力使自己振奋，让记忆跳回到花将军刚说那番话的时候。那时他觉得自己永远都只能是个二流的弓箭手而已，日日沮丧。可是事实上呢？郾城大战的时候，他已经射死过金将了。

——是什么让他发生了变化？

——是岳飞。

——是岳飞那次在弓箭营的动员讲话，帮他战胜了心魔。

——岳飞说：“战场上怎么才能射得准？一，要勤练花将军教你们的射术；二，要记着我的话：那些金人杀了你的爹娘，害了你的妻女，烧了你的房子！记着这句话，开弓、放箭，你的箭，一定在金狗的脸上！”

老李狠狠地啐了一口，又把弓箭搭好。

他好像又看到了西街牌楼，老槐树下第三家，那一院子的尸首。

“岳飞。”他喃喃道，“你要是连这个都骗我，我就是死了也不放过你。”

“岳——元——帅——死——了。”花明对李大喜说。

虽然明知道李大喜听不见，但难得再见到一个岳家军的人——也许以后就再也见不到了——他不由就想多说两句。

“我——很——寂——寞。”

过去，他银鞍白马，宝剑雕翎，是岳家军中的名将，岳元帅最得力的臂助。一弓一箭，万军辟易，霹雳弦惊，天下扬名。

可是现在，他已不是那意气风发的流星将军。他投靠金廷已有五年，不做官、不为将，单做那不见光、不露脸的杀手，走遍黄河两岸。

而他所杀的：名将、游侠、匪首、铮官……无一例外，全是汉人。

——为什么要这样？

“因——为，”花明喃喃道，“岳——元——帅——死——了。”

他扣着弓箭，将视线转向富贵坡左首的一幢废宅。

他可以清楚地感觉到，刚才那里散发出来了杀气。而且，那个位置足可以控制整个富贵坡的局面。

李大喜的位置，他已经确定了。

——在这场决斗中，先发现对方行踪的人，会赢。

忙着拆房的铁浮屠，大概还有一炷香的时间，就会拆到那里。房子垮了之后，李大喜自然没办法藏身。到那时，不管他是想战还是想逃，只要他露头，花明都有把握，将之一箭穿心。

虽然从李大喜藏身的位置、临时的反应，以及对杀气的控制来看，他已经较之六年前岳家军解散之时，进步了太多。但是毫无疑问，这一场决斗，他毫无胜算。

“岳——元——帅——死——了。”花明慢慢地说，“你——也——死——吧。大——宋——朝——也——死——吧。他——们——才——会——后——悔。”

花明死水一般的眼睛里，终于泛起一丝涟漪。他闭了一下眼。岳元帅纵马高呼的身影、浴血奋战的身影、惨死风波亭的身影……都一起交叠着浮现了出来。

他再睁开眼睛，一双灰蒙蒙的眼里，再也没有一丝活气。

“他——们——会——后——悔——害——死——岳——元——帅。”

一声春雷，从头顶的天穹上，翻翻滚滚地落下来。

几个雨点先行落下，砸在地上，激起一缕缕的灰烟。然后，天地间响起了“沙沙沙沙”的细响，一道道清冽的雨线，斜织天地。绍兴十八年的第一场春雨，绵绵而至，一瞬间就打湿了地皮、泡开了草芽，将铁浮屠的铁甲，洗得闪闪发亮。

骏马长嘶，骑兵们大声抱怨。可是军令难违，便只能冒着料峭春冷，水光四射地继续拆房。

隔着铁浮屠，两个箭手，继续占据着各自的位置。他们半张着弓，虚扣着箭，圆睁双眼，竖起耳朵，静静地等着对方按捺不住，露出破绽，暴露形迹。

铁浮屠渐渐逼近老李的藏身之处。

老李深吸了一口气，将弓拉到了七分。

花明深吸了一口气，将弓拉到了八分。

两个人，只有一个人，有一次开弓的机会。

就在这时，富贵坡下，忽地传来一阵喧哗。几匹快马冲来，马上的骑士手中擎枪，枪尖上纷纷挑着血淋淋的金人的头颅。

骑兵之后，又是一股汇聚上千人的杂色队伍。这些人里，有脱了金军军服的汉人官兵，有穿着粗布衣的普通百姓。他们拿着刀枪、锹镐、棍棒、石块，疯了似的涌上富贵坡，口中一起喊着——

“杀光金狗！”

“归大宋！”

这支酝酿了几个月的起义队伍涌上富贵坡，原本打算突袭金人老窝，先声夺人。不料迎头看见十几骑黑乎乎的铁浮屠，不由都是一呆。脚步稍稍一慢，人群之中，已有一条大汉越众而出。

只见这人左手倒提一把铁叉，猛地冲前几步之后，奋力一掷！那铁叉登时化作一道乌光，飞跃两下，如同流星赶月，正正叉在其中一个铁浮屠骑兵的头上。

这人的右手，五指只余其二。正是当日被哈哈儿折磨，冻伤致残的王二虎。

“杀光金狗，”王二虎长叫，“归大宋！”

“噇”的一声大响，那铁叉叉中金兵。虽未刺穿头盔，却势大力沉，直接将之撞昏。

那骑兵翻身落马，汉人义军一见，欢声雷动。怒吼声中，一起向前。人涌如潮，瞬间便将其余的铁浮屠淹没了。

人与马、人与人，狼奔豕突，瞬间便塞满了整个富贵坡。汉人人多，但多数未经训练。金人人少，但铁浮屠刀枪不入。人们聚成了几个人肉疙瘩，转来转去地乱打。富贵坡的每一寸土地，都溅上了血，留下了脚印、马蹄印。

一道白光，猛然划过富贵坡。它的轨迹很低，几乎就在人们的两腿中间穿过。它的起点是一幢破得连顶都没有了的空屋。而它的终点，则是一堆刚刚被人撞得一晃的垃圾。

——几乎没有人注意到的一箭！

可是接下来的箭雨，每个人都看到了。

“噔！”“噔！”“噔！”

那空屋中不断发出拨动弓弦的声音。一枝枝刻着“莫须有”字样的羽箭，从破屋的各个角落飞出，不绝射在铁浮屠骑兵的脸上。箭枝在铁面罩上撞得粉碎，却也像一只只铁榔头，将那些金人敲得晕头涨脑，一个个栽下马来。

“岳爷爷来了！岳爷爷来了！”

汉人齐声大叫，一鼓作气，将铁浮屠尽都掀翻。

“岳爷爷！岳爷爷！”

老李慢慢从破屋的阴影中走出。他褴褛憔悴，摇摇欲坠，令所有振奋的汉人微微失落。可是他把手里的“长河落日”猛地一举，那华美刚健的宝弓，登时将他们的欢呼又翻高几倍。

“岳爷爷！岳爷爷！”

老李单手举弓，昂然挺立。他瞪视着眼前向他跪拜的人们，瞪视着初春的立阳城。雨水顺着他的乱发流下，流进他的眼眶，又流下他的面颊。

“岳爷爷！岳爷爷！”

花明倒在血泊之中，意识渐渐模糊。他看见岳元帅沙场点兵，三军肃穆。他看见他们一起跃马杀敌，北望河山。雨水顺着他的乱发流下，流进他的眼眶，又流下他的面颊。

番外三

人间铁

南宋绍兴十三年，抗金名将岳飞已经死了两年。沸腾的民怨，终于被血流成河的弹压，渐渐冷却。那个曾经光芒万丈的名字，也只是成了老百姓口中，偶尔提起的“过去”。万马齐喑，赵构正式向金国称臣，仿佛已经成了顺理成章的事。

八月初三，临安城，秦桧被刺。

一个蒙面的杀手，从街边民房的房顶上，纵马跳下，闯入秦桧的仪仗，手中长刀，一刀便将秦桧所乘的大轿一劈两段。可惜在那一瞬间，奸相却已听到外面的惊呼，因此提前缩在轿底。那人的拦腰一刀，便只打落了他头上乌纱。

护卫包围过来，那刺客连斩十一人，被伤七处，浴血突围。奸相震怒，乃令全城戒严，誓要将他擒获。

据护卫统领章员所言，那刺客刀法大起大落，十荡十决，乃是真正的战阵杀法。其人必为岳飞旧部，阴魂不散。

奸相立刻着令章员，于天牢中，提出孟飞青。

一

八月初四，孟飞青奄奄一息地坐在涌金门下。

非常时期，临安城全城闭锁，只开了涌金一门，供人出入。城门里外，却是三千御林军，严阵以待，专等那刺客现身。

那刺客虽然蒙面，但身形、声音，却为多人所见、所闻，确凿是个魁伟男子，年约四十上下。因此老人、小孩、女子，都可酌情出入，而成年男子，则需被门前守军，细细排查。

孟飞青，便是这排查的最后一关。

他原是岳飞帐下的书记官。岳飞死后，他在临安奔走，身携万人书，想要为岳飞正名。终于被秦桧发现，关进了天牢，迄今已一年六个月有余。

章员踢了踢竹筐，笑道："孟飞青，这是你最后的机会，相爷让你来指认岳家军的人，正是把你废物利用。你若识相，就好好立这一功，说不定他老人家一高兴，便给你个痛快。"

孟飞青坐在筐中，被他踢得歪倒一旁，第一眼，便看见了焦锋。

焦锋这时正在一队等候盘查的男子中间，听见"孟飞青"的名字，他不由吃了一惊，后退一步。这一退，便撞上了后边的人，差点露了相。

好在其他人在看到孟飞青的时候，也都很害怕，才又把他藏了过去。

一年半的天牢拷打，早已将孟飞青摧残得不成人形。那么大一个人，却被塞在一个破箩筐里，被两个健卒，用一根竹杠串着，抬了过来。他被放在一张桌子上，箩筐震动，他的头便在筐沿上碰来撞去，没筋没骨，直似一摊烂泥。

那枯草一般的乱发下，是皮开肉裂的一张脸，昔日儒雅俊秀的"妙笔飞青"，如今已成了一只令人不忍多看的怪物。

"孟呆子？"焦锋心头剧痛，"真的是孟呆子？他们对你，到底做了什么！"

这时候，他距孟飞青尚有三丈，在他前面，尚有十二个普通百姓，在排队。

二

“焦不离孟，孟不离焦。”

在岳家军的时候，孟飞青和焦锋，就总被将士们开玩笑。

本朝军中，昔日孟良焦赞的事迹，早就传为美谈。所以，当焦锋投靠岳元帅的时候，大家马上就把他和原本就在军中的孟飞青，硬绑成了一对组合，仿佛他俩天生就该是伙伴。

“孟先生，你和焦将军谁的酒量更大啊?”

“焦将军，孟先生刚才到那边去了，是不是找你?”

可是实际上，他俩却偏偏是天生的对头。

焦锋出身军门，骄横粗鲁，不守规矩。因为不满上司懦弱，竟率领一支三千人的队伍，跋涉数百里，来投岳家军。惹得岳飞大被弹劾，花了半年多的时间，四处斡旋，才平息事态，保住焦锋的性命；而焦锋也因此被降职到底，又从士卒干起，慢慢积累军功，才恢复将职。

孟飞青则是儒生出身，据传还是亚圣的旁支。在岳家军中一直担任书记官一职，为岳飞出谋划策，细心周到，虽是文职，却广受爱戴。

他两人性格迥然不同，每逢大事，必然意见分歧。以岳飞遇害一事为例，岳飞才被撤职，焦锋便已逃得人影不见，而孟飞青则在军中接受了朝廷整编。后来帮助岳飞死后伸冤，孟飞青是上书圣上，含冤入狱，而焦锋选择了行刺奸相，甘受追捕。

与孟飞青相比，焦锋倒是没怎么变。

他比以前瘦了些，原本赳赳昂扬的身子，也略微被岁月和风霜压弯了腰，他挑着一副担子，一手扶着扁担，一手垂着，手臂修长，宛如铁铸。

他还是那么剽悍，只不过，那偶一转动的眼睛，眼神却由原本的刚猛，变成了阴鸷。若说以前战场上的他，是一头势不可挡的猛虎的话，那现在临安城里的他，则像是一匹阴沉暴戾的孤狼。

——原来就是他行刺了秦桧。

孟飞青仿佛一下子回到了牛头山，回到那烽烟四举、旌旗蔽日的战场上。他想象着湛蓝的天空下，焦锋自街边的房顶上纵马一跃，快马乘着风，巨刀切开人群的惊呼。寒光一闪，已将那奸相的大轿腰斩为二，令那杀死岳元帅的凶手，乌纱落地，魂飞魄散……

他原本已经干涸了许久的眼眶，不由得湿润了。

"焦将军……焦将军……"孟飞青在心里想，"原来你，也还没有忘了岳元帅。"

这时候，他距焦锋尚有二丈七尺，在他们中间，尚有十一个百姓在排队。

三

焦锋随着队伍向前移动一步，假装被灰尘迷了眼睛，用袖子擦了擦眼角的泪水。

他这时穿着一身布衣，挑了一副空担，打扮成一个菜农——或者说，他其实本来就是一个在城外种地，隔日进城送菜的菜农。收他的菜的，是临安城中数得上号的酒楼"临风阁"，他的菜新鲜又便宜，一直很受惠顾。

只不过这个菜农，却在七天前，偷偷运进城中一口大刀；又在三天前，偷偷运进了一匹快马；更在昨天傍晚，纵马扬刀，劈翻了秦桧的轿子。

从岳飞被十二道金牌召回之日起，焦锋就知道，元帅凶多吉少了。他没有办法改变岳飞的决定，就只好立刻逃出军营，隐姓埋名，准备为他报仇。

他偷偷跟着岳飞，回到临安，就在临安城外，找了个孤老，认了干爹，安顿下来。不久临安城传来消息，百战百胜的岳武穆，被下了狱，冤杀在风波亭。

他的干爹，一个什么都不懂的菜户，都为元帅难过了好几日。可是焦锋却一滴眼泪都没掉。因为他知道，这个时候了，哭有个屁用，杀了秦桧，才能算为元帅做了点事。

这两年，他老老实实地种菜、卖菜，只是偶尔偷偷地练刀、练马。

——元帅曾说，他的"泼雷刀"，又快又狠，万马军中取上将首级如探囊取物。

——如今要杀秦桧那废物，已经是杀鸡而用牛刀了。

"孟呆子，"焦锋在心里说，"想不到，你还活着……想不到，你已经受了这么多的苦……"

风波亭后，岳家军分崩离析。一般的兵卒往往被打散，并入其他军队；将领大多被削了兵权，转为半死不活的闲职；而那些与元帅走得更近的，则莫不遭遇重重审查，拷打折磨。

两年的时间，过去风光无限的岳家军，逐渐灰飞烟灭。昔日令金人闻风丧胆的名号，如今已经成了令自己人避之不及的一个标记。

焦锋在乡下，因为隐藏得早，没被秦桧的党羽发现。两年来，他再也没有见过一个岳家军的人。一起同甘共苦的同袍没有了，一起出生入死的兄弟没有了，金戈铁马没有了，气壮山河没有了……有的，是一畦畦鲜嫩的青菜，以及一天天平庸的等待。

今天，在这生死一线的时候，忽然让他看到孟飞青，一个过去在军营中，虽然并不投契，但却颇算得上相熟的故人，让他如何不心潮起伏，悲喜交加？

看孟飞青今日的惨状，想必曾经历了非人的折磨吧？据闻奸相手下，颇有几个擅长严刑逼供的酷吏。他们到底想从他的口中知道什么？这样的伤势，便是铁打的汉子也撑不下来，孟飞青一个手无缚鸡之力的读书人，又怎么挨得住……

忽然，焦锋的心头一跳，一丝不安，蓦地爬上心头。

——孟呆子从来都不是个强人，若是没挨住拷打，早已变节，可怎么办？

——他会念及旧情，放过自己吗？

这个时候，他距孟飞青只有两丈三尺，中间间隔九个人。

四

“……不是。”孟飞青低声说。

被前面的官兵搜过身的男子，又一一在他的桌前经过，被他辨识。孟飞青宣布眼前这个黑脸汉子并非岳家军旧部后，章员在那人的屁股上踢了一脚，骂道：“滚！”

那汉子忍痛出城去了。孟飞青的头靠在筐沿上，掀起肿胀的眼皮，迎上下一个人——他的视线，当然又若有若无地扫过了焦锋。

——焦锋，焦阎王，冲锋陷阵永远抢在最前面的……焦将军。

然后，他忽然发现，焦锋的眼神变了。

那原本因为重逢而激动，因为看到他的惨状而悲伤的眼神，忽然之间变得冷酷起来，而在那冷酷之中，更混有几分警惕和猜疑。

孟飞青愣了一下，然后就觉得一颗心，整个儿地沉入了冰窖。

——难道这人竟在怀疑自己？

——自己为了岳元帅的清白，已经变成了这副模样，可是这人竟然还在怀疑自己！

大丈夫有所为，有所不为。

当初十二道金牌急召，岳飞执意遵旨面圣，错失直捣黄龙的机会，所有人都觉得他因小失大，就只有孟飞青觉得，这才是大英雄的担当。

一个为将的，若是连天子的话都不听了，那他的征战，又有什么意义呢？打下万里江山，又哪有一个安心的所在呢？

可是如果天子听信佞言，枉杀忠良的话，则就又是他们这些做下属的，为元帅洗雪冤情、以慰英魂的时候了。

两年前，孟飞青潜入临安，怀揣一份万言书，串联多位大学士，准备金殿伸冤，却终于是败露了行藏，给秦桧的爪牙抓获。孟飞青及时将万言书销毁，自己却被投入天牢。

奸相做贼心虚，对孟飞青严加拷打，务求从他口中，问出那些曾在万言书上签名的忠良之士的名字。天牢大刑三十九，小刑如牛毛，孟飞青求死不能，日日如在炼狱。

如今，他自腰椎以下，已全然瘫痪。一双腿子，膝盖以下，已经烂得没了。两条手臂，一条已不知骨折了多少次，如今像条死蛇一般，一动也不能动，另一条却被削掉了皮肉，露出白森森的尺骨。

什么样的拷打，他都挺过来了。万言书上的名字，他未吐半字；秦桧想安在岳飞头上的罪名，他从未点头。他是天牢里最有名的硬骨头，甚至连自尽，都没有想过。

因为他求仁得仁。他不愿认输，不愿逃避，他要眼睁睁地看着秦桧倒台，好让岳元帅沉冤得雪！

……直到这时，他看到焦锋的眼神。

——那比最凌厉的刑罚，还要残酷的眼神。

五

这时候，焦锋和孟飞青之间的距离，两丈整，间隔七个人。

焦锋看见，孟飞青的眼神变了。

那青肿的眼眶里，孟飞青原本还有几分热情的眼神，这时忽然变得一片怨毒，望向焦锋的时候，直令他激灵灵打了一个寒战。

——果然是这样吧，这个人已经被奸相的折磨，摧毁了。

残酷的折磨以及持久的孤独，都能把人的勇气彻底磨灭。这两年，焦锋耳闻目睹，已经有越来越多的人，与岳家军划清了界限。

——何况，是孟飞青这样一个爱漂亮又怕疼的人呢？

“焦不理孟，孟不理焦”，在岳家军的时候，焦锋就看不起孟飞青。

也许在孟飞青看来，焦锋这样的将领，粗鲁无礼，徒具匹夫之勇，若是没有岳元帅统率，必是一盘散沙，一事无成；可是在焦锋看来，孟飞青这样的小白脸，同样只会指手画脚，根本就是白吃饭的。

不仅如此，焦锋还曾经亲见，孟飞青被流矢所伤，不过是肩膀上破了一点皮肉，居然就把膀子吊起来了半月有余，惹得焦锋那时经常有个冲动，想要过去，故意撞撞他的肩膀，听他雪雪呼痛。

焦锋忽然感到一阵悲哀。

——一个那么怕疼的人，却被拷打成了这样，即使最后还是背叛了吧……其实也算是挺英勇的了。

一阵彻骨的疲惫，忽然漫过他的全身。

曾经，焦锋认为，他对岳飞之死，早已有所准备。因此即使岳家军只剩下他一个，也一定可以为元帅报仇。可是两年来，随着越来越少的人提起岳爷爷、岳家军，他却渐渐地，没有了刚潜伏下来时的锐气了。

他开始喜欢种菜，他开始乐得接受“临风阁”菲薄的菜金。风波亭离他远了，朱仙镇离他远了，昨天他冒险行刺秦桧，不是因为已经有了一击成功的把握，而是担心再不动手，自己真的会成为一个老实本分的菜农。

如果连他这样铁石心肠的人，都会想要背叛元帅的话，那么孟飞青的变节，自然也就不是什么十恶不赦的了。

焦锋看了看左右。城门口，三千官兵严阵以待，两名将领都是临安城有名的好手；在孟飞青身旁的那个章员，是秦桧身边的第一高手，昨天三招之间，就在自己腰上划了一剑。

而焦锋，孤立无援，满身伤痛。他的马，已经在南城放生；他的大刀，已经在西城埋好，现在他唯一的武器，就只剩了藏在扁担里的一口单刀。

——以卵击石，毫无胜算。

焦锋看了看孟飞青，忽然把心一横："算了，就算是死吧。只要在临死之前，能将这叛徒杀了，九泉之下，我也无愧于元帅了！"

六

——他想杀了他。

孟飞青看见，焦锋向他这边瞟了一眼。只一眼，他就知道，焦锋对自己，已经动了杀心。

他太熟悉这个人的性格了。自以为是，莽撞冲动……听说岳飞抗金，便拉来一支队伍，私自投奔，害得元帅四面树敌；猜测秦桧要对岳飞不利，便口没遮拦，落人口实，令奸相陷害元帅时，又多一条罪名。

——现在他既然怀疑自己变节，当然就要杀了自己，为岳家军除害了！

他很讨厌自己吧？却不知道自己更讨厌他！

他很恨自己吧？却不知道自己更恨他！

——那么便指认他吧！

反正这人，成事不足而败事有余而已……

轮到焦锋搜身。他将担子放下，按官兵要求，将上衣脱了。

只见他的身上，纵横交织，尽是一道一道的伤口。只是那些伤口虽然红肿，却都已经结痂，并不像是昨天行刺时留下的。

搜身的官兵被他这一身的伤吓了一跳，问道："这都是哪来的伤?”

“俺大大前天从山上滚下来!”焦锋哭丧着脸说，“差点死了!”

“行了行了行了！少在这哭丧，穿上衣服，往前去!”

焦锋慢吞吞地穿着衣服，孟飞青却因为看穿了他的把戏，而暗自冷笑。

昨天焦锋被伤七道，伤痕一时无法清除，想来这人后来自己便又划了十几刀，才将伤口盖住；至于伤口结痂，则是他又用辣椒汁，擦拭伤口，将伤口强行“烧”住了。

——这个法子，正是岳家军当日抗金时，为求伤势速好，而发明的土法。

土法虽灵，但那疼痛，却绝非常人所能忍受。焦锋这一身刀伤，一一烧好，则所经历的痛苦，想想都令人胆寒。

想到他为了给元帅报仇，而如此牺牲，孟飞青的心里，也不由一阵凄苦。

焦锋拾起扁担，想必扁担里，便藏有快刀。

“算了吧……算了吧。”孟飞青默默想道，“便死在他的手里吧……至少我问心无愧，九泉之下，去见元帅，也算有个交代了。”

他们两个，相隔一丈，间隔两人。

七

焦锋向孟飞青走去，他看着他。

——来吧，让我杀了你。

孟飞青望着焦锋走来，微微侧了侧头。

——来吧，让你杀了我。

八

“哈哈哈哈！”孟飞青忽然笑了起来。

这时两人相距不过三尺，焦锋的手一抖，插在扁担中的单刀，差一点抽出来。

“你笑什么？”章员给孟飞青吓一跳，大声呵斥起来。

“刺客已经走了！”孟飞青大笑道，“刚才那个黑脸的，就是岳元帅帐下的大将焦锋！他今天没杀了秦桧，明天也会再回来，杀尽佞臣！”

——算了吧，算了吧……

他终于决定，还是要放走这和他命中犯冲的同袍，力保他走出这龙潭虎穴。

他看见焦锋蓦然瞪大了眼睛，而那握着扁担的手，也在一瞬间，爆起了青筋。想来，要在即将抽刀的一瞬间，再将刀势止住，也需要很大力气吧。

——我放过你了！

孟飞青瞪着焦锋。

——无论如何，你还是一个不愿忘记岳元帅的人。那么不管你对我有什么误解，你都还是我的兄弟！

章员大吃一惊，仓皇转身，大叫道：“刺客逃走了！快追，快……”

可是就在这时，刀光一闪，焦锋那又短又窄的单刀，却已经从扁担中抽出。血光飞溅，章员的人头飞出，尸身却被焦锋一脚蹬飞，撞进旁边的人群里。

“岳家军焦锋在此！”焦锋大吼道，一刀削断竹筐上的竹杠，拎着筐上的草绳，把孟飞青整个背了起来。

“岳家军孟飞青在此！”

孟飞青大吃一惊，叫道：“你干什么？”

“你没有出卖我，我岂能放弃你！”

焦锋大吼道：“今天，要死一起死，要活一起活！”

——够了，我也很累了。

——这大概是我最后一次，和岳家军并肩作战了吧！

九

“兄弟，我今天和你一起杀敌！”

“兄弟，我们今天一起杀敌！”

番外四

新战骨

南宋绍兴十三年，抗金名将岳飞已经死了两年多；皇帝赵构正式向金国称臣，也已经是去年的事了。朝野上下，一片惶恐，主战的仁人义士被贬的贬，杀的杀。“还我河山”的黎民泪，虽然还在颊上未干，但人人都知道，那已是奢望。

一

七月初三，蜀中麻石镇的菜市口，薛大手在卖猪肉。

麻石镇逢五一小集，逢九一大集，集上生意最好的档口，就是薛大手的猪肉摊。每次小集半口猪，大集一口猪，薛大手带着个小徒弟，往往过不了午，就能卖完。

“老板儿，给割块猪肉嘛!”

“好嘛，你要好多?”

“一餐饭能吃好多?”

“你家里吃饭，哪个晓得!”

“五口人，吃一餐……”

“你莫跟我说几口人、吃几餐！你就告诉老子，你要几斤几两!”

“好嘛好嘛！一斤二两三钱！割给我!”

“唰”的一刀，薛大手已在客人话音未落的时候切下来一块肉，交给徒弟五伢子拿荷叶包好。

“一斤二两三钱，十七个铜板儿!”

“你都没称一称……”

“少一钱，老子赔你一斤；少一两，老子把摊子都赔给你!”

每次集上，这样的对话总要发生个四五遍。有人真的不信邪，去别的摊子上借了秤称，结果那猪肉的分量果然如薛大手所说，不差分毫。

薛大手今年四十多岁，身形魁伟，膀大腰圆，整天一副大大咧咧的模样。

他总穿着一件青布坎肩，浸透了猪油，肚子的位置上磨得发亮。他有一双巨大的手，手掌肥厚，手指肚上满是一层一层的老茧，因为握刀太久，所以即使是休息的时候，也会自然地蜷成两个空心拳头。

“师父，”忙里偷闲，五伢子羡慕地说，“你这样的手，硬是要得！拿起切刀来，真像是生了根，长了眼!”

“你才是发昏!”薛大手随手切肉，随口教训徒弟，“切刀分肉，只晓得用手。”

“不用手，难道要用脑壳!”

“用心!”薛大手粗声大气地说，“和你说过好多次了嘛——‘要想切得稳，心头要安稳；要想分得准，心头要把准’!”

肉摊上方的铁钩上，挂着一条条新鲜的猪肉。下方的肉案上，一排剁着三把刀，剔骨、锯骨、切肉，一律刀柄向外。

薛大手握刀的手法很怪，是倒握刀柄，横着用刀。客人要哪块肉、多少斤，他一手握刀，凌空一推，铁钩上掉下的那一块，就一定是那一块、那么多。

从不拖泥带水，更不需要补刀。

“是嘛，是嘛!”五伢子很不服气，“道理哪个不会讲?”

薛大手一年前来到镇上做猪肉买卖，五伢子在三个月前，开始跟着他做徒。可是难度在于，薛大手讲起用刀的方法，却从来就只是那么又稳又准的两句。

“师父，咋样才算心头‘把得准’嘛?”

薛大手愣了愣，看看摊前的顾客，想要解释，却到底没有开口。

不知什么时候，天上风吹云动，阴了下来。

风里渐渐有了土腥味，天边也隐隐可见电闪，像是要下雨。行人脚下加紧，最后几个顾客买了肉后，匆匆散去。

“收摊喽!”

旁边卖菜的老许一边收拾，一边招呼他：“大手，还不收摊? 睁眼就落雨喽!”

“可是我还有半口猪，咋个办?”

“……反正要落雨喽!”

老许将菜装了两个大筐，用扁担一串，挑着走了。

五伢子眼巴巴地看着师父。

“还没到中午，落个啥子雨嘛!”

薛大手嘟囔着，从腰间摸出一枚磨得锃亮的铜板，丢起来一接，捂在手里。

“咋个说?”

五伢子早就习惯了师父大事小事都抛铜板才能决定。

薛大手小心翼翼地抬起左手，右手掌心里的铜板，是个正面。

“老天爷喊我们不许走!”

他把铜板拈起来，吹了吹才掖回腰带里，“卖了这半口猪，管他落不落雨。”

二

大雨倾盆。

又粗又密的雨线从天而降，地上、房上都溅起了半尺高的水雾，天地间一片喧嚣，这种时候要是还有来买猪肉的人，才见了鬼。

幸好薛大手的肉摊是个竹棚，总算还有个遮挡。五伢子摇着头，叹着气，独自站在肉案后，对着那半口猪练刀法。

薛大手搬了把竹椅到棚檐下，脱了鞋袜，将双脚探进雨里。

雨水清凉，淋在他的脚上，又痒又爽，四处空空荡荡，迷迷蒙蒙，仿佛与世隔绝。

五伢子在后边嘀嘀咕咕地念叨着口诀。

薛大手望着檐前冲下的水柱，不知不觉，五伢子的声音好像又变回了那个人的声音——在那一片挥之不去的厮杀声、金鼓声、号炮声中，那个人的声音听起来，也是那么温和。

“要想杀得稳，心头要安稳；要想斩得准，心头要把准……”

薛大手举起自己的双手，却看见那一双本应稳如磐石的手，仍然在微微发抖。

突然，薛大手的耳朵一动。

长街东头的雨幕中，传来了一种他熟悉的声音。

——许多人一同踏在积水里，落足、拔足，发出的“哗哗”声。

——声音沉闷，必是人多；整齐划一，必是行伍！

薛大手猛地回过头来，雨幕中，一支沉默的队伍由模糊到清楚，笔直地向他的肉摊跑来。

那是一支由一百名步行官兵组成的二龙出水阵。

“格老子……”

薛大手脸色一变，喃喃道：“莫是要来寻我的吧！”

他跳起来，想往肉案走去，走了两步，却犹豫了。匆忙掏出铜板来掷了一回，又坐回了竹椅里。

那队官兵队伍的前面，有一员将领，骑在一匹黑马上。

他穿着一身黑衣黑甲，背后背着两面黑旗。黑铁的头盔上，放下了乌金面罩，遮住他的颜面，只露出两只鬼火一般通红的眼睛。

他的手上戴着黑丝手套，握着一杆乌黑的长矛。

从雨幕中冲出来，雨水在他的身上蜿蜒流下，令他的盔、他的甲、他的矛、他的手、他的旗，都仿佛有明光流动，活了一样。

薛大手坐在竹椅中没有动，五伢子在肉案后边却绕了出来。

“老天爷，这是搞啥子？”

那黑甲人指挥士兵，二龙出水阵转一字长蛇，迅速将肉摊包围。自己则催马向前，像是一座山一样，巍巍向薛大手压来。

“你就是薛大手？”

黑甲人的马停在肉摊三丈之前。人在鞍上，他的声音压过雨声，闷雷一般传来。

薛大手咽了口唾沫，把心一横，道：“客人想要几斤肉，几成肥，几成瘦？”

“你卖的什么肉？”那黑甲人森然道，“人肉？”

“官爷，不敢乱讲！”

五伢子急忙分辩，“我们进的都是上好的猪肉！”

黑甲人鬼火一般的眼珠一横，狠狠地瞪了五伢子一眼，然后又发出一声干枯的笑声。

“我只是想不到，岳家军军中第一行刑手，号称‘刀不留头’的薛大刀，会隐姓埋名，来这么个穷山沟里卖猪肉。那些死在你刀下的猛将，胡经熊、马灵、完颜磨磨……地下有知，该是多么羞耻！”

“哗啦”一声，薛大手坐着的竹椅发出好大一声响。

薛大手脸色发白，好久才道：“薛大手，才是我的本名！”

“师父，”五伢子却惊得叫了起来，“你是岳家军的人？你见过岳爷爷？”

“你莫多话！”

薛大手挥了挥他蒲扇一般的大手，终于道：“这里莫得你的事！”

三

要想杀得稳，心头要安稳；要想斩得准，心头要把准。

这是岳元帅当年教薛大手斩人的秘诀。那时薛大手第一次行刑，处决的就是贻误战机的裨将胡经熊。薛大手从没杀过人，连斩四刀，全都砍在了胡经熊的肩上、背上。

胡经熊血流满地，大叫："元帅，给我个痛快！"

岳元帅于是站于薛大手身后，手握薛大手的手，助他挥出一刀。

一刀，便将胡经熊人头砍落。

那一次薛大手又哭又吐，下去之后，便求岳元帅撤了他处刑之职。岳元帅却只模仿川话，教了他这四句口诀。

从那之后，薛大手行刑便越来越利落。

到了后来，只要岳飞下令，无论是老是小、是健是弱、是跪是卧、是静是动，只要薛大手一刀挥出，包管刀过头落，万无一失。

他的名号，也不知不觉从薛大手，变成了薛大刀。

甚至连岳元帅看了他那倒提柄、反推刃的一刀，也不禁感叹其如羚羊挂角，无迹可寻。

"那么，你是认了？"那黑甲人杀气腾腾地笑道，"岳飞伏法之后，相爷亲自下令，命岳家军原地解散，所有士卒全部重编，并入张、韩、刘、王四位将军麾下。你应该在去年二月，就到张俊将军处报到。为什么逃了？"

"跟张俊去做啥子？还不是给他杀人？老子掷铜板，老天爷说，不想杀就不要杀喽！"

薛大手在椅中换了个姿势，手指一弹，铜板跳起半尺，打了几个转，又落入掌心。

"你逃，就是造反！造反，就是死罪！"那黑甲人猛地擎矛一指，大喝道，"拿下！"

马上就有四个士兵手持挠钩绳索，向薛大手逼来。五伢子怕得膝盖发软，薛大手却只是低下头，张开了手。

他的手心里，锃亮的铜板这次是背面朝上。

“格老子！老天爷说，让你们抓不得！”

他忽地跳起来，一把抄起了竹椅，猛地向黑甲人扔去。

黑甲人的眼中红光一炽。

“你敢拒捕！”

“轰”的一声，他催马向前。黑人、黑马、黑矛，排山倒海似的一撞，薛大手的竹椅才一出手，就已经被他一矛刺中，整个炸成了碎片。

本已靠近了薛大手的四个士兵中，有一个发出惨叫，被竹片刺在脸上，滚倒在地。

薛大手就地一滚，已经来到了肉案前，手一伸，又犹豫了一下。三个追着他过来的士兵，两个扬起挠钩，一个则甩出了绳结。

刀光闪动，三个士兵同时痛号，一起向后退去——其中一人的腿上插着剔骨刀，一个的肩上嵌着锯骨刀，最后一个人血流披面，却是被薛大手用最巨最阔的切肉刀，当脸砍了一记。

——那是好快的刀！

薛大手右手倒提切肉刀，举于胸前，左手扶于虎口。他背靠肉案，站在棚檐下，雨帘从他的身前挂下来，那脏乎乎的卖肉汉子，一下子变了一个人。

他的脸上，也被挠钩划出一道口子。可是鲜血却让他更加杀气腾腾。

“师父，你好厉害呦！”五伢子又惊又喜，“这是岳爷爷，教给你的刀法？”

“你还不走，等着死啊！”薛大手骂他一声，又狠狠地望回黑甲人，“格老子！不给老子活路？老子把你们一个个斩成段段！”

四个伤兵跌跌撞撞地逃回本队，黑甲人却只是看了看那脸上中刀的士兵。

"'刀不留头'？可是这三个人，挨了你的刀，怎么一个也没有死？"

他那罩着乌金面具的脸，仿佛挤出了一个狰狞的笑容。

"你不是不想杀人，你是杀不了人了！"

薛大手咽了口唾沫。

他的后腰顶着身后的肉案，心里又后悔起来。

四

要想杀得稳，心头要安稳。

——可是薛大手的心，还怎么能稳？

要想斩得准，心头要把准。

——可是薛大手的心，早就已经把不准了！

在岳家军，他的心一向很稳，因为他知道他的刀，其实是岳元帅的刀；他的人，其实也是岳元帅的刀。岳元帅统领三军，肩负重任，有时候必须要杀一儆百，以立军威、严军规、正视听。

薛大手只要想到岳元帅英明神武，处决任何人一定都有良苦用心，自己刀下死的任何人都有助于将来光复山河，他的心便异常地稳。

于是，刀也便异常地准。

到后来，他杀人越多，心里越静。岳家军渐渐有了"撼山易，撼岳家军难"的威名，而他也终于在不知不觉中，悟到了极其高明的刀道，达到"万无一失"的地步。

可是自从岳元帅被十二道金牌召回之后，薛大手的心就全乱了。

——如果岳元帅没有过错，他为什么会放弃直捣黄龙的大好局面，回朝认罪？

薛大手陷入到巨大的恐慌之中。

如果岳元帅有错，则他以前杀的那些人，是对是错？他不敢再相信岳飞，却也知道秦桧、张俊不是好人，于是才改回本名，逃回蜀中老家。

现在他的刀法虽在，但刀意全无。切切猪肉还没问题，杀人？他又没了信心。

如果他相信岳飞，他就必须怀疑他。

可是如果怀疑了他，他又怎么能继续相信他？

他本就是一个没有主意的懦弱之人，说到底，即使是天下无双的断头之刀，一旦失去了握执它的“手”，也不过是块凡铁而已。

喧嚣的雨声，像是一片战鼓，不停地敲。

薛大手走进雨里，一下子便被从头到脚地淋了个精湿。

他硬着头皮迎向那黑甲人，横在胸前的切肉刀，被从天而降的雨点，砸得叮当作响。

他的心中一片纷乱。

——真的要打吗？逃兵是一回事，真正与官军为敌是另一回事。

——真的要杀吗？为敌是一回事，真的杀人则是另一回事。

“格老子！”薛大手大吼道，“你们也是当差的！放老子走，老子不斩你们这些龟孙！”

黑甲人沉默着，一催马，马蹄沉重地向前踏下。

“你的鬼头刀呢？”

薛大手只觉眼前一黑，呼吸都有些艰难。

——如果来得及的话，他真应该再扔一回铜板，好决定一下对策。

骤然间，两人加速向前，密集的雨幕被他们一冲，登时一片紊乱！薛大手挥起一刀，正是他自那数不清的处决当中，悟出的极致一刀、必死一刀！

那一刀，绕过了黑甲人所有的动作，竟在他刺出的密不透风的矛影之中，反推了进去！

一瞬间，所有看到这一刀的人，都不约而同地感到，自己的颈上仿佛也是一凉。

只要一刀推到，黑甲人的头颅必然和肉摊上的猪肉一样，足斤足两地跌落。

可是“砰”的一声，摔出去的，却是薛大手。

就在刚才那不容交睫的一刹那，黑甲人骤然一低头，他背后的两面黑旗，立刻就像两只黑鸦，振翅飞出，直攫薛大手的面门。

薛大手挥刀一挡，两面黑旗，登时一左一右，高高飞起。

可是黑旗的旗角，却在他的脸上猛地一抽，沉甸甸地，抽得他眼冒金星。

“嗤”的一声，黑影一线，自四片黑旗中穿出，直刺薛大手。

居然是那黑甲人在这一瞬间便收回了走空的长矛，苏秦背剑，反手又自肩膀后刺出。

蛇矛分叉的矛尖，端端正正地卡住薛大手的刀刃。

矛尖上的力量笔直地传来，薛大手像是被攻城锤猛地撞在胸前，闷哼半声，倒飞出去，重重摔在雨地里，切肉刀也甩出几步远。

那黑甲人勒着马，慢慢向后退去。看起来随时会发起下一轮的冲锋。

“喀、喀”两声，那飞走的两面黑旗，如有灵性，从半空中落下来，又端端正正地在他的背后插好。

薛大手躺在积水之中，天旋地转，一条右臂疼痛欲裂，简直疑心臂骨已经断了。眼睁睁地看着那口切肉刀，却再也抓不起来了。

忽然有一只手，猛地在地上抄起了他掉的刀。

“五、五伢子……”

薛大手抬起头来，看见自己的小徒弟瘦骨伶仃地站在雨里，一身黑布的衣裳，紧紧地贴在身上，反射水光。

“五伢子，你莫多事，你快走！”

“你是我的师父，我是你的徒弟！”五伢子反手握刀，拦在黑甲人的黑马前，“你是岳家军，我也是岳家军！岳家军有得进，莫得退！”

五

那少年英勇的身姿只保持了一眨眼的工夫。

再一眨眼，那黑甲人黑甲、黑马，便又乌云盖顶一般撞了过来！

“啊——”

五伢子大吼一声，也向黑甲人冲过去。

“叮——噗”，长矛磕飞了他的刀，又刺穿了他的肩膀。

五伢子惨叫一声，已被那黑甲人挑得两脚离地，整个人串在长矛上，两个人、一匹马一起撞进了薛大手的肉摊棚子。

竹棚剧烈晃动，五伢子短促地叫了几声，便没了声息。

再传出的，便只有那一声声，令人毛骨悚然的长矛穿透肉体、又穿透竹棚的声音。

“五伢子！”

薛大手挣扎着爬起来，踉踉跄跄地扑到肉案前。

“你莫动他！你有本事，就冲着我来！”

“哗啦”一声，竹棚整个地塌了。

棚顶破碎，茅草四散，露出仍然端坐在马上的黑甲人，他的脸上、胸前尽是鲜血，一根长矛更像是刚从血池里捞出来的。

“五伢子……”

“这种忠勇愚昧的傻瓜，全都是短命鬼。”

黑甲人转过头来，一双赤红的眼睛，在雨里燃烧。

薛大手看着他，一瞬间脑子里想到的，竟然只是跪下来，求这人快一点把自己杀死。

黑甲人一兜马，黑马居然又从那早已不存在的“门口”兜了出来。薛大手动弹不得，勉强回过身来，死死地看着他。

“噗”的一声，黑矛刺穿薛大手的右肩，将他整个钉在肉案上。

“岳飞、岳家军，全都要死——不过你，也许可以留一条命。”

鲜血如泉，迅速殷红了他半边身子，薛大手浑身颤抖，却感到一阵解脱。

“临阵脱逃，见死不救，你已经不是岳家军了，你不配。”

薛大手的身子忽然一震。

他单手抓着矛杆，整个人都吊在长矛上，却挣扎着抬起头来。

“为……为……”

“嗤”的一声，黑甲人收回长矛，薛大手转了半个圈子，重重摔倒在地。

一点亮光从薛大手的腰里飞出来，“咚”的一声，落在地上，沉到了泥水里。

——正是那枚他一直帮自己下决定用的铜板。

黑甲人催马向前，在豪雨中，他仰面向天，展开双臂。雨水冲刷，从他长矛、黑马、铁甲上流下的血水，渐渐从赤红变成粉红。

身后，士兵们忙着把薛大手从地上架起来。

“为……为啥子……”肉案那里，那重伤之人，还在不清不楚地追问，“为啥子！”

“嚓铮——”

嘈杂的人声、雨声中，忽然响起一声尖锐刺耳的金属刮鸣之声。

士兵们蓦然发出一阵惨呼。

“刀，他还有刀！”

黑甲人猛地回过头来！

几具无头的士兵尸体，正缓缓倒下，围成一圈如同鲜花盛开，露出居中的薛大手。

薛大手垂着右臂，左手里却多了一柄巨大的象鼻鬼头刀。

“大人，”有士兵连滚带爬地过来报告，“他在肉案底下还藏着一把刀！”

——那肉案宽四尺，长七尺，怪不得能藏下那把刀。

——又怪不得这人一直在它附近流连不去。

黑甲人冷笑一声，鬼火似的眼睛，望向那口大刀。

——刀身四尺，刀柄二尺，卷头阔刃，血槽里的余血如同小河，汩汩流下！

“这才是薛大刀的刀？”黑甲人森然道，“你这时候才拿出来，不觉得已经太迟了吗？”

六

如果他相信岳飞，他就必须怀疑他。

可是如果怀疑了他，他又怎么相信他？

“格……格老子！”

薛大手单膝跪在水里，如果没有鬼头刀的支撑，几乎就要整个仆倒在地，昏过去了。

可是有一个问题，却像一根剧痛的刺，在他的心里。

如果没有问清，他根本就昏不了，也死不了。

“为啥子……为啥子我就不配做岳家军？”他几乎是用吼的问道，“岳家军又不是啥好行当！岳元帅自己都有过错，给皇帝砍了脑壳，我们又能说啥子！”

黑甲人远远地看着他。

“岳……岳元帅有过错，对不对？”

黑甲人眼中的鬼火闪了闪。

“全天下的人都信岳飞。秦丞相都信岳飞。你是他的部下，你居然不信他。”

“我信他？皇帝都不信他！”

他压抑了两年的愤怒和委屈，突然一口气地爆发开来。

“老子一直信他，可是他对不起老子！老子给他杀人，背了几百上千条人命，可是他扔下岳家军，根本不管老子！”

黑甲人催着马，“嘚嘚嗒嗒”地向他走来。

包围薛大手的士兵，连忙向两边让开。那几个断头士兵尸体，还在不停地流出血来，染红了一大片的泥水，触目惊心。

“你的刀法变了？”黑甲人突兀地道，“是不是我说，你信岳飞没有错，你的刀法就会变好？”

薛大手愣了一下：“啥子？”

“是不是我说，你没有信错岳飞，你的刀法就会变好？”

“啥……啥……”

薛大手张口结舌，可是身上却骤然起了一阵寒栗。

——岳元帅。

他仿佛突然感到，岳元帅又站在他的身后，握住了他的手，他的刀。

“你……你说，”薛大手艰难地道，“我信岳元帅……莫得错？”

“当然没错。”

“那为啥子……皇帝要杀他？”

“因为皇帝错了。”黑甲人简单地说。

“轰隆！”

天边响起一声炸雷。

白亮的电光中，薛大手的脸色忽然白得毫无血色。

黑甲人简单的几个字，突然间给了他一个他居然从没想到过的理由。

——为什么他宁愿怀疑岳元帅，也没有去怀疑皇帝呢？

——为什么他居然会去怀疑岳元帅呢？

“哈哈，哈哈！”

他忽然大笑了起来，笑声中满是狂喜，可是笑着笑着，却又哭了。

“元帅，我是个猪脑壳！我是个猪脑壳！”

两侧的士兵们看着他，不明所以。黑甲人勒马停在四丈开外，凝立不动。

薛大手忽然一挺身站了起来，单手提刀，站得稳稳地，像是面对千军万马的冲锋，再也不会后退一步。

“现在你能让我见识岳家军‘万无一失’的刀法了?”

黑甲人看着他的鬼头刀。

“要想杀得稳，心头要安稳；要想斩得准，心头要把准!”

“你说什么?”

“贻误战机者，杀！争功倾轧者，杀！陷害忠良者，杀!”

薛大手猛地抬起头来，他单手擎刀，散开的头发被雨水打湿，一绺一绺地垂下来。原本混沌的眼睛，在这一刻，忽然变得亮如冷电。

“岳家军刽子手薛大刀，来送你上路。”

七

那黑甲人愣了愣，一双火炭一般的眼睛，越来越亮。

雨水从他的盔沿上滴下来，几乎被他那像要烧起来的眼睛，烫得“滋滋”响。

“你能杀我?”

他一反手，打掉了自己的头盔。

他的脸上，纵横交错，满是狰狞翻卷的伤疤，配合那双鬼火一般的眼睛，令他看起来，更加不像一个活着的人。

“那你就来杀我吧!”

大喝声中，他猛地向前一催马。黑马长嘶一声，立时“轰”的一声，向薛大手冲来。

“噗啦——”

两面黑旗从他肩后飞出，凌空一展，一上一下，向薛大手投去。

薛大手倒提刀，阴阳把，凝然而立。

黑旗在暴雨中上下盘旋，与黑矛如同一头乌黑的三头狂龙，嘶吼着震碎层层雨幕，向薛大手的身体咬去。

薛大手猛地抬起头来。

雨幕、冷风、黑矛、黑旗、黑马……仿佛在这一瞬间，全都凝固了。

“斩！”

他大喝一声，一刀如同冷电，遽然推出！

“轰隆！”

一人一骑交错而过，两面黑旗猛地飞上半天。

漫天的血雨，高高扬起。黑马硕大的头颅掉在地上，身子却还是向前冲去。黑甲人端着黑矛，矛杆的顶端上，却已没了矛头。

马尸栽倒在地，鞍上的黑甲人猛地用短矛在地上一撑，人没有摔下去，狰狞的头颅，却在肩上一滚，掉下地来。

两面黑旗“噗啦啦”地飘落下来，旗头已断，在他的尸身两侧，缓缓委顿于积水。

——马头、矛头、旗头、人头。

一刀五头，刀不留头！

那鬼一般的“鸦将军”，竟然不过一招，便身首异处。左右的官军，被这神乎其技的一刀吓得肝胆俱裂。薛大手收刀、立式，血水从他的刀上、身上不停歇地蜿蜒而下。

他抬起头来，刀锋冰冷，他的眼神，却还比刀锋更冷三分。

官兵们愣了一下，不约而同地大喊一声，一哄而散。长长的青街上，一瞬间，除了薛大手、除了那黑甲人的尸体，已经没有了人影。

血污，被雨水慢慢稀释。薛大手的眼神，也渐渐融化下来。

他恍惚了一下，垂下手，大刀拖了下来。黑甲人的尸身，与那已经面目全非的肉铺就在他的身边，薛大手犹豫了一下——

终于慢慢地向北方踽踽而去。

番外五

倒悬旗

南宋绍兴十五年，抗金名将岳飞已经死了四年多；皇帝赵构正式向金国称臣，也已经是三年前的事了。朝野上下，万马齐喑，黄河两岸，风平浪静。那个人“直捣黄龙”的豪言虽然音犹在耳，但人们的心，却终于一点一点地冷了下去。

没有明君圣主，没有忠臣良将，没有半壁江山……日子，似乎也便这么过了。

一

春天，他备好了马，备好了刀。

马是好马，通体雪白，长鬃猎猎；刀是好刀，百炼精钢，寒光闪闪。

白云悠远，青草柔软，在这片草坡上，他游目骋怀，逸兴雄飞。白马在他身旁垂着头，一口口啃食草茎，发出“咯嘣咯嘣”的脆响。

远处山坡下的城门外，进出的行人川流不息。

几个守城的金兵拄着长枪，百无聊赖地打着哈欠，偶尔拦下一两个人，略作盘查。

他笑了笑，弯腰为白马紧了两扣肚带，直起身又按了按背上两杆卷起来的护背大旗。白马通灵，知道他已经准备好，也抬起头来，甩甩长鬃，轻轻喷着鼻息。

他翻身上马，猛一磕镫。

“驾！”

白马人立长嘶，嘶鸣声中，一人一马，已猛地顺着山坡冲了下去。

蹄声如雷，去势如电，一眨眼，他就已经来到城门前百步之处。松懈的金兵终于注意到他的异常，为首的两个人往前一抢，一左一右地，就举起了长枪。

“站住！杀了你！”生硬的汉话喝道。

他两眼圆睁，嘴角提起，露出一个凶狠的笑容。一手提刀，一手在腰后的绒绳上一拉，“泼剌”一声，背后的那两杆护背旗就已经猛地抖开。

旗帜迎风招展，白底上滚着赤红的火焰边，正中绣一个大字——

“岳”。

“是岳……岳家军！”

左边的金兵愣了一下，猛地怪叫一声，往后一退，脚下发软，已是一屁股坐倒在地。

而右边的一个，则一转身，扔了长枪就跑。

一个字，就可以令金人闻风丧胆，望风而逃。

——没错，他是岳家军！

——岳元帅麾下，大破拐子马、铁浮屠的岳家军！

人如龙，马如虎，他大喝一声，便已旋风一般，闯入城门！其余金兵反应不及，只能在他身后发出一片惊叫。

马不停蹄，目不斜视，他在马上露出微笑。背上的那两杆“岳”字旗，在他耳后发出“泼剌剌”的风响。他毫无迟疑，绝不停留，像岳元帅手中的那杆沥泉长枪，摧枯拉朽，笔直地刺入了这座名叫“颖昌”的城池。

——五年前，一切在这里开始；

——五年后，一切都将从这里继续！

春天，韦忠从馒头铺回来，发现家里的大门关着。

算算时间，金营也快晚点卯了，他于是就在门口蹲着等着。墙角上不知被什么人画了一只王八，韦忠捡了块石头，把它慢慢涂了。正涂着，他老婆胡氏出来把门开了。女人头发很乱，衣衫不整，襟口草草掩着，胸前还露着一块桃红色的肚兜。

看见他，女人愣了一下，挺不高兴地“哼”了一声。

韦忠默不作声，跟着女人进了堂屋。屋里很暗，他眼睛一扫，就看见卧房里，金将哈苏该正赤条条地躺在床上，鼾声震天。

胡氏冷着脸进了厨房，叮叮当当地做饭。过了一会儿，先给韦忠倒了碗清粥出来。粥清得能映得出人影，韦忠在桌前坐下，从怀里掏出白天剩下的四个菜夹馒头，一拉溜放好，然后从左边拿起第一个，一口馒头一口粥地吃。

又过了一会儿，哈苏该也起床了，哈欠连天，披着衣服走了出来。

这回胡氏已经热好了几斤羊骨头，又烙了十来张烙饼，用两个青花大盘装了，香气扑鼻地端出来。哈苏该挠挠毛茸茸的胸膛，在韦忠对面坐下，一手抱着胡氏，一边吃肉，一边叽里咕噜地说个没完。

虽然已经很像汉人，但这金人这时说话，还是用的金文。胡氏在他怀中坐着，小鸟依人，结结巴巴，手舞足蹈，居然已经能和他有说有笑。韦忠低着头，一小口一小口地喝粥。吃完第一个馒头，自然而然地又按顺序拿起了第二个。

他就这么无声无息地坐着，佝偻着，像是一根碍眼的木头，一根扎在肉里的刺。不声不响，但却让人不得不在意。哈苏该抱着别人的老婆，虽然粗鄙，却也觉得别扭，狠狠瞪他几眼，偏偏韦忠把脸埋在碗里，完全看不见。

“当”的一声，哈苏该终于没了兴致。把正啃着的一根棒骨往桌上一扔，推开胡氏，气哼哼地起身走了。胡氏见他生气，连忙跟着，送了出去。

韦忠眼皮不抬，把第三个馒头吃到最后一口，泡到了粥里。

那一碗筷子追着米粒跑的清粥，早已凉了，却好像是永远喝不完似的。

“让你初一十五别回来，你就是非要在这现眼！”

胡氏送走哈苏该，随手拿个笤帚疙瘩在门口掸身上的土。扫得尘土飞扬，这才又回来坐下，“回来看着你老婆给你戴绿帽子，你脸上好看？”

韦忠垂着眼皮，无动于衷地看着粥里的那块馒头吸饱了米汤，慢慢变大。他做的馒头一向分量十足，四个，实在不是他一个人能吃得完的。

夹菜里的一点油星从馒头里滚出来，他用粥馒头就着夹菜馒头，开始吃第四个馒头。

“我知道你就是想恶心我们。你不自在，我也别想自在。可你也不想想，我给你挣来了钱，挣来了命，你要是有种，你就把我给杀了，把哈苏该给杀了，也算你是个男人。你又没这个种，你还装啥爷们儿？八杠子打不出个屁来，你能恶心谁？”

胡氏冷笑着，油腻的嘴唇上下翻飞，吐出一串串恶毒的话来，一个字一个字地扎上韦忠的心。她满意地看着韦忠的脸色越来越难看，随手捡起哈苏该刚才扔下的棒骨，熟练地从骨缝里抠出一条哈苏该没啃干净的肉丝，抿进嘴里吃了。

“要是没有哈苏该，我跟着你哪辈子能吃着一块肉……”

胡氏说了一半，忽然觉得羊肉冷了膻得厉害，吃得她真的一阵恶心，于是只好又吐了。

韦忠猛地放下碗，碗里空空的，那碗清粥终于喝完了。

“告诉你，你别把我惹急了！”胡氏干呕了两口，冷笑道，“惹急了我把你的底全都抖出去，大不了谁都不要活了！”

韦忠的身子震了一下。他站起身，四个馒头，一碗粥，撑得他小腹剧痛，他慢慢地转过身去，慢慢地走出了家门。

二

——颍昌之后，是蔡州！

他快马加鞭，大笑一声，冲入蔡州城。

城门后，一条南北大街，贯穿全城。街长十里，沿途共有大小店铺一百四十一个，路口二十九个，行人上千，金兵数百。

南门守城的金兵只听见一声马蹄脆响，他便如从天而降，纵马驰入。

两杆“岳”字旗，迎风招展，如同他背后两幅扇动的翅膀。

“拦住他！”有人叫道。

可是拦不住。刀光一闪，他人在马上，手中的长刀已如冷电惊龙一般，抢先劈到，人借马势，力大刀沉，“喀啦”一声脆响，已将金兵仓促结成的阵线冲破。

“站住！站住！”

金兵人仰马翻，追赶不及，只能鸣锣示警。

蹄声、锣声，登时暴雨一般，扩散开来。闹市街头，人们惊慌失措，纷纷闪避两旁。一个卖梨的少年反应稍慢，与他当头撞上，为他气势所逼，躲闪不及，一下摔倒在街心。

“驾！”

他提缰一带，白马四蹄一蹬，已经高高跃起，就在那少年的头顶上，霍然飞过，重又落回到青石街道上。“哗啦”一声，铁蹄踏起点点火星。

而火星未灭，这一人一马，又已疾驰向前。

他背上的“岳”字旗迎风招展，仿佛是他肩头上两团明亮的烈火。越来越多的人看到，有人惊呼道：“岳家军！……是岳家军来了！岳爷爷来了！”

他在鞍上听到了，精神振奋，笑容更大，马速更快。

——恍惚间，仿佛又回到了北伐当日，百姓夹道欢迎岳家军的那一天。

——恍惚间，仿佛又回到了气吞山河的那段岁月。

只不过转眼工夫，他就已经贯穿蔡州，来到了北门。

“你是什么人?”

北门城下，一个听到北城锣响，刚好提兵上马的青面金将大喝道。

然后，金将就看到了他背上的旗。

“岳……岳……岳家军?”

青面金将骤然惊慌失措，他已如风而至。刀光一闪，他与那金将擦身而过。

金将怪叫一声，人在马上，身子却转了半个圈。

“当”的一声，金将手中的狼牙棒举起一半，已脱力落下。金将怪眼圆翻，胸腹前猛地喷出一道血箭，已在一刹那间，被他快刀劈中。

他放声大笑，单手提刀，一气冲入了蔡州城外广袤的原野。

韦忠的馒头铺，离他家三里，在城南一角。

本城的兵营在城北，南城轮值的金兵要想中午回营吃饭，实在太不方便。于是从去年起，就由金将哈苏该做主，将守城金兵的午饭包给了韦忠的馒头铺。

每天寅时，韦忠到铺子里开工，烧水、和面、切馒头，一个人忙活。他有一个五层的笼屉，每层可以蒸三十个馒头，先后蒸四屉，便可得六百个。然后在另一个灶上再炒三锅咸菜，趁热夹入馒头。便可赶在巳时左右，送五百个上城去。

虽然本小利薄，但在这乱世中，却已是不知道多少人眼红的稳当营生。

从城头上下来，往往就已经是未时了。韦忠回到馒头铺，把剩下的一百个馒头，散卖给街坊。再为第二天劈好柴，发好面，挑足水，就像个陀螺，不到申时停不下来。韦忠身上永远沾着面粉，一双袖子也总是高高地挽到肘上，今年虽只二十六岁，可是外表看来，却已经像是三四十岁了。

没有人能想到，七年前，他还是一个岳家军。

——并且，是每次作战，冲在最前面的，最勇敢也最威风的岳家军！

申时，韦忠揣着卖剩的几个馒头，如例回到家里。房门虚掩着，今天哈苏该不会来。韦忠随手推开门，走了进去。眼前摇晃着的那双脚，让他一瞬间有点糊涂。顺着那双脚看上去，他才看见了胡氏悬在梁上的尸身。

那女人高高地吊在房梁上，舌头吐出，两脚垂下。胯间失禁的秽物顺着裤脚滴滴答答地淌下来，已在地上积了一摊。

韦忠愣了一下，往后退了一步，又撞上了门。

于是黄昏时屋内的光线，又是一暗。韦忠冷静了一下，将馒头放到一边，才将女人的尸身放下来。女人无疑已经死了，身子都已经开始发硬，但是脸上居然还凝固着一个古怪的笑容。韦忠把她放在地上，看着她的脸，很长时间都想不明白，她这样一个早就习惯了不要脸的女人，为什么看起来竟像是自杀了。

然后，他就看到了旁边屋角扔着的两个药包。

用草绳扎在药包上的，还有一张药房的方子。韦忠解下那方子，看见上面的药都是黄芩、白术、砂仁等物。

这些药似曾相识，韦忠反应了好一会，才发现那竟是保胎用的。

——那么，胡氏是又有孕了？

忽然间，韦忠只觉天旋地转，脚下一软，坐到了地上。

胡氏与哈苏该通奸后，他就再也没和她同房。这个孩子就是那金人的，胡氏这两天总觉得恶心，原来是怀了那金狗的杂种。

这天晚上，韦忠摸着黑，为胡氏换了衣服，梳了头。

回想起来，胡氏和他成亲的时候，并不是今天这样污浊淫秽。

乱世之中，她那教书的父亲死于金人铁蹄之时，她还是个知书达理、娇羞动人的女子。可是与韦忠结婚之后，他们的日子越过越艰难，她才变得越来越势利，越来越寡廉鲜耻。

把胡氏的头放在自己膝上，韦忠为她一下一下地梳着头。

一直以来，他都有愧于她。世事艰难，在这金人治下的城中，汉人还想要活着，便已经要卖掉良心，扔下脸面。认识哈苏该之后，胡氏施展手段，好不容易才做了那金人的姘妇，不仅自己饿不着，还让哈苏该给了韦忠一条财路。

他以为他们都已经习惯了这样的日子，即使每天活着都是折磨，但至少可以活下去了，可是今天才知道，原来有些事情，这女人还是无法忍下去。

韦忠挣扎着离开胡氏，在黑暗中抓起他带回来的馒头，狠狠地堵住了自己的嘴。他一口一口地咬下面块，可是喉头发哽，原本香甜的馒头，却无论如何也咽不下去。被嚼烂的馒头塞在他的口中，越塞越多，渐渐将他的两颊塞得快要裂开。

——再吃一口，再吃一口……

那一声哽咽，终于被堵在了喉咙里。

三

这天送馒头上南城的时候，韦忠在他的袖子里藏了一把刀。

金人早先在城中收缴铁器，全靠韦忠获准开店，这才领到了一把菜刀。菜刀被他磨得很利，分量也足，只要从哈苏该的后颈砍下去，那逼死了胡氏的金人，就一定会死。而那样的砍法，韦忠在岳家军里，曾见过天下间最好的刽子手用过几百次。

金兵都领到夹菜馒头，一个个狼吞虎咽，像是没有人注意到他。哈苏该背对着韦忠站着，正对着几个金兵训话。

韦忠慢慢地逼近哈苏该，蓄势待发。可是越走越近，他忽然发现，哈苏该越显得高大。

哈苏该很高大，这一点他早已知道。金人与胡氏通奸后，三人虽然常在同一个屋檐下见面，可是韦忠却从来没有正眼看过他们。他永远低着头，那使得哈苏该看不到他眼里的不甘，却也让他看不清哈苏该壮硕的体形。

金人肩宽背厚，粗壮的脖子几乎比脑袋还要宽。越走越近，韦忠才发现自己竟比对方低了半头有余。他的鼻端传来了哈苏该身上的膻味，那味道臊哄哄、热腾腾，令金人更像一头熊，而不像一个人。

不知不觉，他已经走进哈苏该的影子。

于是他绝望地发现，自己竟被哈苏该的影子，整个地吞没了。

韦忠不由得顿了一下，这庞然大物，真的是他能够用一把小小的菜刀就杀得死的吗？正犹豫着，哈苏该猛地回过头来，一双凶狠的小眼睛，冷冰冰地盯住他。

“干什么?”金人用生硬的汉语问道。

韦忠喉头滑动，一瞬间，手脚冰凉，竟然说不出话来。

哈苏该等了他一下，因胡氏而产生的耐心大概只能支撑一瞬间。韦忠还是不说、不动，哈苏该简直烦透了他那要死不活的样子，于是不耐烦地推了他一把。

韦忠一个趔趄，让到了一边，哈苏该瞪他一眼，气哼哼地走了。

韦忠的手在袖中握着刀。刀把已经被他的手汗浸湿，可是却终于没有勇气拔出来。

“哎呀，‘王八糕’好吃啊!”

金兵中也有汉人，看见韦忠与哈苏该的一场好戏，交换眼色，早已兴致勃勃。可是看见哈苏该走了，不由都意犹未尽，有那好事恶毒的，就溜过来嘻嘻哈哈地攀上韦忠的肩膀。

因为他做的馒头好吃，又因为他能接着这个生意，全靠胡氏卖身，早就有人将他的馒头起了名叫做“王八糕”。

“哎呀，打嘴，打嘴!”那人挤眉弄眼地笑道，“是馒头，又香又软的大白馒头！就是不知道是你的馒头，还是嫂子的馒头……”

众人哄然大笑，韦忠猛地回过头来，眼中满是怒火。

那金兵早就知道他懦弱，平时也没少欺负他。这时在众人面前取笑起来，根本是肆无忌惮。可是被他两眼一瞪，一瞬间，竟也怯了。

那凶狠的眼神却也只维持了一瞬，韦忠回过神来，又垂下了眼皮。

“玩不起啊？什么玩意！”那金兵骂道。

韦忠收拾了馒头车，默默地下了城。

悲愤像刀一样，一刀一刀地割开他的心。胡氏的尸身，还藏在家里，可是为什么他会杀不了哈苏该？为什么他连拔出刀的勇气都没有？为什么他竟这么没用？

——因为……他是岳家军……

——因为他只是岳家军的一个旗手而已。

旗手，手掌岳家军的军旗，万众瞩目，众星捧月，无限风光。冲锋陷阵，他冲在最前，敌军来犯，他不动如山。他从来不需要杀人，他的身边，是岳云、张宪、岳元帅，他的身后，是岳家军如狼似虎的刀牌手、弓箭手、扎枪队。他只需要打起大旗，旗到之处，自然所向披靡！

那时他多么威风，岳家军重整河山，是大宋的救星，而他，就是岳家军的代表。可是忽然间，大好的局面却被岳元帅一手葬送。朱仙镇，一夜之间，岳家军没有了，岳家军的大旗没有了，他……什么都没有了。

岳家军害了他，他没有一技之长，也没有任何储蓄，打了那么久的仗，甚至连杀人都不会。

如果不是他早早地加入岳家军，以至于没有学过任何足以糊口的手艺，也许他就不会让日子过得越来越苦，把胡氏逼得走投无路。

如果他不是旗手，至少今天，他还可以为胡氏报仇。

——可是，没有如果。

归根到底，他只是一个打旗的而已，即使是在天下无敌的岳家军里。

于是现在，旗既然已经升不起来，他自然也早已死去了。

蔡州之后，是陈州。陈州之后，是郑州。郑州之后，是郾城。

这一座座岳元帅昔日北伐所收复过的城池，后来又被金人占据。可是这一次，终于又被他带着岳家军的旗帜，逐一击破。

郾城之后，就是朱仙镇。

七年前，就在朱仙镇，岳元帅携常胜之威，大败金兀术，一战打得宋人扬眉吐气，金人魂飞魄散。岳家军的声势，达到鼎盛，收复故国，迎回二圣，仿佛指日可待。岳元帅剑指河北，大笑道："直抵黄龙府，与诸君痛饮耳。"

可是后面的事：十二道金牌、风波亭，却如噩梦，接踵而来，令人不忍回想。

朱仙镇，居然就是岳家军最后的辉煌，居然就是上一次北伐的终点，居然就是岳家军上一次所能抵达的最远的地方。

"豁啦——"

陈旧的木质城门，被他从内部一刀劈碎。一人一马如同燃烧的猛虎，挣扎着，咆哮着，忽然将挠钩绊索、天罗地网、箭雨刀山，一起扯断！

"岳家军！岳家军回来了！"金人尖叫着，像是一群娘们。

他周身浴血，发出了令人毛骨悚然的一声大笑，一头撞出了朱仙镇！

——从此之后，每一步，都将是岳家军全新的一步！

他向着荒野中疾驰，大笑着。

即便只有一个人，他也是岳家军，他也将完成岳家军早就该做完的事！

两面残破的护背旗被风扯开，两个"岳"字在他耳边飞舞。没有人能阻挡他，就像是七年前岳元帅射出的一枝箭，他穿过了岁月，穿过了生死，笔直地向那个宿命的目标射去。

四

直抵黄龙府，与诸君痛饮耳！

天近正午，地平线上，慢慢浮起那座最后的城池，城门上高镌三字：黄龙府。

——黄龙府。

马已疲惫，刀已崩钝，旗已破碎，身披数创，可是他原本黯淡的眼睛，却又猛地亮了起来。

——七年来，令他魂牵梦萦的地方。

——岳元帅想到，而未到的地方；岳家军该到，而未到的地方！

他心情激荡，催马向前。城前的空地一片肃清，城门紧闭，不见半个行人。他寒毛倒竖，已经感应到敌军的杀气。忽然间城门一开，黄龙府内果然已冲出一支人马。

一路上连续突袭得手，可是金人也越来越来得及反应，来到这里，终于再也不能乘敌不备。

——元帅，你在天之灵，且看末将杀敌！

他大笑一声，猛催白马。白马与他心意相通，也猛地拼尽最后的力气，向前奔去。

就像一道闪电，一道烟花，他一人一刀，猛地投入敌群。

无论前面有多少人，他都绝不会停下。

——这一次的冲锋，他从开始，就没有打算停下！

未时，韦忠最后一次来到南城。

城头上气氛紧张，不知怎么，连城门都未开。金兵分成了三拨，轮流用饭，不得解散。就连哈苏该也顶盔贯甲，如临大敌。

“韦师傅，这两天馒头蒸得不好啊！”还是有人抽空抱怨道。

韦忠勉强笑笑，没有说话，也不知该说什么。胡氏之死，早已令他心烦意乱，哪还有心思蒸馒头。这两天勉强糊弄够了数量，其实只是为了还能上城。只不过，昨天是为了能上城来杀哈苏该，今天则是为了能上城给自己一个了断。

不动声色地，他向城墙边上踱去。

从墙垛中望出去，墙头距离城下是一个熟悉的距离，约有四丈左右。

——从这里跳下去，一定可以得一解脱。

——而面对他的尸体，人们才会知道，他韦忠不是蒸馒头的韦师傅，不是被金人戴了绿帽子而不敢吭声的活王八，而是一个堂堂正正、忍辱负重的岳家军。

韦忠的手不觉向腰间摸去，摸到那衣下缠着的布卷，心中不由一阵激荡。

当年岳元帅被十二道金牌召回，岳家军不久便被原地解散，为刘琦等部瓜分。那时韦忠气愤难平，于是偷偷溜走，潜入了黄龙府。

他相信，元帅一定会回来，岳家军一定会回来。

“直抵黄龙府，与诸君痛饮耳”，是岳元帅给他们的承诺，是岳家军一定会完成的使命。而他作为旗手，无论什么时候，都应该冲在最前面……不是吗？

这些年来，他一直在黄龙府等着。

等着有一天，能在城头上迎接大军的到来。可是他等来的是什么？是岳元帅入狱的噩耗，是风波亭冤死的噩耗，是皇上向金人称臣的噩耗，是“直捣黄龙”永远成为了一句空话、一个笑谈的噩耗。

一个又一个的噩耗，终于如一口口软刀子，将他的锐气磨平，血性耗尽。不知不觉，他就在这里一直挨了下去，娶妻、生子，又看着他们一个个死去。

堂堂的岳家军，居然沦落到要为金兵做饭糊口，而这机会，还是老婆卖身换得。

——这一切的一切，到底是为了什么？

韦忠眼眶滚烫，喉头发哽。

——元帅，你为什么要受金牌所招，放弃我们。

——元帅，虽然是你不要我们了，但我还是会作为一个岳家军，轰轰烈烈地死去！

“来了！”忽然有人大叫道。

城头上的金兵一阵大乱，哈苏该骂了一声，拎了一支狼牙棒，转身下城。

金兵一拥而下，在他身边穿梭而过。韦忠恍恍惚惚地抬起头，便见地平线上，缓慢地，但是坚定地，有一人一马，奔驰而来。

那是一个伤痕累累的人，身上支棱八叉，甚至还扎着一根根折断的羽箭。他披头散发，满身血污，背上背着一对残破的旧旗，手里还提着一口崩口断刃的长刀。

仿佛从地狱中而来，那个人连人带马，都笼罩着一层死亡的黑气。

韦忠的心头，猛地悸动了一下。

下面的城门打开，哈苏该已经带着大队的金兵，迎了出去。那个人看到他们出击，忽然间大笑一声，竟然催马向前，率先向敌阵冲来。

那匹马筋疲力尽，跑得踉踉跄跄，却居然真的加快了速度。

——像是一颗流星坠地，一只飞蛾扑火，义无反顾。

那人背后的两杆护背旗终于被风扯平——

“岳”。

旗上的字猛地刺痛了韦忠的眼睛。

——岳？

——那个人竟是岳家军！

韦忠猛地扑在城垛上，那个人已经撞入金兵阵中，大笑着，举起手中的朴刀跟哈苏该战到一处。金兵将二人团团围住，一支支长枪，向那个人乱刺。

韦忠浑身颤抖，那个人被围在阵中，白马兜转，刀法渐乱，转眼间又多伤了几处。哈苏该的狼牙棒如乌云盖顶，越来越凶狠，那个人在马上摇摇欲坠，却仍然在笑着。

“哈哈，哈哈！”

他的笑声嘶哑，如木槌敲击破鼓。

韦忠的手死死地扣着城垛，只觉得自己周身的血液已经“泼剌剌”地燃烧起来。

——将军，你从何而来？

——将军，你为何而来？

——可是不管怎么样，现在，你不是一个人！

“嘶”的一声，他从衣下抽出了腰上所缠的布卷，迎风一抖，“噗啦”一声，手中已多了一面长九尺、宽六尺的军旗。

那是沾过火、溅过血、曾为流矢击穿，却从未在战场上倒下的旗。

那是岳元帅亲自交给他，让他掌着的旗。

那是他当初偷偷带来，想要迎接岳元帅的旗，也是他今天带来，想要盖在自己尸体上的旗。

旗上龙飞凤舞，只有一个大字：岳！

五

韦忠纵身一跃，跳上了城垛。

他一把拔下一杆金国国旗，撕下金旗，又把岳家军的大旗绑上去。

有留守的金兵被他莫名其妙的行动弄糊涂了。直到他将大旗挥起来，“岳”字迎风招展，这才反应过来。

“岳家军？有岳家军！”

有金兵过来抓他，却被他一脚踹在脸上，摔倒在地。

其他的金兵追杀过来，韦忠身如猿猴，在窄窄的城垛上左躲右闪。一旗在手，他再也不是那个木讷迟钝的馒头师傅了，身为岳家军的旗手，他也许不会杀人，但他却有保护大旗的手段！

在城垛上蹿高跃低，他的腰杆挺起，两眼明亮。

大旗横扫，韦忠将附近的金兵逼退，然后他在城垛上一回身，望向城下的战场。

“啊——”

他猛地发出一声大吼。

“啊啊啊啊啊——”

他一手拄着大旗，向着那岳家军的来人，发出一声又一声的大吼。

他周身剧痛，神智昏沉。

周围的金兵金将，走马灯一般，将他团团围住。

从颍昌开始，他辛苦积蓄的前进的势头终于被硬生生地挡住了。他连冲几次，却终于冲不过那高大的金将的狼牙棒，一口气泄了，心终于渐渐地冷了。

——黄龙府近在咫尺，可是他却终于无法突破。

——元帅，末将无能，这就随你去了。

可是忽然之间，远处却传来了一声大吼。大吼一声连着一声，传入他的耳中。

他挣扎着抬起头，血红的视野中，黄龙府高大的城墙一扫而过。

城墙上，不知为什么，竟有一面“岳”字大旗，迎风飞舞。

像是一道闪电划过他的脑际，他体如筛糠，猛地定睛再看，便看见城墙墙垛上，正有一个人手把岳家军大旗，左右挥舞。

四下里，一瞬间一片宁静。他那疯狂狞笑的脸，猛地垮了下来。

他望着城头，望着那面大旗，两道滚烫的泪水，忽然间汹涌而下。

旌展猎猎岳字吼，笑啖胡虏血肉鲜！

这一天，这一刻，在黄龙府，有兵、有将、有旗。

有岳家军。

番外六

是何年

南宋绍兴十二年腊月二十八，还有一天，抗金名将岳飞就死了整整一年。可是没有人想要想起他。除夕将至，风波亭里的血已被办年肉的猪血、羊血掩盖了，“还我河山”的豪言也远不似爆竹声那么让人喜欢。人们仿佛正在为他的死而举国欢庆，而害死他的人更得意扬扬，正用洗干净了的双手，焚香祭祖，迎接新年。

一

临安城里众安桥，横跨清湖河，地处要害，为御街所经。此前风波亭岳飞遇害，其子岳云、爱将张宪同时在此获斩。之后义士施全于桥上行刺秦桧，一击不中，也为乱刃分尸。

大年三十的晚上，那个人从南岸而来，缓缓走上石桥。

这一夜天气清冷，天上无星无月。那个人的背后是临安城最繁华的“十三勾栏”，守岁的灯光映得半天赤红。他背着那一片人间灯火，身姿笔挺，仿佛将那千家万户都扛在了肩上。在这样的天气里，他只穿着一件宽松的白绸内衫，迎风走来时，绸衫簌簌抖动，如同暗夜里，一条波光粼粼的冰河。

他的外衣随随便便地搭在左手上，而右手里则提着两杆三尺长的短戟。他走上石桥时，四下里除了河水呜咽，一片寂静。

已经是这个时辰了，石桥桥脊的最高处，居然还支着一口油锅，炉火明亮，一个卖小吃的商贩，正以一双竹筷，翻动着油锅中的两根载浮载沉的面棍。

那个人来到油锅前，仰起头来。他的年纪很轻，虽然鼻尖冻得有些发红，但剑眉一挑，那一双黑白分明的眼睛里，还是透出比今夜的寒风更冷的煞气。

小贩背后的石栏上绑着一根竹竿，竹竿上高高地挑着一条布幅，上面歪歪扭扭地写着三个乌黑的大字——

油、炸、桧。

“桧”，是秦桧的“桧”，那年轻人眼中的煞气收敛，不觉有了一点笑意。

在油锅前，端端正正地还摆着一条长凳。那年轻人走近之时，条凳上便站起了一条大汉。

铁塔一般的身形，赤红如鬼的眼睛，大汉森然问道：“你是谁？”

“岳飞麾下弃将，栾衡。”那年轻人微笑道。

岳飞精忠报国，天下好汉莫不敬仰。可是来人既是岳家军旧部，却又是弃将。大汉倒吸一口冷气，回头向那卖早点的小贩望了一眼。

“栾、栾将军。”那小贩的声音又惊又喜，颤声道，“栾将军，你……你也来了。”

栾衡微笑着，点了点头。

那么，他们竟是相识的。大汉终于放下心来，笑道：“那这里就交……交给你了。”

他强提的一口气泄了，于是蓦然间，他胸前的刀伤猛地裂开，一蓬血雾，登时喷溅而出。

那一双野兽一般的眼睛，迅速褪去了光泽。大汉最后笑了一下，“咕咚”一声，他的身子倒下，已然气绝。

栾衡仍是微笑着，随手一抖，用臂上搭着的长衫将大汉的遗体盖住了。然后他也在那条凳上坐下，将两杆短戟沉甸甸地放在桌上。

“给我来一碗粥，两根油炸桧。”他说。

粥一直在旁边的小炉上煨着，煨了两天一夜了，早已成为黏稠的米糊。那油炸桧却还是新炸的，金黄焦脆，美味可口。

栾衡吃一口面棍儿，喝一口米糊，悠然自得。小贩给他加了一小碟腌萝卜丝，看他吃得香甜，却仍不敢懈怠，在一旁站着，不住地用围裙擦手。

他大约四十多岁，生得矮墩墩、胖乎乎的，只是他已经在这桥上站了两天一夜，这时的脸色灰败，眼睛也快睁不开了。

“你认得我?”栾衡随口问道。

“小人是岳家军的伙夫，在曹将军手下听差……小人叫钱、钱二平。”钱二平迷迷糊糊地望着栾衡，脸上的神情像哭又像笑，“你当年退出岳家军，和岳元帅闹了一场，我们都记得。”

“你怎么想起来做这个?”

“昨天是元帅的忌日，小人想为元帅出一口气。”钱二平说梦话似的说道，“可是小人又不能打、又不会写文章。小人只会做饭。昨天是岳元帅忌日，小人就决定做个‘油炸秦桧’，让老百姓都来吃，让那大奸臣不得好死。”

“结果，你捅下了多么大的娄子。”栾衡微笑道。

“啪”的一声，远处恰好有一支花炮射上半天，高高地炸裂开来，照亮了大地。在这死寂的石桥上，以这小吃摊子为中心，一具又一具尸体，凝固在除夕的时光里。身中刀伤的、利箭穿喉的、身首异处的，彼此交缠枕藉……鲜血从尸体下扩散出来，在白色的石桥上，结出一片片晶莹的黑冰。

“小人……小人没想到会这样……”钱二平哽咽着说，快要哭出来了，“小人……小人错了吗……”

“无所谓。”

栾衡向他摇了摇筷子，打断了他的话。

他若有所思地望向众安桥北岸的长街。跨越一具具尸体，在长街尽头，绝对安全的位置上，正静静地停着一顶黑呢大轿。大轿为一队卫队包围，轿旁又站着两个气度非凡的护卫，虽然隔得远，却也令人一望之下，心头沉重。

“看来他们不打算马上过来杀了我们。”栾衡喝完了米糊，慢慢地撕下一块油炸的面棍儿慢慢嚼着，忽然道，“那你不如跟我说说，你的故事。”

“我的故事？”钱二平一愣。

“这些人的故事。”

一直吹拂的夜风停了下来，头顶上的布幡死去一样，慢慢垂落，油锅里冒出腾腾黑烟。钱二平哽咽了一下，终于明白了他的意思。小吃贩子在围裙上擦着手，良久方道：“是……是……第一个来的，是一个少年……”

二

第一个来的，是一个少年。

——自然，不甘世故，勇于献身的，永远都是少年。

腊月二十九，正是岳元帅遇害的周年忌日。一年的时间，风波亭、众安桥上曾经鲜红刺眼的英雄血，仿佛都已经湮灭在时光里。一大早，众安桥上的早市仍然十分热闹，人们赶在年前的最后一天，采补年货，商贩行人熙来攘往，个个喜气洋洋。卖炸糕的小贩钱二平在自己平日摆摊的桥心支起油锅，然后将那面布幡，挂了起来。

一瞬间，好像在蚁群中投入了一片雄黄，早市从桥心向四周，迅速静止了下来。然后“唰”的一声，人群退避，明明已是挤得寸步难行的那么多人，居然也在一转眼间，全都退下桥肩，给钱二平留出了一片空地。

——虽然没有指姓，但那一个“桧”字，除了当朝宰相秦桧，却绝无人能想到另一个人。

众目睽睽之下，钱二平用面团捏出两个人形，大喝道：“秦贼、王氏！你们这对狗男女，里通外国，陷害忠良，爷爷今日就让你们下油锅！”

这更是坐实了。王氏是秦桧之妻，奸臣害死岳飞，乃是金人授意。而居中勾结者，据说便是王氏。

两个面人投入锅中，油花一翻，一股熟面的甜香，在初冬的早晨弥漫开来。人群远远围观，又惊又怕。

——虽然人人痛恨秦桧卖国，但像这样公开咒骂，无疑却有人头落地的危险。

“姓钱的，你想害死街坊？”一片静默之中，人群中的泼皮蛇三骂道。

“好！油炸桧，待我来吃！”

和他唱反调似的，蛇三话音未落，人群中就已走出了第一个人，正是那个少年。他不过十五六岁年纪，身量还未彻底长成，脸上也还残存稚气，但却正锋芒毕露。他一手提剑，大步从桥下来到钱二平的摊前，一把抓起王氏的面人，一口咬下。

“痛快！乱臣贼子，正应当食其肉、寝其皮！”

少年放声大笑。在这个世界上，总有一些人越是面对危险，越要挺身而出。少年白衣胜雪，笑容不可一世，年轻的脸庞迎着旭日朝霞，依稀竟与立马军前的岳云小将军有些神似。

“岳云啊。”栾衡想到那白马银锤的少年，不由叹道，“他和张宪，明明有万夫不当之勇，但最后却只是引颈就戮，死在我们脚下的这座桥上。”

石桥冰冷，流水呜咽。想象一年前的那个夜晚，两位英雄无声无息地死在这距离人间不过百步的桥上，热血洒上石栏，随水而逝，钱二平不由喉头哽咽。

“小人……小人知道……所以小人才来这里卖糕。小人离了岳家军，吃不香、睡不下，想也许在这里，能离他们的英灵近一些。”

“近了么？”

“近了……近了。”钱二平道，“后来……后来那个少侠……也死在这里了。”

他指了指左首桥下，在那里，还隐约可见一角蒙尘的白衣。

那少年随身带剑，武功极为了得。受他的鼓舞，很多百姓鼓起勇气，来钱二平的摊前买了油炸桧来吃。钱二平原本是以面人入锅，后来供不应求，只得以面片勉强代替。为了表明那两片面片乃是那一对狗男女，他便将面片捏在一起油炸，结果炸出来的面棍，居然更加好吃。

那泼皮蛇三过来捣乱，却给少年用长剑乱抽了一气，硬给打跑了。不久临安城的捕快闻讯赶来，也给那少年打得哭爹叫娘地撤了。

围买油炸桧的人，看到平日趾高气扬的官差狼狈，更是哄然大笑，倍感解气。

“这位大哥，咱们也该溜了。”那少年笑道，“等到大队官兵赶到，咱们可就麻烦了……”

这句话尚未说完，人群中忽然发出了“嗤嗤——嗤”三声连响。前两声几乎同时发生，后一响却稍稍一顿。

第一声“嗤”，乃是一个手捏油炸桧，正朝人群外挤出的客人，他笑容可掬，在与少年擦身而过时，却蓦然出手，将一柄短刀，捅进了少年的肚子。

第二声“嗤”，却是人群外的一个乞丐，几乎同时出手，将手里的竹竿，猛地自人缝中刺入，刺透了那杀手的后心。

第三声“嗤”，则是那乞丐又将竹竿拔出，一回手，又刺入自己身后的第三个人的心口。

那第三个人面目平庸，竹竿穿心，也登时毙命，身子一僵，“当啷”一声，却从袖口中落下一把刀来。

那把刀长约尺半，刀刃宽阔，而刃下竟然带着三寸深的一个齿形倒钩。

“啊”的一声惨叫，却是那少年踉跄后退。捅入他腹中的短刀，正是如此制式，在他体内一进一出，登时已令他肝肠破裂。

那乞丐又气又恨，连忙将他扶住。

“奸相去年曾在众安桥上遇刺，后来一直在桥上安插眼线，稍有风吹草动，便可先斩后奏。我一直盯着那几个人，可是今天……有的人我不认识。”那乞丐恨道。

那少年一手捂着伤口，鲜血自他指缝中汩汩流出，根本按压不住。他脸上的表情痛苦，与其说是愤怒，倒不如说是哀伤。

“我……我竟死在这种宵小手上。”

濒死之际，那少年忽然哭了出来，他推开乞丐，挣扎着往桥下走去。

“爹，你不让我去从军，可是我……我今天还是死了……”

他踉跄着想要下桥。可是没走几步，便已一步踏空，滚下了桥去。鲜血一路点洒，宛如点点梅花，少年落到桥下，最后挣了一下，终于死去。

先前的斗殴还像是玩闹，可是这回动手，却是一瞬间便连出数条人命，围买油炸桧的百姓登时响起一片惨叫。寒光闪处，另外几名藏身人海的秦桧的杀手，也纷纷拔出短刀。

人群四散奔逃，那乞丐站在钱二平的摊前，岿然不动，只用一双残缺的手横托竹竿。

三

“秦桧在桥上加了人。”栾衡叹道。

夜空里不时传来稀稀落落的爆竹声。除夕临近，新年将至，越来越多的人按捺不住，抢着要去接福纳财了。

“昨天是岳飞的死忌，别人也许都忘了，可是他没有忘。”

长街尽头，那顶漆黑的大轿在重重保护下，正无声无息地向众安桥逼来。一左一右的两个护卫，左边的全身漆黑，步履蹒跚；右边的那个，则是一身火红，每一步都轻得如同在冰面上滑行。

“干活了。”栾衡微微一笑，放下半根油炸桧，提起双戟，挺身向桥下走去。

那个黑色的护卫猛地抬起头来，他身形瘦削，步伐拖沓，仿佛连脚尖都无法离开地面。他的身上萦绕着一种邪恶之意，令人一恍惚间，仿佛看到的是一个已死之人。

“咯咯。”

黑色的护卫，蓦然笑了一声。

然后他的速度忽然加快，他的步伐仍然拖沓，可是脚尖虽不离地，他前进的势头却骤然快得如同离弦之箭。一道金色的火光猛地在黑夜中亮了起来。火光自他的腰间腾起，宛如一头浑身燃烧的怒龙，一瞬间直扑一丈七尺，刺眼夺目，尖叫着向栾衡的眼睛刺去。

他的人晦暗无光，可是他的攻势，却如此华丽，仿佛是他所有的生命力，全都化入了那一击之中。

而就在火光亮起的一瞬间，栾衡双戟一分，也从桥上冲了下去。

众安桥桥高二丈，单边的桥肩，长达三丈三。栾衡向桥下冲锋，那火光瞬间已经烧上他的面门，“啪”的一声，火头给他的额头撞歪。那条火龙在发力之前，已经咬伤了他。

——那伤却也因此不足以致命。

“嚓——”

火龙坠地，尖啸着向后缩去，龙身磨地，更在地上拖出一条灿烂的火光。火光中栾衡白衣凛凛，如同一匹白马，蹈火而至。

“腾”的一声，栾衡已经撞入那黑色的人的怀中。

火龙扭动着，猛地一弹，将栾衡与那个人一起缠住。火光大盛，一圈圈火光扭动纠缠，亮得刺眼，反倒让人看不清里面的二人。

隐隐约约的，只听见“噔、噔、噔、噔”的声音不住传来，好像一个屠夫，在用巨斧剁肉。

火光扭动着，终于暗了下去，燃烧的火龙失去火力，火苗熄灭，软软地伏在地上，变回了一条长鞭。

还有几点火光，浮在空中。慢慢升起，才让人看清，那是栾衡站了起来。

白衣染血，一张白玉一般的脸颊上溅着血滴。他的短戟上沾满血肉，刚才他正是用它们，将那个黑色的人活生生砸死。

“‘白面恶来’。”那漆黑的大轿已来到桥下，轿中有人叹道，“好一个‘白面恶来’。”

“恶来”是古时猛将，生性残暴，力大无穷。栾衡虽然白面俊秀，但一对短戟在手，立刻如同恶鬼，因此军中有这么一个外号。

“我是马上的将军。我杀人一向只用一招。”栾衡微笑道。

马上交锋，二马错镫之时，必决生死。那护卫的火鞭三大绝招，七大秘技，根本不及使出，竟就这么死了。栾衡伸出两指，轻轻捏灭了肩上的火头，短戟又向大轿旁的另一个护卫指了指。那个人面对挑衅，眼中的寒光一闪，却没有动。

栾衡站在桥前，他的背影一夫当关，万夫莫开。

钱二平看在眼里，忽然间已是热泪盈眶。

昨天那个突然出手的乞丐，钱二平早就认识。半年多来，两个人一个在桥上卖炸糕，一个在桥下要饭，可是却想不到，他竟然姓杨，更竟然是杨家枪的传人。

乞丐名叫杨难。祖上虽非天波杨府出身，却也曾经追随杨延昭元帅出生入死，得传七式杨家枪。只是到了他这一代，却染上了赌博恶习，不仅败光了家产，更为戒赌，曾先后将自己的左手三指、右手两指断去。

先前他也曾去投奔岳飞，可是演武之际，却巧遇杨家枪的正宗传人杨再兴将军。杨再兴追问他的断指之由，听他如此不长进，不由勃然大怒，便将他逐了出来。杨难心灰意懒，这才在临安城里行乞度日。

他总共断了五根手指，左手只余食指、拇指，右手只余拇指、无名指、小指，可是单凭一根竹竿，七式枪法，却也硬是将众安桥上的杀手尽数杀伤。

固然没有人再敢来吃油炸桧，人们见势不好，早已退去，只留下满地狼藉。可是那面嘲笑秦桧的布幌，诅咒秦桧的油锅，却也得以保全。

当最后一个重伤的杀手败退，杨难于是在桥下捡了张条凳上来，当路坐着。

他汗透重衣，横竿膝上，状甚安详，仿佛在等待着什么。一个多时辰后，方有大队官兵赶到，弓箭手在桥下列队。

“钱兄，你先躲一躲。”杨难道。

杨难让钱二平蹲在石栏下，自己却将他连那摊子整个地遮在身后。

“杨大哥，要不然你也躲一躲？”钱二平蹲在那，心中恐惧，小声问道。

“我……其实没处躲。”杨难背对钱二平，慢慢道，“施全行刺之前，我已经想要出手；施全行刺之后，我以为此生只余苟活。”

“可是，箭……”

钱二平满心焦虑，出身行伍，他自然知道，弓箭的厉害之处。

“七郎死于乱箭，再兴将军也死于乱箭。没人能破得了杨家枪，死于箭下，这对杨家的人来说，其实可以算是一种荣耀。”

花标柱前，杨七郎割眉垂睑，万箭穿心；小商河内，杨再兴马陷淤泥，身似柴蓬。

钱二平心头大痛，只听桥下的将领一声令下，众安桥上已是箭飞如雨。

“噼噼剥剥”，箭枝不绝落在桥上，箭镞溅起点点石屑。那油锅被箭枝撞翻，“咣当”一声砸翻在地，沸油险些浇在钱二平的头上。

杨难拨打雕翎，左支右绌。他的枪法本是七式残招，杀人尚可，想要挡住箭雨，却漏洞百出，一轮箭雨过去，他便已被扎成刺猬。

被箭枝的力量带动，那乞丐的身子轰然向后倒下。

可是等到官兵上桥来抓人时，他却又骤然回魂，一跃而起，连杀三人。

“不知我的身上，是否可以炼出箭头两升！”

杨难将竹竿扎入石桥缝隙，直立而死，背影如同厉鬼。

四

那黑轿久久没有动静，旁边的护卫也就按兵不动。

栾衡等了一会，索性撤回了桥上。

“栾将军，你没事吧？”钱二平紧张地问。

“那个人的火里有毒。”

栾衡又捡起那半根油炸桧吃了一口，看着那神秘的黑轿以及轿旁的高手，微笑道。

他的额角上发青，几道黑线自伤处延伸进了他的鬓角。可是他的神情却像毫不在意。“那些江湖好手，总爱用些不痛不快的伎俩，虽然不堪一击，但后患倒是麻烦。”

那火鞭极其阴损，鞭梢上暗藏毒针。栾衡中了几针，伤处已稍觉麻痹。

“那……那怎么办？”

“不怎么办。”栾衡冷笑道，“他们一个个谨小慎微，净想什么万无一失的把戏。鞭里藏针，可是毒药被烈火焚烧，能有多厉害？我在今夜子正之前，恐怕还死不了。”

“子正之前？”

“没错。”栾衡眼中精光一闪，“今天我们两个，只要熬过除夕，等来新年，就是胜利！”

钱二平一愣，忽然间已明白过来。

“不错。”他喃喃道。

心中像是放下一块大石，一下子轻松了。

来到这桥上的每个人，仿佛都有自己的使命。

不同的使命不停地传递下去，才使这“油炸桧”的摊子，从二十九，一直开到年三十。

钱二平只是因为一时激愤，而来卖油炸桧；白衣少年原想可以及时抽身，才来引领众人来吃油炸桧；杨难抱定必死之念，以死赎罪，这才在最初保住了油炸桧的摊子；而栾衡则是不惜一切代价，也要将这摊子，一直保到下一年去。

一年前，岳元帅在腊月二十九遇害。秦桧用心狠毒，硬是没有让他过了那个年。

可是一年后，岳家军对岳元帅的祭奠，却一定要跨过年关！

昨日午时，杨难虽死，而威风犹在，官兵看着他扎满箭矢的尸身，一时半刻，居然仍是不敢上桥。好不容易下定决心，要再次攻上众安桥，忽然间却又从桥南桥北，涌来了两群人。

桥北一群士子，斯文柔弱、义愤填膺，多是来自灵空书院、见贤书院；而桥南一群泼皮，则满脸横肉，气势汹汹，十有八九来自妓院赌坊、酒肆饭庄。

桥北士子由知名大儒宋石莲率领，而桥南泼皮，正是由蛇三带头。

那蛇三今年也是四十来岁，不知什么时候起，得了一种怪病，周身皮肤片片龟裂，宛如蛇鳞。而鳞片间，又隐约可见下方通红的血肉，令人一见恶心。这人平素在众安桥横冲直撞，声称自己一身毒血，只要沾了一点，好人也会变成他这副鬼样子。别人不敢动他，他自然白吃白拿，无往不利。

先前时，钱二平刚支起油锅，便曾为他捣乱。结果却被那白衣少年用剑脊抽了一顿，一滴血没出，脑袋就已肿得猪头也似。

于是他落荒而逃，想不到回过头来，居然又纠结了这么多人来。

“你们把众安桥当什么地方？杀岳云也在这，杀施全也在这！今天又没完没了地见红，他妈的众安桥活该晦气吗？”蛇三戟指怒骂，“老子今天就让你们知道，这是谁的地头！”

众安桥南岸是临安城里最大的勾栏瓦舍之地。赌徒妓女、泼皮嫖客，穿得花红柳绿，拿着扫帚衣杆，吵吵闹闹地冲了过来。

“男儿立志扶王室，圣主专师灭虏酋。”众安桥北岸，宋石莲青衫如洗，振臂高呼，“祭奠岳武穆，锄奸清君侧！”

读书人有骨气，而市井人有血勇。赤手空拳的士子、文人，与悍不畏死的泼皮、泼妇，一前一后，冲破了官军的包围，冲上了众安桥。

法不责众，何况北岸的人，未来也许仕途坦荡，位高权重；而南岸的人，又有不少是自己的牌友、债主、相好，官军不敢动手，带队的将领给扫帚鸡蛋打得盔歪甲斜，只得仓促退走。

局面已经变成了民愤，原来人们并没有真的忘记了岳元帅。

两拨人马在众安桥上会合，大胜之际，个个义愤昂扬。文士们在桥头祭奠岳飞，吟诗作赋，哭天抢地。泼皮们则又给钱二平弄来了菜油、面粉，喝酒赌钱，大吃油炸桧。

后来连文士们都来催着钱二平给炸着吃了。

钱二平两三个时辰炸了上千根油炸桧，累得胳膊都抬不起来。

“各位先生，各位好汉，别光顾着吃啊……不怕官军再来?”

“怕什么，邪不胜正!”宋石莲怒道。

“官兵来呗，看看他们人多，还是我们人多！谁也拦不住咱们祭奠岳元帅！真把咱们抓进牢里，吃也吃穷了姓赵的！”蛇三更有恃无恐。

官兵没有来，却有一个黑衣蒙面的高手，从天而降。

“什么人?”蛇三大惊。

那人默不作声，“锵”然一声，已然拔刀，一刀便将身旁的宋石莲砍下了清湖河。

桥上祭奠的众人大惊，那蒙面人一言不发，已从立身之处，一路向钱二平的摊子杀去。他刀光如雪，存心威慑，一刀刀大开大合，一众士子、流氓，根本不是他的对手，登时给他砍得血肉横飞，四散奔逃。

也就在这时，却又有另外一人蒙面上桥，手持短棍，与之对战。

那第一个蒙面人，必是秦桧手下，专门替代官兵来冲散人群。而第二个蒙面人，则是不知来历的侠客，隐藏身份与之抗衡。

秦桧之凶残卑劣，到底远超常人想象。祭奠的人群，真的有了死伤，也登时气馁了。蛇三本是个欺软怕硬的，早已逃得不知所踪，宋石莲既死，人群转眼便散了。

偌大一座石桥上，便又只剩了那两个生死相斗的蒙面豪客，和一个不知所措的钱二平。

五

远远近近的爆竹声越来越密，这一年的最后一天，终于临近尾声。

后来那蒙面的杀手死了，后来那蒙面的豪侠，又被新来的杀手杀了；后来新来的杀手又被新来的侠客杀了；后来新来的侠客又被另一名杀手杀了……

一座石桥，成为秦桧与天下义士争夺的死地，几经易手，所幸钱二平和他摊子始终都在。

从腊月二十九，到腊月三十，从白天到晚上。这一年最漫长的一天早晚是要结束的，那顶黑呢大轿停在桥头，那右首边一身红衣的护卫侧身向轿，似乎与轿内交谈，不住点头，然后也向桥上走来。

“这大概是最后一战了吧？”栾衡对钱二平笑道。

那护卫在距离他们两丈之遥的地方停住了。

他的腰间挎着一把刀，虽然在鞘中，却又细又长，一望可知乃是奇兵。他有着一双惨碧色的眼睛，在远处灯火的辉映下，一闪一闪，如同虎豹。

“栾将军。”他道，“相爷让我问你三个问题。”

桥下那顶轿子里，坐的竟然便是那大奸大恶的秦桧。钱二平愣了一下，不由低声叫道：“栾将军……”

栾衡微笑着，仿佛没有听见，只对那护卫喝道："讲。"

"第一个问题是，你当初为岳飞所弃，早已不是岳家军，今晚何必前来送死。"

三年前，岳飞挥师北伐，屡战屡胜，春风得意，而栾衡却与之当众争执，被打了四十军棍之后，逐出军营。在那之后，栾衡投奔了宣抚处置使吴玠，几年来因作战勇猛，节节高升，正是前途似锦。

"岳飞死于'忠'，我等死于'义'。"栾衡道，"忠、义二字，与亲、疏无关。"

他语气柔和，但却字字铿锵。那护卫沉默半晌，忽然冷笑一声，腰间寒光一闪，已拔出自己的长刀。"第二个问题是，你真觉得你能守住这口油锅么?"

"我会尽力来守，虽死不悔。"栾衡微笑道，"可是你们敢尽力来打吗?"

从那白衣少年，到乞丐杨难，从赤目大汉到白面恶来，从昨天到今天……这桥上倒下的仁人志士，已有几十人，伤者更不计其数，鲜血染红了每一块桥石。可是离奇之处在于，每次有一人倒下，便会有另一个人及时出现，接替他的使命，一刻不停。

连栾衡这种与岳飞曾有私怨的人，都已经挺身而出，即使那护卫连同桥下的卫兵一起，一拥而上，杀死栾衡，却又怎知栾衡之后，会出现什么样可怕的人物，来继续保卫这口油锅？那在黑轿中不能安坐的人，他的最大的敌人，并非栾衡、钱二平，而是他们背后的，那一直压抑，但却不知什么时候会爆发的万千黎民。

那护卫眼中碧芒大盛，显然已是怒不可遏。

"那么第三个问题：为了一句骂街的空话，你们这两天害死了这么多人，岳家军仅剩的一点火种，也要死在这里，值得么?"

"不值。"栾衡说了两个字，两眉倒竖。

钱二平的心提起来，那黑呢大轿中，仿佛也传来了"咯"的一声轻响。

"但我们已经没能为'值得'的事而死了，那么为了'对'的事去死，大概倒也不错。”

忽然间，一片喧闹的鞭炮声，猛地响起。

一束又一束的花炮几乎在同一时间打上空中，炸开绚烂烟火，将众安桥映得一片白亮。

临安城沸腾起来，只在众安桥上，伫立着三条一动不动的人影。

——新年了！

——对岳元帅的祭奠，终于熬过了一年。

——而奸相也终于没能扼杀天下人对忠义的信仰！

“啊——”钱二平发出一声长嗥，一生一世，第一次痛快淋漓地大吼出来。

长嗥声中，那个红衣的护卫慢慢后退，退下桥去，和那顶黑呢大轿一起，和那些卫兵一起，退入到了仿佛能够吞噬一切的阴影中去。

“杀了他们！杀了他们！杀死秦桧，为岳将军报仇！”钱二平不顾一切地大叫道。

栾衡坐在那，却只耸了耸肩膀。

“我做不到。”他微笑着站起身来，“我打不过那个护卫加上那么多卫兵，秦桧知难而退，必然是有万全的自保之方。”

他的额角一片青黑，但他拎起双戟，却又毫不在意地向桥南走去了。

“继续做你的油炸桧吧。”爆竹声中，传来他的大笑，道，“也许后世的人，会一直想吃。”

番外七

多少恨

南宋绍兴三十二年，杀死抗金名将岳飞的秦桧，已然寿终正寝，并追封申王；而害死他的皇帝赵构，也在这一年让位于太子，成了无忧无虑、颐养天年的太上皇。岳飞，这个名字只在很少的地方、极少人的心里，还是一根刺，时时刺出一两滴还不及凝固的血。

九月十五日，吕迟大哭着，冲下金殿，冲上临安城的街道。

"昭雪了！昭雪了！"年近五十的他，一手高托着一卷黄帛，放声大哭。

"新君登基，明察秋毫！岳元帅的冤案，终于昭雪了！陛下下旨恢复岳元帅名誉，天恩浩荡，从此岳家军各地残部，全部免罪！"

——那，便是最后的战争。

一

光州，宋金交界之处，有一座黑猪山。

山势平缓，丛生灌木，南坡上遍布着一块块巨岩，像是一头头卧在泥潭中的黑猪。巨岩表面平坦，边缘斩截，大的如同商船，小的也有棺材大小，中间更形成了一条条宽窄不一、深浅有别的石道。

此时，此地，一场岳家军和官兵的决战，正一触即发。

云淡天高，石阵正中的一块巨岩上，斜插着一杆青旗。山风激昂，青旗猎猎作响，抖得笔直。旗面虽已破旧，但上面斗大的一个“岳”字，仍然清晰可见。

这面岳家军的战旗，升起在了黑猪山里，已有十几年。摇摇欲坠，却终于不倒，飘荡在宋人与金人的眼皮底下，像一个顽固的笑话——

笑话宋人，从未消灭过他们这些岳家军；笑话金人，从未赢过他们这些岳家军。

而讲这个笑话的人，是一个疯子——

疯子盘膝坐在黑旗之下，左手边插着一口长刀，右手边插着一支火把。他身材高大、削瘦，巨大的骨架支撑在一身破旧的岳家军军装里。他的头发卷曲焦黄，胡乱用根草绳扎在脑后，一张脸孔满是黑灰，难辨面目，而只能看见两只巨大的眼白，和两排森森白牙。

——那么他是在笑着的？

——好端端的，没人问没人理，他仍然是在笑着的？

在山坡下方，官军的统领秦病虎冷冷地望着那个疯子。

他躲在石阵偏西的一块巨岩后，距离那疯子大约二十余步，中间又隔着两块小一些的巨岩。藏他的巨岩高约丈许，和旁边的一块巨岩形成了一条窄窄的石道。石道中间长着半人高的灌木，将秦病虎和手下的形迹彻底遮蔽。

“小心行动，”他对手下士兵低声道，“我们今日，一定要杀死此贼！”

五十名官军——光州最好的弓箭手、刀牌手——穿布服、着轻靴，背背刀弓，腰悬水袋，又以头巾包住了头发，神色严峻，背心紧贴着大石，恨不得把自己挤进最细的岩缝。

他们为了今日的决战，早已操练了不知多少回，从兵器到装扮皆有用意，今日过来，就是要与这疯子决一死战。

秦病虎与这疯子交手，已有十年。十年前，秦病虎官升校尉，他是秦相爷本家，一路仕途也颇有人照拂，调驻光州第一个拿来立功的任务，便是剿灭盘踞在黑猪山里的一小股岳家军。那时他以为，那是一个简单至极的任务——这天下间岳飞早就没了，哪里还有岳家军？

于是他带着五百人，冲进黑猪山，去消灭那十几个由马夫、厨子、杂兵组成的“岳家军”。

再然后，他的人生，便被那十几个人拖住了。

他轻而易举地便将那一群丧家犬打得落花流水。但却没办法真的消灭他们。那些“岳家军”一触即溃，全无什么“撼山易，撼岳家军难”的死硬骨气，根本不及让他们做出什么杀伤，便已消失在黑猪山漫山遍野的石缝之中。

可是等到秦病虎的人撤出之后，他们却又立刻聚拢起来，重新立起了“岳”字旗。

于是那面旗就那么明晃晃地立在这个宋金交界的地方，恶心着宋人，也恶心着金人。对宋人来说，仿佛岳家军从未退却；而对金人来说，仿佛这个敌人他们从来没有赢过。

金国震怒，宋廷羞恼，上头的命令一道道地追下来。秦病虎剿匪不力，十年来屁股上已挨了几百军杖。他一次次地率军杀入黑猪山，慢慢地终于有所斩获，将那些本已寥寥的岳家军陆续杀死……可是那面岳家军的大旗，他却从未缴获。

而这两年多以来，黑猪山中的岳家军，其实便只剩了那疯子一个！

——可哪怕只有一个人，那面大旗也不会倒。

——哪怕只有一个人，他们也不会停止恶心金人、朝廷、秦病虎！

二

秦病虎深深地吸了口气。十年间缠夹不清，愤恨难平。如今秦相已然离世，他没了背后的靠山，也早已错失了一切升任的机会。

可是这一次，无论如何，他都要解决了这个麻烦。

六月间，太上皇退位，今上登基。秦病虎远在光州，也不由诚惶诚恐——那竟意味着他终其太上皇在位之时，也未能剿灭黑猪山残匪。这若是追究起来，只怕不是打打军杖便可以过关的，他因此才精心操练了这五十人，要将这打着岳家军军旗的疯子，彻底剿灭！

烈日当空，军旗猎猎，那巨岩上端坐着的疯子，忽然换了个姿势。

他一手托腮，右肘支在膝上，空出来的左手忽然斜斜向前伸出，掌心向上，四指一曲，向着秦病虎的位置勾了勾。

秦病虎一愣，几乎本能地就往后一退。

——难道那疯子已经发现他们了？

"轰"的一声，他还没反应过来，身后官军的队尾处，已忽地发出一声巨响，一股黑烟冲天而起，两个官兵被炸起飞出老远，连叫都没叫一声，便已一命呜呼。

那是火药制成的雷炮——那是这疯子及他的同伴们，连续十年立于不败之地的另一个原因。

秦病虎狠狠咬牙。

——岳家军中仅剩的这个疯子，偏偏是个岳家军中的火炮手！

"以硫黄、雄黄合硝石，并密烧之，焰起，火尽屋舍。"

炼丹师所发明的火药，在唐时便已用于战阵；本朝神宗时建立火药作坊，专门研制火器，火药箭、蒺藜炮、震天雷，在对辽国、金国的战役中都曾大显神威。岳飞在郾城大捷中，便是用了火炮开路。

而黑猪山中的这个疯子，便是当初岳家军中精通火药之用的火炮手。

岳飞死后，岳家军就此解散，大部被编入张俊等将军部下。但却有许多执拗好事之人，趁机作乱，打着为岳飞鸣冤的旗号，四处滋事，引来官家震怒，不断镇压。而在光州，便是黑猪山的这十几个人、一面旗，兴风作浪，时时碍眼。

秦病虎多年的围剿，终于将这支匪兵中的大部分人逐一耗死，而只有这疯子，兀自生龙活虎，一个人也将岳家军的军旗，扛了下来。而不惟如此，他作为岳家军中火炮手，偏偏还利用黑猪山中盛产的硝石硫黄，做出了许多火药武器，令秦病虎一次次损兵折将。

近两年来，他的火器威力越来越大，而进退之间，更有岳家军的排兵布阵的章法。黑猪山到处都设下了机关，偌大一座石阵，已被他变成了一个危机四伏、点火就着的火药桶！

"哈哈哈哈哈哈哈！"那疯子放声大笑。

炸飞了两个官兵，那简直像是一个信号，疯子在巨岩上一跃而起。右手一晃，已提起了身边的火把。那火把无疑也是他硝制过的，大风之中，几乎不见火苗，但一个膨起的顶部，却红彤彤的像是一整块燃烧的红炭。

火把向下一沉，已在他的脚下绕了一个圈。"嘶嘶"声骤然响起，青烟冲天而起，巨岩上一瞬间已腾起几个火头。

——那是火药的引信！

——他这一次，又是点了多少个药捻？

秦病虎的头发都竖了起来，再也不顾隐藏形迹，大喝道："冲！"

面对疯子的火器，他们已吃过太多的亏，深知退却反而会失却先机，唯有前冲，才有一线生机。

剩余的四十八名官兵立时齐声怒吼，不顾隐藏形迹，一起冲前。可是"轰"的一声巨响，通向那疯子的石道中，突然同时炸开冲天的火光。烈焰浓烟，将官兵前行的路彻底堵死。

"过不去啊！"有人已不顾军令，惨叫道。

可是"隆隆"巨响再次从他们身后传来，夺目的火光从他们曾经走过的路上炸裂开来。石道之中，一前一后的两堵火墙，如同一双巨掌，猛地向官兵们合拢过来。

三

——他是如何计算好了官兵队伍的长度，令得石道里的官兵，前后全有火焰逼近？

——他是如何在巨岩上，用一支火把，几根引信控制了这次爆炸？

——甚至更进一步，第一次的爆炸，他是如何引发的？

秦病虎被困在熊熊烈火中，一时猝不及防，只觉又恨又怒。火焰跳动，赤火黑烟的后面，巨岩之上，疯子的身影一手高擎火把，一手倒提长刀，趾高气扬。

这两年来，秦病虎率军围剿，每次连他的衣角都摸不着一片，便已给他炸得焦头烂额，丢盔卸甲。此次只带五十精兵突袭，也是万不得已的下策。

可是，却仍然一上手，便吃了这么大的亏。

秦病虎相信，哪怕岳飞在世时，这疯子对火药的运用，都绝没有今日这般纯熟。

——那根本是在一次次的围剿里，用官兵的性命，练出来的本事！

“准备浇水！”秦病虎叫道。

在这无处不在的火声、风声中，他发出的声音几乎连自己都听不见。

秦病虎不及多想，单手一拽，已将腰间布袋扯了下来，高举过头，再反手自箭囊中取箭，“噗噗”几声，在布袋上刺了几个透明窟窿。布袋内所盛清水倾泻而下，将他从头到脚淋了个精湿。

疯子的火药虽然声势赫赫，但其实威力有限。若非被它炸个正着，只要全身淋水，便可令之威力减半。秦病虎所带的官兵，随身带水，这便是他和那疯子多次对战后，想到的对策。

秦病虎迈步向前，脚踏烈焰，周身水汽蒸腾。

一瞬间，他双目剧痛，几乎无法呼吸，可是纵身一跃，便已跳出了前面拦路的火墙。

紧跟着，火光分合，在他的身后，紧跟着他的官兵，也陆续跳出了三十来人。

——那么，这一次只折损了不到十几人！

秦病虎先前围剿疯子，带的人越来越多，徒劳无功不说，死的人也越来越多。今年终于确定一般人在那疯子的火药面前，几乎没有作用，才改以精心训练的小队人马为主，立刻就有了起色，数次小创那疯子。

——想不到他竟被“一个”岳家军，逼到了这种地步！

——可是所有的损失，他都会让那一个“岳家军”用他的鲜血偿还！

“杀了他！”秦病虎怒吼道。

秦病虎一面疾呼，一面快步上前，扬手摘弓，一箭就向巨岩上的疯子射去。

他仓促发箭，又是以下击上，箭势自然迅速衰竭。疯子信手一挥，已用火把将来箭格开——可是没关系，就这么一眨眼的工夫，秦病虎又已经逼近丈许。地上碎石被他踏得“喀喀”作响，第二箭、第三箭也连珠射去。

以他的箭为引导，他身后的官兵整队已毕，一面与他保持距离，一面也同时放箭。

火光掩映，几十枝箭结成小小的阵势，从天而落，向疯子汇聚。

“哈哈！”巨岩上，疯子迎着飞箭大笑一声，向前大跨一步，狠狠一抡，已将手中的火把甩了出去。

那根被掷出的火把，打着跟头，在秦病虎的注视中，逐渐落下。

秦病虎忽觉不妙，顺着火把来势低头一看，只见地上的碎石中间，隐隐地，又有几根灰色的引信不知蜿蜒去了何方。

四

马不停蹄，吕迟一路在驿站换马，直奔黑猪山。

这些年，那些散落各地的岳家军被陆续剿灭，他心痛万分。而黑猪山的岳家军，居然一直坚持了下来，他怎不亦喜亦忧？他们从未联络过，但吕迟知道许多他们的事。岳家军的血脉令他们宛如兄弟，那令临安城朝野上下都颜面无光的黑猪山岳家军，吕迟知道他们是张马童、王七、方恒国……他们都曾是岳家军里，和吕迟一起吃过饭、流过血的人。

——吕迟甚至见过张马童！

当初他奉旨在岳家军监军，张马童才十五岁，蔫蔫的，瘦瘦的，头发上永远有草料的碎屑。他叫张马童，因为他姓张，干的就是个马童的差事，专司给岳飞喂马、备马。

谁又能想到，那小小的马童，十几年后，竟会是令大宋头疼不已的一方匪首呢？

吕迟很心疼他。多少次午夜梦回，他都看见张马童一身血地来找他。国家不幸，自毁栋梁，岳家军中名将如云，可是最后扛旗的人，竟然是这么一个没读过什么书，也没练过几天武的乡下少年。

而一直围剿他们的人叫秦病虎，则是将门出身，吕迟听说过他的凶狠。

一直以来，吕迟在朝中为岳飞翻案之事奔走。当初他虽然是监军，被许多人视为岳家军的“外人”，可是吕迟却坚信，一日是岳家军，便终生是岳家军！

受人白眼，几度险些丢了性命。为了避嫌，他不能与流亡在外的岳家军联系，可是他的心中一直记挂着他们。新君继位，朝中的风向不定，他们一群老臣，终于为岳飞翻案成功。当赦免黑猪山岳家军的旨意终于下达，当胜利就在眼前的时候，吕迟心中的不安忽然越来越强起来。

张马童他们明明已经支撑了那么久，可是不知为什么，他却越觉得害怕，仿佛自己赶到的时候，注定会见到他们尚有余温的尸体。

——仿佛他们注定会在最后一场战役中，被最后一枝流箭射中，死于污名之中。

那不安挥之不去，越来越强，几乎要令吕迟疯了。

——不要死啊！

——大家好不容易等到了这一天！

吕迟快马加鞭，挥汗如雨，在心中不断地大叫着。

五

“轰轰轰轰！”连绵不绝的爆炸，在乱石阵中，响彻天地。

黑烟滚滚，碎石纷飞如雨，惨叫声不绝于耳，四十余名官兵，一转眼已死伤大半。剩下的十几人，也已给分隔数地，被无处不在的火焰和巨响，撵得东躲西藏，四处逃窜。

他们之前在校军场中的操练，在那疯子肆无忌惮地火器攻势下，根本全无还手之力。

——他怎么会有那么多火药、那么多火器！

有火的、冒烟的、无声的、巨响的，石道旁、巨岩下、草丛里、岩壁上，埋藏的、投掷的、点燃的、碰撞的……他太熟悉这里的一草一木，太熟悉火药。他布置下的火药，根本无人能防。

甚至，秦病虎他们连离开石道的机会都没有。秦病虎亲眼看到，他手下最为悍勇的一名官兵，拼命想要抢到高处，一路扛过了三次爆炸，终于踏上了巨岩的一瞬间，脚下却腾起了比之前三次都大的火光，将他直接从两丈多高的岩顶上，又掀了下来。

那人血肉模糊，疼得在地上翻滚不休，最后又触发了一枚雷炮，这才死去。

这样的惨状，秦病虎却已不知见过多少次。

为了这支岳家军，为了这个疯子，他们已有多少手足，惨死在这黑猪山中？——那些忠勇的、善良的、开朗的、年轻的官军，片刻之前还是国之栋梁，还是与他同吃同住同操练的手足同袍，可是一转眼的工夫就已经死于非命，化作一摊模糊血肉。

即便只是要给他们一个交代，告慰他们的在天之灵，秦病虎也必须要将这疯子杀死！

“哈哈哈哈哈哈哈！”疯子猖狂的笑声，在爆炸的间歇响起。

而伴随笑声的，便是一阵阵更为猛烈的爆炸。

笑声和爆炸声，在石阵中不断转移。这个十余年未踏出黑猪山半步的疯子，实在太过熟悉这石阵了。他在巨岩上跳跃飞奔，片刻不停。火光与巨响，直似他的两翼，令他在巨岩上如履平地，只靠一个人，便将官军全部压制在了石道之中。

秦病虎和几名官兵，被困在一条窄窄的石道中，身上的淋水几已蒸干，衣袖更已沾着点点火星。

但在周遭的惨叫声中，秦病虎终于从背后取下弓箭。

弓开如月，箭如毒蛇。他侧身斜指，箭头却是指向了石道正上方的天空。

那几名跟着他的官兵，一言不发，也如他一般，什么也不顾地将弓箭指向头顶的那一道青天。

——以静制动，守株待兔，这便是他们此时的选择。

“哈哈哈哈哈！”肆无忌惮的笑声，忽远忽近，忽然消失……又突然自他们的头顶掠过！

有一个人猛地从石道左侧的巨岩跳上右侧的巨岩，人在半空的时候，腰间忽然掉下了一串鸭蛋大小的葫芦。

——是马蜂葫芦！

在这一瞬间，秦病虎的手抖了一下，已然认出它们的款式。

那疯子的火器有很多种类，其中一种恶毒的，便叫做“马蜂葫芦”。小葫芦中装满火药与三角碎石，一经碰撞，立时便会炸开，碎石即如马蜂出窝，一片一片地伤人。

疯子如天马行空，从石道的一边，跳向另一边，毫不停留。他显然已经发现石道中有人，却悄无声息地先在一旁准备好了，然后才大笑现身，一闪而过。那一串葫芦连贯落下，要将秦病虎他们一举歼灭。

“嘣!”但在一瞬间，连秦病虎在内的五名持箭官军，却同时松弦。

五个人，射出了七枝箭。

七枝箭，在这稍纵即逝的一瞬间，与那串葫芦擦身而过，一起射向从他们头顶跳过的疯子。

疯子的人影在石道上方一闪即逝，但秦病虎清清楚楚地看到，那张狂的人影在落地的时候，身子一歪，至少已中了两箭。

只是如此一来，他们便已失去了躲避马蜂葫芦的机会。

那一串葫芦落到他们面前，圆滚滚的葫芦肚上，反射阳光。突然炸开，“砰”的一声，碎石飞溅，一瞬间已不知有多少打在他的身上、脸上。

方才还和他一起，张弓搭箭稳若磐石的士兵，登时惨叫着翻倒在地。

秦病虎咬牙大吼，忍痛拔下插在脸上的几块石片，环顾那些倒下的官兵，终于一跺脚，爬到了巨岩之上。

视野大为开阔，他立刻便找到了那兀自在石阵上方奔跑的疯子。疯子的左腿与右肋中箭，这时再想奔走，已极为艰难。秦病虎发现他的时候，这人刚好回到了正中的巨岩，岳家军军旗之下。

——他为什么还不死!

——他怎么才能死!

“你跑不了了!”秦病虎怒不可遏，大叫道。

疯子在军旗旁回过头来，阳光从头顶上明晃晃地照下来，他深陷的眼窝，像是两个黑洞。然后黑洞中闪过一丝寒光，疯子突然一转身，飞快地将那面大旗从旗杆上解下，草草一团，又毫不犹豫地跳下山岩，又消失在石道的阴影里。

“别跑！”秦病虎怒吼道。

一面射箭追击，一面连续几个跳跃，来到方才疯子停留的巨岩之上。

刚才还插着岳家军军旗的地方，旗帜已然不见，但那勉强直溜的旗杆，却还斜插着。

“呸！岳家军！”秦病虎叫道。

他一脚便将那旗杆踩得彻底倒下。可一脚落下，却又忽觉那旗杆触感有异。还未等他反应过来，“砰”的一声，一记爆炸已在旗杆的根部炸开，将他也震得摔下石去。

六

——近了，近了！

——他已进入光州、已进入黑猪山，已经离岳家军很近了！

残阳如血，胯下新换的快马又早已汗透全身。吕迟已不眠不休，疾驰两日一夜，可是他仍咬着牙，鞭鞭打马，不住加速。他已到过光州府衙，听说了秦病虎正与岳家军决一死战的事，登时更觉自己的预感即将应验，岳家军仅有的香火即将熄灭，不由得心急如焚。

天旋地转，头痛欲裂，拼尽最后的力量，最后的速度，一人一马猛地冲进了石阵。

“圣旨到！”吕迟大叫道，“圣旨到！”

石阵之中，满是硝烟与鲜血的味道。触目所及，到处是乌黑的焦痕，半干的血渍，辗转呻吟的伤员，一动不动的尸体……吕迟只觉心惊胆战，继续拼命打马，在石道中转来转去，却始终不见一个活人。

突然，那快马马腿一软，已猛地栽倒在地，将吕迟也从马鞍上甩了出去。

吕迟不及反应，便已重重摔在地上，连滚几滚，才勉强止住去势。晕头转向地一抬头，立刻便看见两头困兽！

石道的尽头，一条死路。

两个人，浑身血污，正各倚一块巨岩，喘息对峙。

其中一个，穿着破烂的岳家军军服，身上插满羽箭，活像一个刺猬；而另一人则穿着现在宋军的军服，周身烟熏火燎，血肉模糊。

但这两个人一个手持卷刃之刀，一个拄着断弦之弓，四目充血，咬牙切齿，隔着一条窄窄的石道，恶狠狠地盯着对方，似是随时准备，再扑上去咬对方两口。

吕迟定了定神，叫道："不要再打了！"

但那两个人喘息着，却没有任何一人，因他的话，而放下武器。

"圣上有旨！"吕迟接着叫道，"岳将军冤案昭雪，不日便有追封的赏赐。岳家军既往不咎，所有人都可领取过去十几年的饷银，回家过日子了！"

——岳飞昭雪了？

一瞬间，秦病虎只觉天旋地转，所有的力气都没有了。

与这疯子反复厮杀，从晨到暮，几次险些获胜，数次死里逃生，五十名官兵战至只剩自己……一直顶着的一口气蓦然泄了，所有的伤痛、疲惫霎时间以几倍、几十倍的分量，突然涌上心头。

"嘎巴"一声，他手中的断弦之弓，终于承受不住他的分量，弓身折断。

秦病虎重重地坐到了地上，一瞬间，已是万念俱灰。

他终究还是失败了，花费了十几年，付出了那么多代价，死去了那么多的手足同袍，可是他们还是输了。岳家军终于没有被他们杀完，从此以后身沐皇恩，光宗耀祖——虽然最后剩下的只是一个疯子而已。

——只是一个疯子而已！

——这疯子已经中了七八箭，又被自己砍了两刀，他为什么就不能死？为什么就不能让自己赢了？为什么一定要和自己作对？

秦病虎颓然坐在那里，如果皇上都赦免了岳家军，那他这十几年的努力，又有什么意义；想到自己直到今日仍与这疯子苦斗，并枉送了几十名兄弟的性命，更觉一片悲凉。

但是一切都已过去，如今对方已不再是匪兵，而是天下闻名的岳少保麾下余部，他看着那个疯子，喃喃道："恭……恭喜。"

但那疯子，却仍然手持长刀，警惕地望着周遭的一切。

"我们没有罪了！"吕迟望着眼前这个虽已伤痕累累，但仍如猛虎的岳家军，叫道，"新主圣明，终于还了岳家军、岳元帅一个公道。"

疯子愣愣地看着他，乌黑的脸上，两只眼睛的眼白白得瘆人。

"你……你叫什么名字？"吕迟见他警惕，知道他受过了太多的苦，心中越发酸楚，道，"张马童呢，我听说他是这里的首领来着？其他人呢？你们这里，还有别的岳家军的兄弟吗？"

疯子歪了歪头，手中崩口卷刃的长刀忽然指向了吕迟。

"我是吕监军啊！你见过我吗？"吕迟叫道，"当初我奉旨到岳家军中监军，大家一开始以为我是来监视岳元帅的，纷纷与我作对。可是后来，我们是一起的啊！岳元帅蒙冤的这些年，我一刻也没有忘记他，我们一直在帮他翻案。如今新主登基，天恩浩荡，我们终于能还岳元帅一个清白了！"

他把手中黄帛高高举起，喝道："光州校尉秦病虎、岳家军余部将士接旨！"

"扑通"一声，秦病虎跪倒接旨，以头抢地。

可是那疯子仍然站着，看到吕迟手中的圣旨，他反倒向后退了一步。

吕迟又气又急，低喝道："快接旨！"

"哈哈哈哈哈哈哈哈哈哈哈！"那疯子突然笑了起来，他站直身体，长刀一转，忽然横刀在颈。

"去你妈的。"他清清楚楚地说道。

一拉，便割断了自己的脖子。

后 记

重庆出版社有意出版《烈马丘山》，我的心里别提有多高兴了。

这个原名《头文字H》的故事，虽然因为各种拧巴和较劲，而在我的代表作中常常被人忽略，但它实在是我自少年时而起的一个情结，也是代表着我在创作武侠小说时，最快乐、最自由的一段时光。

时至今日，我也常常在陷入到灵感枯竭的困境时，打开这个故事，然后便可以沉浸其中，并从中汲取源源不绝的力量，现在它终于能和更多的人见面，希望罗马和铜板的故事，也可以给大家带来更多的阅读的快乐。

1

最早写罗马与铜板的故事，其实源于一系列的“好玩之心”。那时我大概已经写了六七年武侠小说，并且有了《反骨仔》这部长篇作为打底，于是整个人都轻狂起来了，觉得自己已经完全掌握了武侠这门手艺，在武侠的世界里，就没有我写不出来的故事！

于是再写的时候，就总喜欢挑战自己，去一项一项地填补自己没写过的空白。翻检自己当时的成稿，发现作为一个标榜“武侠必须创新”的作者，我还没写过历史题材、章回体、保家卫国……这些类型，于是我索性把这些要素都打包在一起，进一步往后倒推，决定要写一个绝对古典的评书故事——带回目、带评赞，带打擂台、探地穴、找朋友、阵前收妻等经典桥段的评书故事！

我小时候特别喜欢听评书，在能够独立阅读大部头的小说之前，单田芳、袁阔成、刘兰芳、田连元等评书艺术家，几乎就是我接触长篇故事的唯一渠道。父亲的收音机里，那一段段荡气回肠的英雄传奇故事，帮我打开了文学的大门，也塑造了我最初的精神家园。

最多的时候，我每天要通过精确的时间安排，同时收听三个电台的三个长篇评书。不同的人物、不同的情节、不同的扣子，有时候在我脑袋里都乱成一锅粥了。我经常要在A故事里，为B故事的人物，担心C故事的危机，而一直提心吊胆到第二天。中间有时候忍不住自己去想接下来会发生什么新的转折，而那些聪明的、勇猛的、正义的、忠诚的主人公们，又会怎么应对新的变故——大概就在那个时候，我开始编造自己的故事了吧。

所以，在自己能够创作一个故事的时候，写一个评书出来，这是一个多么“圆梦”的事。

2

但我，当然不会老老实实地写一个传统评书出来。

作为师承古龙、温瑞安等新派武侠大师的作者，我也一直相信，武侠是必须要创新的。所以，当我开始写一个特别“传统”的评书故事的时候，我也必定会往这个故事中加入更多特别“现代”的作料。比如罗马对于命运的迷茫、铜板的存在主义表现、用竞速来取代武打……以及最典型的，“头文字H”这个名字。

那时候周杰伦的赛车电影《头文字D》正火爆，“头文字D”的意思大概就是“‘Drift（漂移）’的第一个字母是‘D’”。我于是模仿这个格式，想到了“头文字H”这个奇妙的词组组合。

即“第一个字母是‘H’的‘Hero（英雄）’和‘Horse（马）’的赛马故事”——不仅把我有限的英语单词都用上了，还双关了呢！

大概就是因为我这样的恶趣味吧，很多读者到最后都不知道这个题目到底跟故事有啥关系；更有一些传统的读者，一看到这样中英混杂的题目，就觉得是胡闹，直接把这个故事打入了冷宫。

可是，天知道！当我给这部评书章回体的小说，想到了这么一个不伦不类但却无比适合的名字的时候，我是有多么地得意。

当然，如果用来正式出版的话，这个名字无疑还是过于儿戏了。所以在和编辑刘老师商量之后，我给这本书取了一个新名字，叫做《烈马丘山》。烈马，当然是我们百战百胜的铜板、罗马；丘山，合起来则是在说“岳”家军。

我特别崇拜岳飞，小时候听的评书，最早的就有《说岳全传》。但我这种崇拜，是伴随着浓浓的不解与愤懑的。小时候的我，并不能明白这样的大英雄，为什么在冤屈与死亡来临之前，毫不反抗。甚至会生出一种奇怪的怨恨，觉得他的死亡，其实辜负了人间的正义，与所有人的期待。

所以，罗马与铜板的故事，其实是帮我寻找这个问题答案的过程。

已经长大，读了一些书，有了一定阅历的我，试图用罗马的遭遇，来理解岳飞的选择。这个瘦小、懦弱的驿兵，某种程度上，就像是岳飞的一个镜像。同样面对一次又一次的失败和被辜负，在岳飞那殉道者般坚定的信念面前，罗马的身上则体现着更多的普通人的痛苦和矛盾。

他一次又一次地从成功的顶点跌落，然后在风波亭，与岳飞的命运产生最后的交汇，用了自己的一生，去寻找那位悲剧的将领牺牲的意义。

他最后找到的东西，不知道读完这个故事的你，同意吗？

3

如前所说，最初在写这个大宋飞马的故事时，我其实是抱了一些玩闹之心，所以创作的初衷，其实是想通过不断地组合、翻转评书中的经典桥段，写一个热闹、好玩的故事而已。但写着写着，那独属于我的人物——罗马、铜板——渐渐变得有血有肉起来。我开始沉浸到这个故事中，并进行了更多的考据和思考。而在这个过程中，我虽然在尽量探讨、理解岳飞的选择，但童年时那些如鲠在喉的愤懑，其实却没有立刻消失。

有一天，我突然想到，如果我作为一个旁观者，尚且为他数百年前的选择而耿耿于怀，那么，岳家军中的其他人又会怎样看待他们敬爱的岳元帅呢？“撼山易，撼岳家军难。”这支创造了奇迹的军队，在胜利前夜被解散掉之后，那些曾经满怀希望与骄傲的将领、士兵，又该如何去面对此后的孤独人生呢？

于是，一个新点子浮现在我的脑海中，在罗马这个“传令兵”的故事之外，我又写了一个“岳飞死后岳家军”的系列故事。专讲岳飞死后，各个兵种的岳家军们，如何找回自己失落了的魂魄。

它们带给了我另外一种快乐——这个系列的故事更短小，因此我基本上可以在灵感迸发时，用较短的时间，一口气把它完成，并在其中自如地使用我能用到的一切写作技巧，闪、展、腾、挪，把一个简单的故事，写出澎湃而尖锐的“气”来。

是的，这一系列的故事，讲的是那些被压抑然后又爆发的一口怨气。枪兵、弓箭手、刽子手、旗手、火头军……他们代替我在一个又一个故事中，喷薄而出那个我想问了很久的问题——岳元帅，为什么岳家军会散了？

我曾经试图给这个系列也起一个名字，但却怎么也起不好。因为有一个现成的名字摆在那里，《满江红》，我不想亵渎了这个名字，但却又只有这个名字，最贴合这些故事的愤怒与悲伤。

那么，也好，就把它们只作为《烈马丘山》的番外，收录于这本书中吧。就让罗马与铜板去探寻，就让老张与薛大手去质问——

岳元帅，这就是我，一个后辈小子，穿越时空对你的崇仰与爱戴。

2023年9月19日